MEMOIRES
SECRETS
POUR SERVIR A L'HISTOIRE

DE LA

RÉPUBLIQUE DES LETTRES
EN FRANCE,

DEPUIS MDCCLXII JUSQU'A NOS JOURS;

OU

JOURNAL
D'UN OBSERVATEUR,

CONTENANT les *Analyses des Pieces de Théâtre qui ont paru durant cet intervalle ; les Relations des Assemblées Littéraires ; les notices des Livres nouveaux, clandestins, prohibés ; les Pieces fugitives, rares ou manuscrites, en prose ou en vers ; les Vaudevilles sur la Cour ; les Anecdotes & Bons Mots ; les Eloges des Savans, des Artistes, Hommes de Lettres morts, &c. &c. &c.*

TOME NEUVIEME.

. . . . *huc propius me,*
. . . . *vos ordine adite,*
Hor. L. II. Sat. 3. vs. 81 & 82.

A LONDRES,
CHEZ JOHN ADAMSON.

M. DCC. LXXX.

AVERTISSEMENT des Editeurs des MÉMOIRES SECRETS pour servir à l'Histoire de la République des Lettres, &c. par feu M. DE BACHAUMOND.

SI nous ne desirions que la vogue & le débit de ce livre, nous remercierions Me. Linguet de sa Diatribe violente, moyen plus sûr que la fadeur d'un éloge pour exciter la curiosité du Public & intéresser sa malignité. Sacrifiant même notre amour-propre à notre cupidité, nous glisserions sur les reproches d'ignorance & de grossiereté qu'il nous fait, reproches trop visiblement dictés par la passion, pour mériter beaucoup de créance. Enfin nous ne sommes point assez injustes pour lui contester un droit envers nous, dont nous avons usé si souvent à son égard, celui de juger : mais nous avons été vivement affectés des imputations grâves & calomnieuses qu'il s'est permises. Nous allions nous défendre ; nous avions déjà pris la plume, lorsque nous avons réfléchi que la réfutation la plus promte, la plus sûre & la plus triomphante seroit dans la lec-

A

ture de l'Ouvrage. Nous conformant donc à la modération qu'auroit montré certainement le Sage aimable dont nous avons adopté & continué le travail, nous laisserons Me. Linguet exhaler seul ses injures : nous ne parlerons de lui que lorsqu'il viendra à son rang par de nouveaux écrits, auxquels nous n'en donnerons pas moins les louanges qu'ils mériteront ; & si nous sommes nécessités à les critiquer, nous repousserons avec soin tout sentiment de vengeance, de haine ou d'animosité qui s'élèveroit dans notre cœur, & nous ne perdrons jamais de vue une maxime d'humanité qui lui doit faire tout pardonner : Res sacra miser.

MÉMOIRES

SECRETS

POUR SERVIR A L'HISTOIRE DE LA RÉPUBLIQUE DES LETTRES EN FRANCE, DEPUIS MDCCLXII, JUSQU'A NOS JOURS.

ANNÉE M. DCC. LXXVI.

1 *Janvier.* Les Modes regnent dans les travaux des femmes, comme dans leurs ajustemens. Le genre d'ouvrage qu'elles ont adopté à Paris depuis quelque tems, c'est de faire du filet, c'est-à-dire, une sorte de tissu en soie ou en fil imitant le rezeau ou la bride de la dentelle. Les artistes ne sont pas moins à l'affut de ces nouveautés, afin de diriger leur adresse & leur invention : un d'eux en conséquence a imaginé un métier d'une fabrique singuliere, propre à cette sorte de ma-

nufacture , & , fuivant l'ufage , il l'a foumis
à l'examen de l'Académie des Sciences , & a
follicité des Commiffaires. Mais cette Compagnie a jugé la machine trop futile pour s'en
occuper & a rejetté la demande de l'Auteur.
On attribue cette décifion à M. d'Alembert ,
ne cherchant pas moins à tyrannifer cette Académie que l'autre. Quoiqu'il en foit , tout le
beau fexe eft en fureur contre ces favans ,
qui depuis que la philofophie eft devenue
commerçable , paffoient pour s'être fort huma-
nifés.

2 *Janv.*1776. Il paroît une carricature fanglante , efpèce de poëme confidérable , où Mrs. du
Confeil Supérieur de Rouen figurent d'une
façon humiliante. Quoique les efprits foient
bien refroidis fur de pareils objets , celui-ci ,
par fon étendue , par fon invention , par fon
énergie finguliere , fixe les yeux & eft fort
recherché.

3 *dudit.* Le véritable titre de la fuite du
Journal annoncé , c'eft : *Journal hiftorique du
Rétabliffement de la Magiftrature , pour fervir
de fuite à celui de la Révolution opérée dans la
Conftitution de la Monarchie Françoife par M.
de Maupeou , Chancelier de France* 2 vol. depuis le 11 ai 1774 jufqu'au 24 Avril 1775 ,
inclufivement. A la fuite on a joint un *Catalogue raifonné des différens écrits répandus fous
les aufpices de M. le Chancelier pour la défenfe & la propagation de fon fyftême :* addition précieufe , en ce qu'elle conferve le fouvenir de ces piéces devenues fort rares , &
dont on ne vouloit point , obferve l'écrivain ,
quand on les répandoit avec profufion. On y

lit encore : *Piece importante à ajouter au premier volume de cet ouvrage* ; c'eſt un récit de ce qui s'eſt paſſé au Parlement de Grenoble en 1774, lors de ſa deſtruction & de ſa réformation par M. de Maupeou. On y trouve une *Proteſtation* de Meſſieurs de *Dornacieux* Préſident, & de *Meyrieu* Conſeiller, les ſeuls qui eurent le courage de motiver leur conduite & dont les noms méritent d'être inſcrits avec diſtinction dans les faſtes patriotiques. Toute cette Collection ainſi complette eſt un ouvrage important, dont ſe doit pourvoir quiconque a une Bibliotheque.

4 Janv. 1776. On a voulu répandre des inquiétudes ſur la Loterie propoſée pour la Conſtruction du Canal de Murcie en Eſpagne. Un anonyme vient d'entreprendre de raſſurer le public, dans une Lettre où il détruit les objections contre la poſſibilité de l'exécution de l'entrepriſe, contre ſon produit, contre la défiance des prépoſés à la Régie & à la recette, enfin contre la ſolidité de l'Hypotheque. On ſent aiſément que le voile ſous lequel l'auteur reſte caché, n'eſt pas propre à donner beaucoup de crédit à ſes raiſonnemens.

4 dudit. Le buſte de Piron par le Sr. Caffieri, dont on a parlé lors du Sallon dernier, ſe voit aujourd'hui placé dans le foyer de la Comédie Françoiſe où il figure mal, l'emplacement n'étant pas propre à recevoir un pareil chef-d'œuvre. Il faut eſpérer que lorſqu'on conſtruira la nouvelle Salle, on en diſpoſera un plus convenable à ce Spectacle, ainſi qu'à celui des buſtes des autres grands Maîtres du théâtre. Les Comédiens en reconnoiſſance ont accordé ſes entrées à l'Artiſte.

5 *Janv.* 1776. Les entrepreneurs qui ſe préſentent pour ſe charger de l'Opéra ſont les Srs. *Buffau*, ancien marchand de ſoie, *Bourboulon*, ci-devant premier Commis au Contrôle Général, *La Ferté & Hébert*, Intendans des Menus. La ville paroît aſſez d'accord ſur cet objet, ſauf qu'elle exige qu'ils dépoſent dans ſon tréſor une ſomme de 100,000 Livres, dont on leur fera la rente & qui ſervira de garantie de leur geſtion.

Du 6 dudit. Le Sr. de Beaumarchais eſt encore retourné à Londres, & comme il y a de fréquentes conférences avec le Chevalier d'Eon, on a renouvellé la fable ou du moins l'anecdote romaneſque que ce dernier étoit fille, & que le premier l'épouſoit. L'accouplement de ces deux êtres ſi ſinguliers a paru plaiſant, & les rieurs l'ont adopté. Il y a toute apparence cependant que leurs entretiens ne ſont rien moins qu'amoureux, qu'ils ſont très-politiques & qu'on en ſera un jour inſtruit, puiſqu'on préſume qu'il eſt queſtion du retour de d'Eon à Paris.

Du 7 dudit. Malgré la difficulté élevée par la ville on regarde le privilege de l'Opéra comme concédé à la Compagnie dont on a parlé : il doit durer trente ans, mais elle aura la liberté de réſilier le bail dans trois, ſi l'affaire ne lui convient pas.

8 *dudit.* Un M. de Clercy, mari d'une Madame de Clercy, que l'Abbé Terrai a long-tems affichée pour ſa maîtreſſe, lorſqu'il n'étoit que Conſeiller au Parlement, dont il a eu Mad. Damerval d'aujourd'hui, & ſup-

plantée par Mad. de La Garde, menaçoit depuis longtems cet Ex-Miniftre d'un Mémoire formidable, s'il ne lui faifoit pas raifon d'une fomme de 40,000 Livres dont il prétendoit avoir été lefé dans la vente de fa charge de Grand-Prevôt de la Maréchauffée de Lyon, faite par l'abbé Terrai. Celui-ci, endurci contre tous les opprobres, n'a eu garde d'accéder à l'offre de fon adverfaire, & le Mémoire commence à paroître. On juge avec quelle avidité le public s'empreffe de l'avoir & de le lire.

3 Janvier 1776. M. de Guibert doit être d'autant plus fâché de la reprife de fon *Connétable de Bourbon*, qu'outre la mauvaife réuffite, il lui a mérité de M. le Comte de St. Germain une réception peu flatteufe ; que ce Miniftre l'a perfiflé pendant toute la converfation, & a fini en le quittant par affecter de l'appeler *brave jeune homme* ; apoftrophe, que fous un air d'honnêteté on regarde comme peu honorable dans la bouche de M. le Comte de St. Germain.

Du 9 dudit. Le Mémoire de M. Chol de Clercy, Ecuyer, ancien Prevôt général des Maréchauffées de France dans les Provinces de Lyonnois, Forez & Beaujolois, & Chevalier de l'Ordre Royal & Militaire de St. Louis, eft dirigé contre la Dame Dupuy, fon époufe, l'Abbé Terrai, Papillon teinturier, & Garet, fon Secretaire. Il eft demandeur en entérinement de Lettres de refcifion, appelant d'une fentence en féparation & accufateur.

Il prétend 1°. que la Dame Dupuy, fa

femme, l'a sacrifié à ses vues ambitieuses, pour continuer à souscrire aveuglément aux volontés sans bornes de M. l'Abbé Terrai, qui la tenoit dans l'obsession la plus absolue.

2°. Que M. l'Abbé Terrai lui - même, qui s'étoit rendu maître despotique de tout ce qui lui appartenoit, est coupable & responsable à son égard d'un abus de confiance.

3°. Que les nommés Papillon & Garet se sont rendus les vils instrumens de l'un & de l'autre pour lui enlever son état, avec sa fortune, pour cimenter la leur.

Il conclut en conséquence, que la séparation volontaire avec Mad. de Clercy doit être cassée, que la vente de sa charge faite par l'abbé Terrai portant lésion outre moitié, il a droit d'en réclamer le surplus, soit contre l'acquéreur, soit contre son fondé de procuration ; que les agens subalternes des intrigues & vexations de sa femme & du Ministre ayant enlevé avec effraction ses papiers, titres, contrats, dettes actives, &c. sont responsables de toutes les pertes qu'il a faites en ce genre ; enfin que le droit & l'équité lui accordent des alimens dans le besoin aux dépens de sa femme & de sa fille (Mad. Damerval) liguée, au contraire, avec sa mere contre lui.

Suivent deux Consultations, l'une du 20 Octobre 1775, signée à Toulouse par un Avocat de ce barreau, nommé Dejoly, l'autre à Paris le 9 Décembre par Frannoy, qui s'accordent toutes deux pour l'affirmative de ces questions.

Il est facheux que ce Mémoire, qui pouvoit être très - amusant, très - curieux, très - intéres-

fant , très - piquant , n'ait rien de tout cela.
On y trouve bien le germe d'un écrit de ce
genre , mais non développé, informe & donnant la plus mauvaise idée de l'esprit du rédacteur. C'est vraisemblablement ce qui a empêché l'abbé Terrai de faire justice à M. de
Clercy , craignant peu l'explosion d'un *Factum*
plus propre à faire rire aux dépens de sa
partie adverse qu'aux siens.

9 *Janvier* 1776. Les Comédiens Italiens annoncent pour jeudi la première représentation
des *Souliers Mordorés* ou de la *Cordonniere Allemande* , Opéra Bouffon en deux actes mêlé
d'ariettes. On ne nomme point l'auteur des
paroles : on dit la Musique d'un M. Frizieri
aveugle - né , dont le talent agréable n'a rien
de fort ni de merveilleux.

Du 10 *dudit*. La caricature dont on a
parlé concernant le Conseil supérieur de Rouen,
est en effet d'un détail immense. C'est un
sujet allégorique pris de l'Ecriture Sainte ;
c'est Jésus - Christ chassant les vendeurs du
temple.

Le Temple représente le Palais de Rouen,
très - ressemblant & son architecture est fort
bien faite. Sous la forme extérieure du Sau-
veur , on découvre les traits de M. de Miromesnil , le fouet à la main. Les Intrus sont
chassés & descendent précipitamment les marches du Sanctuaire de Thémis : chacun d'eux
est désigné avec des attributs qui le caracté-
risent. Le Capitaine de Crosne a un plat à
barbe & une savonette à la main , (comme
descendant d'un barbier). Le Président Fiquet
de Normanville tient une étrille à la main , ce

qui défigne le palfrenier dont il fort ; &c. Ainfi
des autres.

Derriere le Garde des Sceaux font des joueurs
d'inftrumens en très-grand nombre & une
foule de curieux, qui tous annoncent l'allé-
greff publique. On voit encore d'autres perfonages, ou membres fubalternes du Confeil,
ou qui ont joué un rôle dans la révolution &
ont mérité d'être diftingués. Tel eft un certain
Montroly, Gentilhomme Verrier, figuré fur
un tas de bouteilles & de verres renverfés &
caffés, fymbole des grandeurs humaines dont
il éprouve la fragilité. Il eft à côté de deux
perfonages étendus par terre, qu'on fuppofe
morts de honte & qui ont à leurs pieds deux
Ifs déracinés & un drapeau mortuaire. Enfin
l'Exécuteur de la haute juftice n'eft point
omis, il vient faire fes adieux à ces Meffieurs,
des verges fous fon bras. Il commence par
brûler les libelles diftribués contre la Magiftrature & contre la Patrie, tels que le *Perruquier, la tête leur tourne, Défenfe du Confeil
Supérieur de Bayeux par le Lorier, les Obfervations fur l'écrit intitulé Proteftation des Princes.*
Son valet le feconde ; il eft chargé de cordes,
& tient un écriteau fur lequel on lit, *Intrus,
Parjures, Violateurs.* Devant la porte de la
Conciergerie, on voit des chevaux, des
charettes, des gens dedans avec des torches
allumées & plufieurs confreres du bourreau ;
plus loin un homme roule une roue, d'autres
portent une potence, appareil effrayant qui
ne doit plus faire trembler que ceux qui ont
des reproches à fe faire fur leurs crimes contre
leur Roi, ou contre leurs Concitoyens.

Il y a beaucoup de feu & d'énergie dans cette Estampe satyrique fort bien composée dans son genre, claire, distincte, animée, & où l'on semble s'être attaché sur-tout à conserver les ressemblances pour mieux perpétuer ce monument indélébile de la lâcheté, de la perfidie, de l'ignominie desd ts 26 Inamovibles.

11 *Janv.* 1776. Au moment où l'on croyoit la nouvelle Régie de l'Opéra prête à se conclure, le marché a été rompu & la ville se trouve aussi embarrassée qu'auparavant ; elle continue à offrir 50 à 60000 Livres d'indemnité à ceux qui voudront se charger de cette affaire, mais en donnant les sûretés convenables, pour au bout de quelques années n'être pas obligée de reprendre l'administration & de payer de nouvelles dettes faites sous celles de ceux qui l'auroient eu dans l'interim. Quoi qu'il en soit, elle cherche d'ici là tous les moyens d'alléger le fardeau : elle semble disposée à adopter un projet qu'on lui a donné ; c'est de faire cesser le Wauxhall d'hiver, & de donner à l'Opéra pour y suppléer des Bals de jour, c'est-à-dire qui commenceroient à cinq heures & finiroient à minuit. Ils auroient lieu les jours où il n'y auroit point de Spectacle, & ceux de nuit, qui ne se renouvellent que deux fois par semaine, se multiplieroient jusqu'à quatre : en sorte que la Danse iroit sans interruption. La Reine, qui aime fort ce divertissement de son âge & la liberté des Bals publics & masqués, a promis de l'honorer souvent de sa présence, & entreroit pour beaucoup dans cette innovation. Du reste, on nommeroit les Bals de jour des *Bals de Santé,* parce que les malades,

A 6

les cacochymes , les gens afiervis à un régime
ou n'aimant point à veiller , pourroient jouir
de ce plaifir fans s'incommoder. Cet établiffement fur lequel on fpécule, commenceroit
à la Chandeleur.

12.*Janv.* 1776. La *Cordonniere Allemande* roule fur une efpieglerie arrivée au Poëte Santeuil ,
qui fit prendre à un mari la mefure du pied
de fa femme fans la voir. Cette intrigue
affez bien conduite , eft amufante , quoique
trop longue & fans le moindre intêrêt. La
mufique a fait plaifir & le Sr. Clairval qui a
reparu , a caufé une grande fenfation parmi
les Spectateurs. Mad. Trial joue le rôle principal & eft très - applaudie dans plufieurs
arietes , mais fur - tout dans une. On peut
regarder cet Opéra Bouffon , comme ayant
eu des fuccès.

Du 14 *dudit.* Me. Linguet ramene fans
ceffe le public fur fon compte. On a parlé du
mémoire de M. Ribault , très-eftimé pour le
ton de bon fens & de modération dont il eft
plein. On l'attribuoit à ce client même , quoi
qu'un bruit fourd fe répandît qu'il étoit de Me.
Linguet. Celui - ci le nia dans le tems. Il le
réclame aujourd'hui & déclare dans fon No.
du 5 Janvier , que c'eft une niche qu'il a faite
au public pour lui faire voir fa partialité, en approuvant la fageffe de ce Factum , qu'il n'auroit
pas manqué de trouver trop chaud , trop vif,
trop amer , s'il en eut connu le véritable faifeur.

Du 13 *dudit.* L'anecdote fur le Chevalier
d'Eon eft que lors de fes démêlés avec M. de
Guerchi , qu'il faut fe rapeler , un homme fe
préfenta au Miniftre des Affaires Etrangeres

pour remplir les vues du gouvernement qui
vouloit le faire enlever ; que celui-ci en parla
au Roi qui defira voir l'entrepreneur , eut une
conférence avec lui , parut adopter fon projet ,
lui fit donner l'argent demandé ; mais par une
efpece d'efpieglerie dans le caractere de Louis
XV , fit en même tems prévenir le Chevalier
d'Eon & lui donner avis de toute la manœuvre
que devoit exercer l'efpion : qu'au moyen de
cette éveille , le Chevalier éluda fa pourfuite ,
fe moqua de lui , & l'obligea de s'en retourner
plus vîte qu'il n'étoit venu : on ajoute que la
fuite de cette niche de Louis XV fut d'enta-
mer une correfpondance fecrette avec l'ancien
Secrétaire d'Ambaffade , d'en faire fon efpion
non-feulement auprès des Anglois , mais de
fes Ambaffadeurs & autres François revêtus de
quelque caractere à Londres. C'eft , fuivant
cette anecdote , la Correfpondance du feu Roi ,
& autres papiers très-curieux y relatifs , qu'il
feroit queftion de r'avoir , & ce feroit d'une pareille négociation que le Sieur de Beaumarchais feroit chargé. Il y a à parier , fans doute ,
que la finguliere hiftoire rapportée ci-deffus
n'eft pas vraie dans tous fes points , mais qu'il
y a du moins quelque chofe qui y a donné lieu
& un germe de fondement.

On a remis jeudi à l'Opéra un ancien Ballet
de *Sylvie*, qu'on a ajouté aux Fragmens. Il
avoit été fort applaudi dans fon tems , & l'on
fe propofoit d'en amufer la Reine qui devoir
honorer ce Spectacle de fa préfence. Le malheur arrivé ce jour-là (le feu du Palais) dont
les fuites n'étoient pas encore arrêtées , ont
empêché S. M. de venir. Il n'y a pas moins eu

un concours de monde prodigieux à cette nouveauté rajeunie, & Mlle. Allard qui y a reparu, a caufé la plus grande fenfation, & a été
applaudie avec les mêmes tranfports qu'elle a
toujours infpirés par fa Danfe gaie, folâtre &
lafcive.

14 *Janv.* 1776. Les 26 Inamovibles du Confeil
Supérieur de Rouen méritant tous d'être connus, on va les extraire de l'eftampe fatyrique
dont on a déja parlé,

1º. Le Sr. *de Crofne*, qu'on a dit tenir un
plat à barbe & une favonette. L'auteur, pour
marquer fon adreffe en tout, lui a mis le plat
à barbe dans la main droite & la favonette
dans la gauche ; il eft en outre chargé fur les
épaules du fauteuil antique où fon grand-pere
rafoit les pratiques.

2º. *Fiquet de Normanville*, *le Lieutenant de
Thiroux de Crofne.* De la main droite il porte
une étrille, de la gauche une fourche : il a la
honte peinte fur fa groffe face, il s'appuie
contre fon âne qui a l'œil morne & l'oreille
couchée.

3º. *L'Anglois*, IIIe. *Préfident.* Il eft encore
revêtu de fa robe, comme perfuadé que M.
de Maupeou feul a le droit de la lui faire ôter ;
il pouffe l'âne, dont la lenteur s'oppofe à fon
paffage, pour aller à Roncherolles, exil du
Chancelier, lui porter fes plaintes.

Derriere la fourche de *Fiquet* eft 4º. *Pre-
mesley*, 5º. *de la Marrobert*, deux Confeillers,
les yeux & les bras élevés vers le ciel dans leur
étonnement d'une expulfion qui leur enlève
cette Nobleffe à laquelle ils avoient tout
facrifié.

6°. *Le Bordier*, soutenant de la main gauche le masque qui lui tombe du visage.

7°. Le paralytique *Dupucé*, appuyé sur son fils, le Substitut, le 8eme, représenté sous la forme d'un enfant, parce qu'il est petit de stature, & qu'il remplissoit une petite place. Suivent le 9eme & le 10me, qui sont les deux Ecclésiastiques enrôlés, l'abbé *Perchel* & l'abbé *Thorin*. On reconnoît le premier à son habillement de Chanoine, encore mieux à son air tournois. Il se mord le doigt, en disant à son camarade : *mon perfide frere m'a bien trompé!* L'autre le console en répondant : *j'y ai bien été pris moi.*

11eme. L'ambition *de Hôtel de Clémont* se manifeste par son désespoir, il s'arrache les cheveux.

12e. A côté de lui est *le Grip*, qu'on a dit être l'étalon de la Compagnie.

13e. *Fouquiers* est reconnoissable à sa grosse bedaine & aux haillons qu'il couvre de sa robe : il contemple un billet déchiré, sur lequel il y a *Bon pour 2000 Livres.* Son air consterné annonce qu'il plaint le sort de ses créanciers en maudissant le sien.

14. *Le Roi Belivet*, ami du précédent, appuyé sur un grand bâton & portant au bout l'encensoir de la paroisse Saint Jean, dont il a respiré l'encens prodigué par le Curé.

15e. *Ourset*, jadis garçon de cabaret chez son pere ; il tient à la main droite une bouteille, à la gauche un verre plein de bierre mousseuse, &c.

16e. *Ruelle* est avec l'accoutrement d'un mu-

ficien de village , préférant de racler du violon
à rendre de mauvais arrêts.

17e. *Deshays*, qui a déja repris le tire-pied
de son grand-pere , tient d'une main un soulier,
de l'autre une forme.

18e. *Roger Duquesnay* a sur la tête un to-
quet & une coëffure de servante , pour indiquer
son origine ; il tient un balai à la main.

19e. *Destainieres*, qui s'étoit enrólé pour
satisfaire , disoit-il , aux mânes de son pere,
interdit par le Parlement.

20e. *Perchel* , le Procureur Général , avec
la corde au col , comme le plus méchant,
le plus scélérat & le plus détesté de la bande :
il se retourne vers M. de Miromesnil & semble
lui demander grace & implorer son ancienne
amitié. Le Garde des Sceaux lui lance un
regard d'indignation & de mépris.

21e. *Preselne* pere , & 22e. son fils le Substitut. L'habit d'Arlequin donné au pere , sous
sa robe , désigne les divers métiers qu'il a
faits ; il dicte des instructions à son fils botté ,
éperonné , à l'occasion de son interdiction
prononcée par le Conseil Supérieur. Il lui montre le chemin de Paris

23e. *Montroly*. Gentilhomme Verrier , dont
on a déjà parlé.

24 & 25e. *Durand* & *Dairaux Prébois*,
l'un mort en 1772 , & l'autre en 1773 , dont
on a aussi parlé précédemment.

26. *Chambord* , Doyen de la troupe , moins
occupé de son humiliation que de ramasser des
écus qu'on lui a donnés pour en imposer à la
rigueur de son Ministere.

14 *Janvier* 1776. Monsieur de Valliere , Offi-

cier général d'Artillerie, très-estimé, vient de mourir : c'est une vraie perte, il étoit membre de l'Académie des Sciences.

15 *Janv.* 1776. *Heures Nouvelles, à l'usage des Magistrats & des bons Citoyens*, pamphlet dans le genre de la *messe haute de l'Abbé Perchel.* On y a joint un Calendrier, où les noms des Saints font remplacés par ceux des personnages célebres en tout genre, mais pris particulierement dans la Magistrature. Toujours plus de zele que de goût, plus de méchanceté que de finesse dans ces écrits patriotiques, où Louis XVI est perpétuellement assimilé à Henri IV.

Du 16 dudit. On voit ici quelques exemplaires d'un livre fort rare, il a pour titre *Essai sur le Rétablissement de l'ancienne forme du Gouvernement de Pologne, suivant la Constitution primitive de la République, par M. le Comte de Wielhorski, Grand-Maître d'hôtel du Grand-Duché de Lithuanie : traduit du Polonois.* Ce Comte de Wielhorski étoit ici député des Confédérés, & conserve toujours son caractere. Il est aisé d'inférer de-là combien son ouvrage doit être Républicain. Il est volumineux & mérite d'être développé. On annonce dans un avertissement qu'on pouvoit encore entrevoir quelque lueur d'espérance, lorsque l'auteur commençoit & finissoit même d'écrire ; on ajoute que, quoique toutes ces espérances se soient évanouïes, on ne pense pas qu'il soit d'un homme sage de désespérer du salut de la République, que la fortune peut amener des conjonctures favorables & faire naître des événemens heureux :

qu'enfin la vérité eft toujours bonne à connoître
& à produire, qu'elle fera agréable aux citoyens vertueux, & pourra faire rougir les
mauvais qui ont contribué à l'oppreſſion de
leur patrie.

Du 17 Janv. 1776. M. le Bailly du Rollet, eſt
foupçonné auteur d'une nouvelle brochure intitulée *Lettres ſur les Drames Opéra*, où il y a
des aſſertions fort ſingulieres, & où il inſinue
que ſon *Iphigénie* doit être déformais le mode
de ces ouvrages modernes. On a, ſuivant
l'uſage, chanſonné ce ridicule auteur par un
Vaudeville aſſez plaiſant & qui d'ailleurs rap-
pelle des anecdotes bien propres à le ridiculiſer
encore plus : le voici.

Chanſon, ſur l'air : *oui, Monſieur le Bailly.*

Je conſens, mes chers freres,
   A vous initier
Dans les profonds myſteres
   Du lyrique métier ;
Croirez-vous mes préceptes ?
   Oui, Monſieur le Bailly,
Vous ſerez des adeptes.
   Bon ! Monſieur le Bailly.

Connoiſſez-vous Armide ? (1)
   Oui, Monſieur le Bailly.

---

[1] Tous ces principes ſont pris exactement dans
ſa *Lettre.*

Quel ouvrage infipide !
  Oui, Monfieur le Bailly.
Sans chaleur, fans génie.
  Fi ! Monfieur le Bailly !
Mais, vive Iphigénie !
  Oui, Monfieur le Bailly.

De la fcene lyrique
  Quinault n'eft plus le Roi ;
Lifez ma Poétique,
  Vous direz comme moi ;
Nous n'avons qu'un génie.
  Oui, Monfieur le Bailly.
L'Auteur d'Iphigénie.
  Oui, Monfieur le Bailly.

Admirez fa fageffe,
  Modefte en fes effais,
Par refpect pour la Grece
  Il parle mal françois, (2)
Même en pillant Racine,
  Son génie affoibli
Dément fon origine.
  Oui, Monfieur le Bailly.

N'allez pas dans la fable
  Vous choifir des fujets,
Point de Dieu, point de Diable ;

[2] Il n'y a que cela qui ne foit pas dans fa Lettre.
Mais en eft-ce moins vrai ?

Ni Fétes, ni Ballets ;
Cela fent trop l'enfance.
Oui, Monfieur le Bailly.
On peut aimer la Danfe.
Hem ! Monfieur le Bailly. [3]

Toi, chef de mes Athletes,
Qui de ce pays-ci,
Sais mefurer les tétes, [4]
Sois mon fuperbe appui :
Cours, cabale au Parterre,
Du fond je t'ai faifi,
La forme eft ton affaire.
Oui, Monfieur le Bailly.

17 *Janvier.* Le Sr. Fontaine, Commis au Bureau de la Caiffe de la Comédie Françoife, a difparu avec un vuide d'environ 50,000 livres. Il s'eft enfui avec la Dame Thomaffin, femme d'un acteur de la Comédie Italienne, qui, de fon côté, a volé fon mari & vendu fes meubles à fon infçu. Les Comédiens ne perdront rien au premier vol, attendu que le Sr. de Néelle, Caiffier en chef, eft refponfable de fon Commis ; que les hiftrions d'ailleurs lui avoient fait part de leur crainte fur

---

[3] On dit que l'auteur avoit une fi furieufe paffion pour la Danfe, qu'un jour il pria un Danfeur de fouffrir qu'il fe fubftituât fous le mafque à fa place, & qu'il parut à l'Opéra.

[4] On prétend qu'il a gagé un chapelier, grand aboyeur au parterre, pour applaudir à fon Opéra.

ce Sous-Caiſſier, affichant un luxe extraordinaire pour ſa place.

18 *Janv.* 1776. Il paroît une *Lettre ſur la
Marine* en ſeize pages, où l'on indique les
cauſes de la décadence de notre Marine depuis
Colbert, & les moyens d'y remédier. On
conçoit qu'il eſt impoſſible de faire rien de
bien intéreſſant ſur une pareille matiere, dans
un eſpace auſſi court. C'eſt une eſquiſſe légere, dont on pourroit former un grand &
magnifique tableau.

Il eſt arrivé de Pau des *Lettres d'un François, à un Milord* ***, au nombre de cinq.
Elles roulent ſur la réintégration du Parlement
& entrent dans beaucoup de détails à cet
égard, intéreſſans pour les Magiſtrats & les
Patriotes. Elles ſont d'un M. de Saint Cyr.

Du 19 *dudit.* Il a été ſcellé mercredi 17 au
Sceau un Arrêt du Conſeil, revêtu de Lettres
patentes, qui éclaircit les bruits répandus ſur
une brochure ſatyrique dont on a parlé. D'abord ſon titre véritable y eſt énoncé ſous le
nom de l'*Ombre de Louis XV au Tribunal de
Minos.* On y apprend enſuite que c'eſt à Bordeaux qu'on avoit ſaiſi les exemplaires de cet
ouvrage, au nombre de 2000, & qu'en conſéquence le Parlement de cette ville avoit fait
arrêter pluſieurs perſonnes ſoupçonnées d'être
auteurs, fauteurs, complices, adhérens de ce
crime de Leze-Majeſté ; mais qu'un imprimeur
de Cahors, ſe trouvant acculé auſſi comme
éditeur de ce Libelle, le Parlement de Toulouſe, dans le Reſſort duquel eſt cette ville,
avoit voulu en connoître de ſon côté &
commencer une procédure, dont il étoit ré-

fulté un conflit de jurisdiction entre les deux
cours. C'eft pour le terminer que le Roi,
par l'arrêt fusdit, attribue exclufivement la
connoiffance du délit au Parlement de Touloufe.

Du 20 *Janv.* 1777. M. l'abbé Sabbathier de Caf-
tres, fi perfécuté par les Encyclopédiftes pour
fon *Dictionnaire des trois Siecles*, vient d'être
nommé *Inflituteur* des Enfans de M. de Vergennes, & il doit vraifemblablement cette place
à la réputation que lui a fait fon livre dans le
parti adverfe. Ce Choix d'un Miniftre éclairé,
en le vengeant des calomnies & des injures
de fes ennemis, doit auffi détruire l'imputa-
tion qu'il n'étoit pas le véritable auteur du
livre . & qu'un certain Abbé Martin, Vicaire de la paroiffe de St. André-des-Arts,
l'avoit pris pour fon prête-nom.

M. de Vergennes eft un Sage, mais de
l'ancienne efpece, religieux, ennemi des dog-
mes de la Philofophie moderne. Il eft bon
ami, protecteur chaud, & homme d'Etat integre. Il étoit fort lié avec M. Tercier, renvoyé des Affaires Etrangeres pour avoir approuvé le livre de M. Helvetius, intitulé *de
l'Efprit.* A fon avénement au Miniftere, M.
de Vergennes s'eft informé s'il n'y avoit pas
dans les Bureaux des parens de M. Tercier. Ayant
fu qu'il y avoit le Sr. Moreau, il a voulu fe
l'attacher en qualité de Secrétaire intime : il
lui a affigné pour fonctions effentielles de le
prévenir fur toutes les injuftices qu'on pourroit lui faire commettre dans fa place, en fur-
prenant fa religion ; il lui a ordonné de ne
lui en rien diffimuler, ainfi que des fautes

ou des inepties qu'on lui reprocheroit dans le public. Il paroît que cette efpece de cenfeur qu'il s'eft donné, ne lui déplaît pas en s'acquittant de cet emploi, puifqu'il l'honore de plus en plus de fa confiance & même de fa familiarité.

20 *Janvier* 1776. On parle d'un Mémoire de M. l'abbé Terrai en réponfe à celui de M. de Clercy : on le dit écrit avec la dignité d'un Miniftre, court, clair, péremtoire, en un mot, beaucoup mieux fait que celui de fon adverfaire ; ce qui n'eft pas difficile à croire. Il a affecté de n'en diftribuer que peu d'exemplaires. Quoiqu'il en foit, en triomphant fur le fond, il ne peut effacer le fcandale réfultant d'un Prêtre féduifant la femme d'autrui, mettant une étrangere dans fa famille, faifant fa maîtreffe de fa fille, &, pour fe livrer plus librement à ce commerce inceftueux, la mariant avec des claufes irritantes, des ftipulations civiles, tendantes toutes à fouftraire d'avance la jeune perfonne à l'autorité conjugale, & à lui conferver la liberté de vivre dans la même infamie que fa mere. C'eft ce qu'on trouve dans le *Factum* de M. de Clercy, tout informe, tout indigefte qu'il foit ; mais c'eft ce dont M. l'abbé fe foucie peu de fe difculper, parce qù'il n'y a pas de peine civile à craindre pour cela.

Du 21 *dudit.* Le 15 de ce mois l'Académie Françoife a procédé à l'élection du Succeffeur de M. l'abbé de Voifenon, en la perfonne de M. de Cucé, Archevêque d'Aix, défigné depuis longtems. Jufqu'à ce que ce Récipiendaire faffe l'Eloge du défunt, voici une nouvelle Epitaphe qu'on lui a faite :

L'Académicien Voisenon,
A rendu son ame légere,
Et va dans le Sacré Vallon
Composer un nouveau Bréviaire,
   A l'usage de l'Opéra:
Près de l'Amour il obtiendra,
L'emploi de premier Secrétaire,
Et Vénus le pensionnera
Pour être Aumônier de Cythere.

22 Janv. 1776. La Dlle. Allard a reparu pour la seconde fois dans le pas de deux de *Sylvie*, le jeudi 18, & a fait tant de plaisir au public que les Directeurs, qui par des affections particulieres l'avoient mise à la pension de retraite, sont obligés de la recevoir de nouveau. Ses envieux prétendent cependant qu'elle a beaucoup perdu de son talent ; ce qui doit être, par le défaut d'exercice où elle est depuis sa disparition.

On voit une autre caricature relative au Parlement de Bretagne : on y a joint une épigraphe & une chanson. Elle est plus gaie que celle de Rouen, elle représente une multitude de Geais parés de plumes de Paons, que ceux-ci leur arrachent, en les mettant en fuite.

Du 23 dudit. Par l'Ordonnance sur la Nouvelle Composition des Compagnies de Gardes du Corps, les fonctions du Major deviennent plus étendues, & toute l'autorité de présentation, d'inspection & de police lui semble confiée exclusivement aux Capitaines. On attribue cette innovation à l'adresse de M. de Pontecoulans, qui a surpris la bonne foi des chefs

                             & &

& leur a fasciné les yeux, lors du travail, sur l'accroissement de son grade aux dépens du leur. Il est aujourd'hui la bête noire de son Corps : indépendamment des chansons, des épigrammes faites contre lui, on parle d'une caricature où, à l'imitation de la Statue de la place des Victoires, il est représenté avec les quatre Capitaines des Gardes enchaînés à ses pieds : un seul (le Duc de Villeroi) semble afficher plus de fierté & se révolter, parce qu'il a toujours été contre lui.

13 *Janvier* 1776. Le but du Comte Wiel-horski dans son *Essai sur la Pologne*, est de rétablir les anciennes Loix de son pays & de prévenir les vices qui en causent la décadence.

D'abord, l'autorité de la République de Pologne n'est confiée, suivant lui, qu'à la Noblesse : il convient que l'exclusion du Peuple de la participation au Gouvernement est une atteinte à la liberté primitive, mais il cherche à justifier cette exclusion sur le choix même des habitans, dans les tems où le Royaume, continuellement infesté de voisins ennemis, avoit besoin de défenseurs, & où les uns prefererent leurs foyers au service de la patrie. Aussi dans les premiers tems les paysans n'étoient-ils pas asservis ; ce sont ceux-ci qui, en abandonnant la propriété de leurs terres pour mener une vie errante & vagabonde, l'ont perdue, après en avoir pourtant touché le prix suivant une convention mutuelle & l'estimation juridique.

Le Gouvernement Polonois ne se propose d'autre but que la Liberté & l'Egalité.

La Liberté d'un Noble consiste, 1º. à n'obéir qu'à la Loi, dont le projet lui a été communiqué à la Diétine, & à laquelle il a influé par son opinion & par le choix des personnes auxquelles il a confié ses pouvoirs. 2°. A n'être soumis qu'à la jurisdiction & au pouvoir exécutif des Magistrats, à l'élection desquels il a participé.

Quant à l'Egalité parmi les Nobles, elle ne consiste qu'en un droit égal à la protection des Loix, à la liberté & aux prérogatives de Citoyen.

La République de Pologne est composée de trois grandes provinces, la Grande, la Petite Pologne & le Grand Duché de Lithuanie; ces trois grandes Provinces sont encore subdivisées en Palatinats, Terres & Districts.

Après ces notions préliminaires, l'écrivain traite de la puissance législative, du pouvoir exécutif, de la justice, du Roi, & prétend que, suivant son plan sur toutes ces parties, la Puissance Législative est établie solidement, chaque Citoyen recouvre sa liberté, & la République son indépendance. Tout Noble apperçoit au premier coup-d'œil la carriere des honneurs & des distinctions qu'il a à parcourir : tout tend à le convaincre que l'unique moyen de parvenir est de se concilier par ses vertus & ses talens l'estime générale de la nation ; il porte la vie & l'action dans le pouvoir exécutif : le Roi n'étant, comme il doit l'être, que le premier Magistrat de la République, ne sera plus envisagé comme ennemi de la nation, mais comme un de ses plus fermes appuis. L'Administration de l'Etat passant successivement en différentes mains, prévient l'intrigue, la cabale, la corruption & une prépondérance toujours dangereuse & tyrannique. Les Magistrats n'ont pas le tems de se lasser de leurs fonctions, ni d'abuser de leur pouvoir au préjudice de la patrie. On verra renaître partout les fruits heureux de l'émulation, un nouvel aliment offert à une ambition honnête & légitime ; l'amour de la gloire sera sans cesse aiguillonné : à quelque dignité éminente qu'on soit parvenu, il restera toujours à désirer quelque honneur encore plus élevé. Les Sénateurs aspireront à entrer dans les Conseils, les Conseillers à obtenir une place de Ministre, les Ministres à se rendre dignes du même grade, à avoir même en perspective la couronne, comme la derniere récompense de leurs talens, de leurs travaux, de leurs vertus ; ou, enfin, n'ayant eu d'autre but en faisant le bien, que la satisfaction & la gloire de l'avoir fait, il leur restera toujours l'espoir d'une vie tranquille, & la consolation de jouir au déclin de l'âge & sans remords, des douceurs d'un repos sûr & inaltérable.

24 *Janv.* 1776. M. le Duc de St. Aignan vient de mourir dans sa 92e. année. Ce Seigneur, avant d'expirer, a rassemblé tous ses enfans & petits-enfans & leur a fait un discours austere sur l'inconduite dont ils sont presque tous coupables : il les a vertement chapitrés. Il laisse une place vacante à l'Académie Françoise. Il avoit eu la manie de solliciter le Bâton de Maréchal de France à la derniere promotion. Le Ministre de la Guerre lui représentant qu'il n'avoit aucun titre de service, il répondit qu'il n'avoit en effet jamais servi sous Louis XV.

mais que ce n'étoit pas sa faute ; que lors des
descentes des Anglois en Normandie , il avoit
offert ses services au feu Roi , qui lui avoit
déclaré que ce seroit M. le Duc d'Harcourt qui
commanderoit ; que sur cette réponse il avoit
dit à S. M. que , quoique ce Militaire fût son
cadet , il serviroit sous ses ordres ; à quoi le
Monarque lui avoit repliqué qu'il le feroit avertir , s'il avoit besoin de lui : ce qu'il n'avoit pas
fait. Du reste , il ne manquoit pas d'esprit ; il
faisoit des chansons ; il avoit été quelque tems
à la mode sous Louis XIV ; il avoit été envoyé en Ambassade ; il jouissoit surtout d'une
tranquilité d'ame , d'un sens froid unique ,
qui n'ont pas peu contribué à prolonger ses
jours.

24 *Janvier* 1776. Le Sr. Audinot , chef de
Marionettes connues sous le nom de *Comédiens de Bois* , depuis Créateur d'un théâtre
d'enfans sous le nom d'*Ambigu Comique* , qui
devroit être fort riche à raison de la vogue qu'il
a eue & qu'il a encore , sans son inconduite ,
vient de s'attirer une affaire en justice. La Chambre Civile du Châtelet l'a condamné à être blâmé
pour avoir supposé de faux noms dans des actes
& avoir séduit une femme , de moitié dans cette
affaire , qui a participé au même jugement.
Tous deux ont souscrit à la sentence , se sont
constitués prisonniers & ont subi la peine infâ-
mante prononcée. Ils n'ont osé en appeler ,
de peur d'être jugés plus sévèrement.

Du 25 dudit. Rien de plus plaisant que les
scenes qui se passent de tems en tems à la Comédie Françoise & qui valent infiniment mieux
que l'appareil le plus pompeux du Spectacle.

On fait que le Sr. Le Kain eſt actuellement le plus
grand acteur de ce Théâtre , mais il s'en pré-
vaut au point de s'abſenter pendant les trois
quarts de l'année , & durant les autres trois
mois de ne jouer que quand il veut ; ce qui
peut aller à douze fois , en forte que chacune
lui vaut environ 1000 livres , les parts ſe montant à 12000 livres à peu près. Il a recommencé
depuis peu ſon cours , & dimanche il jouoit
dans *l'Orphelin de la Chine*. Non content des
applaudiſſemens qu'il avoit reçu dans le courant de la piece & qu'il avoit eu en commun
avec ſes camarades , il eſt venu annoncer pour
être plus ſpécialement fêté ; en quoi il a réuſſi
parfaitement : enfin eſt parti une voix des
Loges , *c'eſt très - bien* , *à condition que Monſieur jouera plus ſouvent.*

Le mercredi 24 on jouoit *Britannicus* , &
Mlle Dumeſnil étant malade , la Dlle. Raucoux
a été obligée de ſe charger du rôle *d'Agrip-
pine* , qu'elle a dû lire en partie , n'ayant pas
eu le tems de l'apprendre , ce genre de rôle
étant différent des ſiens. Avant la piece le
Sr. Dauberval eſt venu prévenir le public de
cet incident & l'y diſpoſer. Malheureuſement ,
dès que l'Actrice a paru , le parterre l'a huée
ſi complettement , qu'elle eſt tombée en pa-
moiſon , & il a fallu l'emporter de la ſcene.
La piece ainſi interrompue , grand brouhaha dans
le public ; enfin le Sr. Dauberval eſt revenu
une ſeconde fois avertir de la ſenſibilité de
Mlle. Raucoux , mais qu'elle alloit mieux ,
qu'elle alloit revenir & qu'elle comptoit ſur
l'indulgence du Parterre : celui - ci , plus docile
cette fois , a laiſſé reparoître la moderne *Agrip-*

pine , qui eſt reſtée dans un état convulſif , & a cependant joué & lu tour à tour & a reçu beaucoup d'applaudiſſemens.

26 _Janv._ 1776. Les aneсdotes concernant le Chevalier d'Eon ſe confirment , & l'on ſemble même ne plus douter qu'il ne ſoit une fille. Cela ſera éclairci ſous peu , puiſqu'il eſt annoncé comme revenant en France inceſſamment.

_Du_ 27 _dudit._ Les paſſe-droits continuels que les auteurs reprochoient aux Comédiens , ont provoqué des plaintes ſi réiterées , qu'elles ont donné lieu à un Réglement fort ſage. C'eſt que les hiſtrions ont été obligés de former le tableau de toutes les Pieces qu'ils avoient à jouer ſuivant l'ordre de leur réception avec les noms des auteurs , & de l'afficher dans les foyers où il reſtera expoſé à tous les yeux.

_Du_ 28 _dudit._ La Dlle. Raucoux a parfaitement bien pris ſa revanche ſamedi dans le rôle d'_Agrippine_ , qu'elle a rendú avec beaucoup de nobleſſe & de vigueur. Il eſt décidé que c'eſt le genre qui lui convient le mieux. Le Sr. le Kain a joué _Néron_. On compte les fois qu'il fait la grace au public de paroître. Voici la troiſieme depuis l'hiver.

28 _dudit._ Le goût des Ballets ayant ramené le public à l'Opéra , les Directeurs ont imaginé d'étayer _Adele de Ponthieu_ avec celui _de Médée & Jaſon._ Mlle. Heinel y a fait le rôle de _Médée_ avec le plus grand ſuccès.

_Du_ 29 _dudit._ On devoit donner aujourd'hui le _Loredan_ de Mr. de Fontanelle ; de nouveaux obſtacles reculent encore cette tragédie.

_Du_ 29 _dudit._ Le Sr. Fontaine , Caiſſier

de la Comédie en fuite, a été rattrapé à Bruxelles.

30 *Janv.* 1776. C'eſt au moment où la ville
étoit ſur le point de paſſer ſon traité concernant
l'entrepriſe de l'Opéra, avec les contractans
dont on a parlé, où toutes les parties raſſem-
blées, le Notaire en fonctions avoit déjà
commencé ſon préambule, qu'eſt intervenu un
courier de M. de Maleſherbes avec défenſes de
procéder outre. Il paroît qu'il n'a pas pris confiance dans les lumieres & les talens de ceux
que la ville avoit agréés ; car il ne ſe déſiſte
pas du projet, & l'on ſait qu'il déſireroit fort
confier cette Adminiſtration à un M. de Zimmerman, officier Suiſſe, grand amateur de
muſique, & qu'il regarde comme plus en état
de conduire convenablement un pareil tripot.
Le Duc de Duras auroit grande envie d'avoir
cette entrepriſe, comme le feu Prince de Ca-
rignan, il y a nombre d'années ; mais le Secretaire d'État du Département de Paris,
déjà ſouvent en rivalité & en conteſtaion avec
les Gentilshommes de la Chambre au ſujet des
Spectacles, n'a garde d'en laiſſer un ſe mettre
à la tête de l'Opéra, dont l'adminiſtration eſt
reſtée inconteſtablement ſous ſon inſpection.

Du 30 *dudit.* Le mauvais ſuccès de la
machine imaginée par feu M. de Parcieux,
pour empêcher les glaçons de s'amonceler dans
la riviere & de la faire prendre, exécutée
l'an paſſé par ordre du Contrôleur Général,
n'a point rebuté ce Miniſtre, & il a voulu
qu'on recommençât les expériences, plus propres à être vérifiées dans ce moment même
où le tems a paru ſe diſpoſer à une forte

gelée. Cette machine, appelée *la Machine Turgot*, n'a pas mieux réuſſi : l'effort des glaçons l'a bientôt fait péter, & ſes débris ont été fracaſſer un moulin établi au pont de Charenton, lieu où on l'avoit établie. Mrs. de l'Académie qui aſſiſtoient par Députation à l'expérience & viſitoient tous les jours la machine, ſans en eſpérer beaucoup, ſont décidément convenus qu'on n'avoit pas encore aſſez calculé les forces de ces maſſes de glace, & qu'il ne falloit pas ſe flatter de les vaincre ainſi. C'eſt encore 20,000 Livres de dépenſes qu'on a fait faire à la ville inutilement ; mais tout ce qui tend à l'amélioration des Sciences ne peut être regardé comme vain, & nos grands méchaniciens, bien convaincus de l'impoſſibilité de réuſſir par-là, imagineront peut-être quelque choſe de mieux.

30 *Janvier* 1776. On ſait que *Monſieur* eſt Grand Maître de l'Ordre de St. Lazare & qu'il a rétabli dans ſa ſplendeur cet Ordre qui avoit bien dégénéré. Mr. le Comte d'Artois, par une belle émulation, veut auſſi devenir reſtaurateur de quelque Ordre. Il y en a un appelé *du Sépulcre*, qui n'étoit plus qu'une Confrérie compoſée de bourgeois, d'artiſans & de gens du commerce, qui du moins en avoient conſervé la meilleure inſtitution, celle de racheter avec leurs quêtes les priſonniers pour mois de nourrice ou pour dettes. C'eſt de cet Ordre qu'on a fait imaginer à S. A. R. de s'emparer. En conſéquence on s'empreſſe de recruter de toutes parts des Chevaliers : il eſt queſtion même d'en examiner les titres & de faire revenir des Commanderies qu'on a uſurpées ſur

lui. Malgré cette ferveur, il est à craindre que cela ne puisse jamais bien se consolider, & que le ridicule dont on a couvert cette Confrérie sous le nom de Confrérie de *l'A-loyau*, ne lui reste. Déja plusieurs des nouveaux reçus semblent en avoir honte & n'osent porter leur croix, qui de loin ressemble beaucoup à une croix de Malthe.

31 Janv. 1776. La nuit du 28 au 29 le froid a été plus violent qu'en 1709 : il y avoit à l'Observatoire près d'un degré de plus, à Versailles un degré & demi. S. M., qui aime beaucoup ces observations, a chargé le Sr. Cassini de Thury de lui envoyer tous les jours les siennes. Désormais 1776 sera sur les Ther-mometres l'année qui fera la mesure du froid ; cependant d'autres observateurs démentent cette assertion.

Du 1 *Février* 1776. On parle beaucoup de *Lettres* prétendues de Ganganelli dont le Sr. Caraccioli, déjà auteur de sa *Vie*, a fait un recueil & a donné deux volumes. Elles sont divisées en trois parties : celles qu'il a écrites étant Moine, celles qu'il a écrites étant Car-dinal, & celles qu'il a écrites étant Pape. Beau-coup de gens se défient de l'éditeur & les croient avec assez de vraisemblance supposées en très-grand nombre.

Du 2 *dudit.* Le Sr. Bourgeois, ce Col-porteur détenu à la Bastille comme ayant vendu beaucoup de l'Edition de la *Lettre à M. Turgot* sur le Sr. de Vaines, est relaché. Il y a appa-rence qu'il n'aura obtenu sa liberté qu'en nommant l'auteur du pamphlet, & que c'est d'après ses renseignemens que M. Blonde a été arrêté. Au reste, celui - ci n'a pas défavoué l'ouvrage ; mais il a soutenu ses interrogatoires avec fermeté, & a déclaré être prêt à prouver tout ce qu'il avoit avancé.

3 Fév. 1776. Mlle. Duthé est une Courtisanne trop renommée pour n'être pas connue des étrangers ; d'ailleurs on en a déja parlé plusieurs fois. Il est question maintenant d'un *Sylphe* qu'elle a , & qui depuis quelque tems manifeste son amour envers elle par la plus grande magnificence : elle ne peut former un souhait, qu'elle ne le voie réalisé le lendemain. On évalue à plus de 80,000 Livres les divers bijoux qu'elle a reçus ainsi d'une main invisible. Quelques gens prétendent que c'est M. le Comte d'A*** qui s'amuse de la sorte ; mais son goût pour cette courtisanne est encore un problême qui n'est pas résolu.

Du 4 dudit. M. Blonde est en effet un Avocat qui n'est point sur le Tableau & non connu ; il a été neuf jours à la Bastille : il paroît n'avoir aucun motif particulier d'animosité pour écrire contre M. de Vaines ; il a déclaré qu'un zele patriotique l'avoit excité à cette démarche ; qu'il voyoit avec douleur un Ministre aussi integre, aussi éclairé, aussi ami du bien public que M. Turgot, obsédé par un pareil confident, & qu'il avoit cru devoir l'instruire : qu'au surplus, il offroit le combat judiciaire à son ennemi, & prouveroit tous les faits avancés dans sa Lettre ; qu'il n'étoit point un calomniateur , mais s'étoit permis de révéler des turpitudes propres à démasquer un homme qui commençoit de jouer un rôle important dans l'Etat.

5 *Fév.* 1776. C'eſt M. d'Eprémeſnil qui a
fait à l'Aſſemblée des Pairs du 30 la dénonciation du petit écrit ſans titre *ſur les Corvées.*
Ce jeune Magiſtrat, qui depuis ſon admiſſion
au Parlement attendoit avec impatience le
moment de ſe ſignaler, a cru celui - ci favorable : il en vouloit depuis longtems aux Economiſtes, il a profité de la circonſtance, &
dans ſon récit en a tracé un portrait de main
de maître ; il les a repréſentés comme une Secte
d'Enthouſiaſtes, cherchant non ſeulement à
combattre les préjugés & à renverſer les formes ſagement établies, mais à détruire les loix
les plus anciennes, les principes les mieux
avoués, pour y ſubſtituer leur doctrine, qui
n'a ſervi juſqu'à préſent qu'à jetter le déſordre
& la confuſion, qu'à bouleverſer le Royaume.
Il n'a pas épargné le Miniſtre qu'ils regardent
aujourd'hui comme leur chef, & ſans le nommer, il l'a déſigné de façon à ce qu'on ne pût
le méconnoître ; il a cherché à jetter du ridicule ſur la ſenſibilité louable, mais peut- être
trop exceſſive, qu'il a témoignée à l'occaſion
du pamphlet répandu contre le Sr. de Vaines.

La Cour n'a point adopté l'excurſion violente du dénonciateur : on voit même par le
requiſitoire entortillé, vague & croqué de
l'Avocat général Seguier, qu'il étoit difficile
d'aſſeoir raiſonnablement de juſtes qualifications
ſur l'écrit à cenſurer : pour ne rien énoncer &
ſe tirer d'affaire ; il a recours aux expreſſions
triviales d'oubli, de mépris, &c.

Du 6 dudit. Pour ſatisfaire aux doléances
de l'Aſſemblée du Clergé qui s'eſt plainte,
ſur - tout dans ſes repréſentations, de l'introv

duction clandeftine de cette foule de mauvais livres imprimés chez l'Etranger, on a remis en vigueur à la Pofte les Réglemens à cet égard, & M. Doigny ouvre impitoyablement tous les paquets qu'il juge fufpects, arrête cette contrebande & fe forme ainfi une Bibliotheque qui ne fera pas chere & pourtant très - curieufe.

7 Fév. 1776. Difcours de M. Seguier aux Chambres affemblées le 30 Janvier, les Princes & Pairs y féant.... ,, Nous avons pris ,, communication du récit & de l'imprimé que ,, la Cour vient de nous faire remettre : il ,, étoit déjà parvenu à notre connoiffance & ,, nous l'avions jugé plus digne de mépris ,, que de cenfure. Les réflexions que cet au- ,, teur anonyme préfente au public, les ob- ,, jections qu'il fe fait à lui-même pour les ,, combattre, les différentes claffes de citoyens ,, qu'il femble vouloir attaquer, l'efpece de ,, cri féditieux avec lequel, en finiffant, il ,, cherche à foulever les peuples, tout y an- ,, nonce le fanatifme, plutôt que la raifon. ,, Nous ne nous arrêtons pas à détruire le ,, peu d'impreffion que cet écrit a pu faire ,, fur les efprits ; c'eft en démontrer la futilité ,, que de le condamner à l'oubli dont il ne ,, devoit jamais fortir. ,,

Du 7 dudit. On a donné le cinq de ce mois fur un petit Théatre, rue de Provence, près la chauffée d'Antin, une comédie nouvelle intitulée *Marianne.* Le fujet eft tiré d'un Roman qui a paru il y a quelques années, *le Pied de Fanchette.* L'auteur a joliment ajufté cet ouvrage ; il eft très-intéreffant, bien écrit,

& supérieurement joué par des personnes de la plus haute distinction. Il n'a encore paru qu'en ce lieu, ce qui a piqué davantage la curiosité des Spectateurs.

8 *Fév.* 1776. M. l'Archevêque d'Auch, (Montillet) vient de mourir ; il laisse un Siege vacant de plus de 400,000 livres de revenu. Les Jésuites perdent en lui un grand défenseur, & les Incrédules sont délivrés d'un adversaire chaud, zelé & infatigable.

Du 9 dudit. Suivant le *Prospectus* de la Loterie d'Espagne dont on a parlé, les tirages devoient commencer au mois de Janvier dernier ; ils sont retardés, & comme ce manque de parole ne peut produire qu'un mauvais effet dans le public, les Sr. Pradès & Compagnie ont cru devoir répandre une espece de Mémoire Apologétique intitulé, *Réponse à des Réflexions imprimées en Hollande sur l'Emprunt du Canal Royal de Murcie ;* où l'on motive ce retard sur ce qu'on n'avoit pas fait attention aux délais indispensables qu'entraîne la Négociation des Billets, à la lenteur des Correspondances éloignées, &c. sur ce qu'on se doit aux Prêteurs de Naples, de Sicile, du Nord, comme à ceux de Paris & de Hollande, & qu'à peine a-t-il été possible de faire parvenir encore dans les premiers pays les avis qui peuvent les instruire du projet & les inviter à s'y intéresser.

Du 10 dudit. La foule des Mémoires se renouvelle dans l'affaire du Maréchal de Richelieu : il en paroît un pour M. de Vedel-Montel, intitulé : *Analyse du Procès.* Il se plaint d'être obligé de rentrer en lice, provoqué par les nouveaux outrages du Maréchal de Richelieu. Cet écrit embrasse une discussion longue & détaillée de tout ce qui a rapport à ce personage épisodique du procès; elle est parfaitement bien faite & nullement ennuyeuse, malgré son aridité; elle est claire, simple, concluante & satisfait les Lecteurs: elle est suivie d'une péroraison vigoureuse, où M. le Maréchal n'est point ménagé, & où l'accusé, avec les égards dûs au rang & aux dignités de son adversaire, dépouille la personne, qui n'a plus rien que d'odieux & de méprisable.

Ce *Factum* de M. Blondel, fait honneur à la plume, au courage & à la logique de l'Avocat.

Du xx dudit. La *Réponse de l'ami de Province*, en date du 9 Novembre, *à la Lettre de M....* du 30 Août 1775, dont on n'a fait qu'annoncer le titre, mérite d'être connue plus particulierement. C'est un résumé général des raisons qui rendent les espérances des partisans des Jésuites sur leur retour absolument vaines & impossibles.

1°. C'est l'ouvrage de Dieu; on y reconnoît son doigt. *Digitus Dei hic est*, disoit-on à un Jésuite. *Le doigt de Dieu!* s'écria-t-il, *dites les quatre doigts & le pouce.*

2°. Du côté des Souverains Pontifes, la recréation de la Société est un phénomene qui sort de l'ordre des vraisemblances.

3°. Quand même par une incroyable absurdité le Pape auroit quelque pente à ce rétablissement, il n'est pas à présumer que lès Puiſſances vouluſſent jamais ſe prêter à un projet auſſi inſenſé.

4°. Quelque impuiſſante que ſoit pour ce Rétabliſſement en France la protection de certains Evêques, ce ſemble, fort attachés aux Jéſuites, ce zele n'eſt qu'une chimere ; il n'y en a peut‑être pas ſix qui leur ſoient dévoués de cœur.

5°. Il faut joindre à tous ces motifs la terreur que doit inſpirer naturellement à tous les Princes un Corps Religieux, capable d'occaſionner une auſſi grande commotion que celle qu'ils ont cauſée & entretiennent encore dans l'Europe.

Telles ſont les objections principales que l'écrivain oppoſe à ſon ami, allarmé ſur l'élargiſſement de quelques Jéſuites priſonniers, fait par le Pape actuel & qui cauſoit les frayeurs de ce dernier. Il eſt certain qu'en liſant ce pamphlet Anti‑Jéſuitique, il eſt difficile de ſe refuſer à la conviction de l'impoſſibilité de leur retour. Il eſt d'ailleurs auſſi bien, auſſi fortement écrit, que penſé ſagement & profondément.

12 *Fév.* 1776. La fureur du Public pour le Ballet de *Médée & Jaſon*, quoique déjà connu, eſt incroyable. L'Opéra, par ce ſecours, eſt ſuivi avec le plus grand ſuccès. Il eſt certain que cette Pantomime héroïque eſt merveilleuſement exécutée par les Demoiſelles Heinel & Guimar, & le Sr. Veſtris.

On parle toujours du Sr. Zimmerman pour le mettre à la tête de la nouvelle entrepriſe de l'Opéra, & l'on préſume que l'arrangement ne tardera pas à ſe conclure.

12 *Février* 1776. M. de Voltaire écrit qu'il a rendu libre le pays de Gex & de Ferney, qu'il l'a débarraffé des Corvées & des Fermiers, que 72 Commis fe font retirés de ce pays-là, & que le Commerce va deformais être libre parfaitement au dehors avec Genève, la Suiffe & la Savoye ; il ajoute qu'il mourra content après cette bonne œuvre.

Du 13 *dudit.* La Tragédie de *Loredan*, balottée depuis fi longtems & qui fur-tout depuis trois femaines eft fur l'affiche, y paroît & difparoît, eft enfin annoncée pour famedi 17.

Du 14 *dudit.* Plufieurs Artiftes fe font déjà évertués à faire des projets pour la conftruction d'un nouveau Palais : mais s'il eft fort aifé de tracer de magnifiques idées fur le papier, le Gouvernement ne femble pas difpofé à en agréer aucune : il eft queftion feulement de réparer, tant bien que mal, le dégât pour rendre les lieux habitables. Du refte, cela reftera ainfi longtems, comme l'Hôtel-Dieu, comme la Salle de Comédie & plufieurs autres deftructions de cette efpece non encore réparées.

Du 15 *dudit.* Trois nouveaux ouvrages excitent la vigilance du Lieutenant Général de Police, toujours active à cet égard & toujours mife en défaut.

1°. *Les quatre âges de la Pairie de France, ou Hiftoire Générale & Politique de la Pairie de France dans les quatre Ages*, dont le premier contient *la Pairie de Naiffance*, le fecond *la Pairie de dignité*, le troifieme *la Pairie d'Appanage*, le quatrieme *la Pairie Moderne*

ou *Pairie de Gentilhomme* : par L. V. Zeingam-
no. 2 *vol. in* 8°.

2°. *Sur les Finances*, ouvrage poſthume de
Pierre André, fils d'un bon Laboureur, mis
au jour par M . . . . Curé d . . . avec cette épigraphe : *ni Ferme ni Régie, l'une & l'autre
font la perte des Etats.* 1 vol. in 8° *avec* 6
Planches.

3°. *Eſſai philoſophique fur le Monachiſme,*
par M. L . . . . 1 *vol. in* 8°.

16 *Fév.* 1776. Entre les divers écrits occa-
ſionnés par les circonſtances, il faut diſtinguer
*Mémoire à Conſulter fur l'exiſtence actuelle des
ſix Corps & la Conſervation de leurs Privilèges.*

L'Auteur, homme d'eſprit, y réſume en
peu de mots divers écrits publiés depuis ſix
mois & particulierement *l'Eſſai fur la Liberté
du Commerce & de l'Induſtrie*, qui ſemble avoir
été compoſé, pour préparer les eſprits à la
révolution que méditoit le Miniſtere. Son objet
eſt de diſſiper les idées fauſſes & deshonorantes
que des écrivains ſéduits par l'Enthouſiaſme du
bien général, éblouis par la chimere d'une Liberté illimitée, ont répandues fur les Com-
merçans ; de prouver aux Magiſtrats conſer-
vateurs des Privileges & des Propriétés, que
l'on ne peut pas porter atteinte à l'exiſtence
actuelle des ſix Corps, & adopter le Syſtême
de deſtruction dont on les épouvante, ſans
que le public ſoit livré à la mauvaiſe foi &
que les Arts ne ſoient dégradés par l'ignorance,
ſans que la fortune des plus honnêtes familles
de la Capitale ne ſoit ébranlée, ſans que des
états conſolidés depuis des ſiecles par des
Edits, par des Lettres patentes enregiſtrées

dans les Cours Souveraines , ne deviennent tout à coup incertains & précaires.

Ce Mémoire est très-bien redigé , très-lumineux : il fait une impression vive , & combat avec succès l'ouvrage de feu M. le Président de Ste. Croix, dont les principes & les définitions justes amenent des conséquences chimériques & déraisonnables qu'il développe.

16 *Février* 1776. On s'est avisé de faire des *Noëls* sur Messieurs du Parlement , dans le goût de ceux sur les femmes de la cour , qui ont paru il y a quelques mois. On voit déjà les couplets sur le Grand Banc. Ils ont moins de méchanceté que les premiers & n'en sont que plus insipides, du reste , & non moins informes. C'est l'ouvrage de quelque Clerc du palais , comme les autres étoient dignes de quelque Servante de garderobe.

16 *dudit*. La Nouvelle Edition de Genève des Oeuvres de M. de Voltaire en 40 vol. in 4°. paroît ici furtivement , car le Libraire Panckouke qui a eu une permission d'en introduire une certaine quantité d'exemplaires, ne le pourra qu'avec des cartons : ce qui ôtera tout son mérite à l'ouvrage ; il coûte 168 Livres.

Du 17 *dudit*. Le Bal de Madame la Duchesse de Chartres étoit d'une magnificence digne de l'auguste personne à laquelle étoit destinée la fête. Au moment où S. M. est descendue du carosse , toutes les Dames ont bordé la haie jusques sur l'escalier & dans les appartemens. La Reine ayant redoublé la hauteur de son panache , il a fallu le baisser d'un étage pour qu'elle pût entrer dans son carosse & le lui remettre quand elle en eſt ſortie. Madame la Ducheſſe de Chartres ſeule étoit ſans le moindre diamant. S. M. a paru ſe plaire beaucoup à ce bal ; elle eſt entrée à celui de l'Opéra, qu'elle a vu de la Loge du Palais Royal : mais la chaleur exceſſive de ce gouffre ne lui a pas permis d'y reſter plus de huit à dix minutes. Du reſte, jamais l'Opéra n'avoit fait autant d'argent : la recette de ce jeudi gras, le Spectacle compris, s'eſt montée à 24000 Livres.

17 *Février* 1776. *Loredan*, qui ſe doit jouer aujourd'hui, eſt un ſujet Vénitien ; on le dit fort noir. M. de Fontanelle, ſon auteur, a fait une innovation en ne mettant ſa piece qu'en quatre actes. Comme il eſt aux Deux-Ponts à la tête d'une double Gazette de Politique & de Littérature, il n'a pu preſſer les Comédiens, ſuivre ſon tour & aſſiſter aux répétitions : il avoit chargé de ce ſoin le Sr. Mercier. Celui - ci, comme l'on ſait, eſt fort déſagréable à la troupe, & n'a pas peu contribué à faire balotter cette tragédie, qui n'auroit pas été encore jouée, s'il n'eût trouvé accès auprès de la Reine qui la vouloit voir, s'il n'eût repréſenté à S. M. depuis combien d'années l'auteur étoit le jouet des hiſtrions, & ſi elle n'avoit fixé elle - même le jour pour le ſamedi 17.

Par une épigramme aſſez platte, pour mieux accompagner cette tragédie très - lugubre, les plaiſans de la troupe ont jugé à propos d'afficher *le Deuil* pour petite piece.

Du 18 *dudit. Loredan* joué hier eſt en effet un amas d'atrocités dont il y a peu d'exemples.

L'auteur a voulu donner du nouveau, & pour juger de quelle espece, il suffira d'observer qu'un ami y propose à un pere d'empoisonner son propre fils pour l'arracher à l'opprobre du supplice, que ce fils réitere la proposition, que le pere l'accepte, va chercher le poison, & se dispose à cet affreux ministere, lorsque, par une résurrection vraiment machinale, un scélérat tué ou qu'on croyoit tué, emportant le secret de l'innocence de l'accusé, recouvre un instant la vie & la parole pour justifier *Loredan* ; ce qui le soustrait à la mort, mais non son pere, qui, en humant pendant un quart - d'heure la liqueur pestilentielle, s'est mis hors d'état d'être secouru. Du reste, ce drame héroïque a au moins le mérite d'une intrigue claire, d'une marche assez rapide quant à l'action, quoiqu'embarrassée dans des dialogues trop longs. Il est tissu sans amour, mais contient un rôle de femme, qui en qualité d'épouse ne cause pas un grand intérêt, & en produit encore moins n'étant qu'épisodique & ne tenant en rien au fait. Du reste, changement de décoration à chaque acte. Au premier c'est la maison du pere de *Loredan* : au second c'est la prison ; au troisieme c'est la salle d'assemblée du Conseil des Dix ; au quatrieme c'est encore la prison. Les acteurs, malgré la présence de la Reine ont très-mal joué, même le Sr. Le Kain ; & le Parterre, de concert avec ceux-ci, a été fort tumultueux, fort ricanneur, & a hué si fréquemment cette tragédie, qu'il n'y a pas d'apparence qu'elle reparoisse.

18 *Février* **1776.** Pour mieux juger de la fer-

mentation qui regne dans le Parlement contre
le Miniftre des Finances, & du difcrédit où
l'on cherche à le mettre, en répandant fur
lui, fur fon Miniftere & fur fes principes,
ce ridicule fi cruel en France, on cite une
anecdote puérile en elle - même, mais curieufe
fous ce point de vue. Dans une affemblée de
Pairs, comme M. le Prince de Conti étoit à
prendre du thé auprès de la cheminée, un
chien qui s'étoit introduit dans ce lieu, fit
fes ordures en préfence de Son Alteffe Séré-
niffime, & fans aucun refpect pour l'Augufte
Compagnie. Un huiffier veut le battre, le
chaffer à coups de baguette : *arrêtez*, lui dit
le Prince, *Liberté, Liberté toute entiere*, per-
fiflant par ce mot favori des Economiftes leur
Secte & leur Syftême.

19 *Fév.* 1776. *L'Effai Philofophique fur le
Monachifme*, eft attribué à M. Linguet, &
pourroit bien être de lui. On conçoit parfaitement que fon objet eft de décrier cet
état, de faire voir qu'un moine eft tout au
moins un être inutile, qu'il eft fouvent un
être nuifible. C'eft à ces enthoufiaftes atrabi-
laires qu'il attribue les guerres de religion
& tous les maux qui en ont réfulté : mais il
paroît qu'il en veut fpécialement aux Mendians. Il excepte parmi les autres ceux de
St. Benoît, dont il fait même un grand éloge,
puifque, fuivant lui, il eft fûr que c'eft à eux
dans tous les fens que l'Europe doit la police, l'opulence & l'éclat dont elle jouit aujourd'hui. Dans cet ouvrage l'auteur a voulu
finger M. de Voltaire : comme lui, il effleure
fimplement la matiere, il la parcourt rapide-

ment, il l'égaye par de petits contes très-
propres à tourner en ridicule les Moines, les
Miracles & le Chriſtianiſme : il ſe permet
quelquefois une ſatyre très-amere ; en général il cherche plus à amuſer qu'à inſtruire.

20 *Fév.* 1776. Deux ouvrages pour la défenſe des ſix Corps de la Ville de Paris, attaqués aujourd'hui juſques dans leur eſſence
par l'Edit les concernant qui eſt au Parlement, font beaucoup de bruit & occaſion-
nent une grande fermentation dans les Sociétés, diviſées en Economiſtes & Anti-Eco-
nomiſtes ou *Colbertiſtes*.

Le premier eſt le Mémoire à conſulter dont
on a parlé ; il a toutes les formes de pareils
écrits, il eſt ſigné de Me. la Croix. A la ſuite
d'une Conſultation en date du premier Février,
le livre qu'attaquent directement les ſix Corps,
eſt celui du feu Préſident Bigot de Ste. Croix,
lancé il y a quelques mois dans le public. On
en extrait une aſſertion, où il dit : ,, ils (les
,, marchands d'une communauté) ont entr'eux
,, un taux fixé de monopole & de ſurcharge,
,, que chacun ſuit comme la loi du Corps. ,,
Elle ſert de baſe à la Conſultation : le Conſulté
eſt d'avis que l'ouvrage du Préſident diffame
les ſix Corps, qu'ils ſont fondés à demander
la ſuppreſſion d'une dénonciation auſſi flétriſ-
ſante, & à démontrer que l'auteur en ſollici-
tant la deſtruction de leurs Corps & de leurs
privileges, les trouble dans la propriété la
plus reſpectable, puiſqu'elle porte ſur la loi
même, & que leurs titres ſont des Edits &
Arrêts du Conſeil d'Etat du Roi, confirmés
par une multitude d'Arrêts de la Cour.

L'autre eſt attribué à M. Linguet ; mais comme il n'a pu le ſigner en qualité d'Avocat, il l'a intitulé : *Réflexions des ſix Corps de la ville de Paris ſur la ſuppreſſion des Jurandes*. Il l'a diviſé en paragraphes.

1°. *Il traite des Corporations ou Jurandes en elles-mêmes* ; il obſerve la choſe hiſtoriquement & cite les exemples de l'Egypte & de Rome, où elles exiſtoient, de la Chine & de l'Angleterre, où elles exiſtent encore ; il combat celui de la *Hollande*, qu'il regarde comme une exception ne pouvant tirer à conſéquence.

2°. *Des avantages que l'on ſuppoſe dans la Suppreſſion des Jurandes* ; ils ſe réduiſent à quatre : Développement de l'induſtrie ; diminution de la valeur de la main d'œuvre & des denrées ; ſimplicité dans la régie intérieure ; extinction des procès bizarres ou ſcandaleux qui réſultent des chocs, des rivalités de ces aſſociations limitrophes & ſe confondant aiſément. Il les examine, les diſcute, les réfute en partie, & eſt obligé de les adopter à quelques égards, mais comme exigeant une réforme & non une deſtruction totale.

3°. Après s'être défendu, il attaque & développe *les inconvéniens effectifs attachés à la Suppreſſion des Jurandes*. Au ſtyle, à la tournure, au découſu, au verbeux & à la foible logique de l'ouvrage, on conçoit facilement qu'il peut être de M. Linguet, mais de M. Linguet corrigé, châtié, humilié, modeſte, pénitent & cherchant à prouver qu'il peut ſe poſſéder, qu'il n'eſt pas toujours déclamateur, toujours dénigrant, maudiſſant, injuriant ses parties adverses : du reste , il se lit avec plaisir , & si l'on n'y est pas échauffé de ce feu dont il brûle son Lecteur , dans les Diatribes & libelles du Palais , il y répand toujours cet intérêt pour lequel il l'attache & lui fait dévorer ses écrits sur des matieres arides qu'il féconde & qu'il embellit par son imagination.

21 *Février* 1776. Les Comédiens Italiens annoncent pour jeudi une piece nouvelle intitulée *le Lord Supposé* , Comédie en trois actes & en vers mêlée d'ariettes.

Du 21 dudit. Les exécrables couplets sur la Reine , quoique détestés par tous les bons François , se recherchent cependant par les amateurs d'anecdotes , & se répandent peu à peu ; on les lit , en maudissant l'inventeur sacrilege de tant de calomnies. Ils sont au nombre de vingt-quatre , sur l'air , *lere la , lere lenlaire.* On y suppose que le marquis de Louvois , héritier de son pere pour la méchanceté , mais non de son talent pour la bonne & la piquante , est auteur de la chanson sur la Cour , qui a paru précedemment. Celui dont il est question , se pique de le surpasser & de prendre un *vol plus téméraire ;* il agite ensuite , très-indiscrétement la question sur la virilité du jeune Monarque , sur son aptitude à donner des héritiers au trône , & après avoir détaillé les diverses causes d'impuissance imaginées par les courtisans , il la décide négativement , mais non sans ressource ; il plaisante sur le goût puce introduit à la Cour ; il travestit criminellement l'amitié de la Reine pour Madame la Princesse de Lamballe , & , par une supposition plus coupable encore , accrédite

crédite d'autres bruits plus affreux ; il va jusqu'à rapporter une Lettre prétendue de l'augufte mere de cette Princeffe, qui lui donneroit à cet égard des confeils dictés par une politique vraiment infernale : enfin il n'eft pas jufques à M. de Sartine, & le Duc de Choifeul, qu'on fait figurer-là de la façon la plus injurieufe.

Ce petit poëme, production d'une Furie, eft d'un faifeur très-exercé en ce genre. La fabrique des vers eft correcte, la rime riche, & il eft peu de chanfons mieux faites comme pieces littéraires. Mais il feroit à fouhaiter que la curiofité irréfiftible d'un peuple volage & frivole permit de replonger dans l'oubli dont elle eft fortie, cette piece, fruit d'un délire qui mériteroit le dernier fupplice.

22 *Févr.* 1776. Il y a fix ans déja qu'ont paru les trois premiers volumes de *la Philofophie de la Nature* de M. de Lisle, Ex-Oratorien : les trois derniers ont été publiés il y a deux ans. Le peu de fuccès de cet ouvrage volumineux le fit alors confondre avec une multitude d'autres, produits fous permiffion tacite. Ce n'eft que depuis quelques mois qu'un Sr. Audran, Confeiller au Châtelet, grand dévot, excité par un zélé fanatique, a imaginé de dénoncer cet ouvrage à fa Compagnie, & de le faire brûler, comme on l'a vu. On auroit cru qu'il s'en feroit tenu-là, & que l'information ordonnée fuivant la formule de ces fortes de fentences n'auroit pas de fuites. Point du tout, il pourfuit fa dénonciation avec une cruauté digne du fiecle

le plus superstitieux. M. de Lisle est déjà décrété de prise de corps, les Censeurs (car il y en a deux) d'assigné pour être ouï, & l'Imprimeur d'ajournement personnel.

22 *Février* 1776. Me. la Croix a donné une addition de sept pages in-4°. à son Mémoire en faveur des Jurandes, & ses nouveaux raisonnemens ne sont pas moins lumineux & moins convaincans. Du reste, tous les Corps intéressés dans cette affaire, répandent respectivement dans le public leur défense, & quoique partant tous de principes communs, les rappellent spécialement à ce qui les concerne ; en un mot, suivant une expression triviale & vraie, *chacun prêche pour son Saint.*

23 *Fév.* Les Comédiens François ayant eu l'insolence de faire jouer Samedi *le Deuil*, petite piece donnée après *Loredan*, par les doubles, sans que les premiers acteurs eussent de raison valable pour s'en dispenser, & manquant ainsi essentiellement à la Reine présente, les Gentilhommes de la chambre, malgré leur mollesse à l'égard des histrions, n'ont pu s'empêcher de les punir : on les a pris par l'endroit sensible, & chacun a été respectivement mis à une amende de 200 Livres.

23 *Février.* Après bien des variations, il est à présumer que ce seront les Intendans des Menus qui auront la manutention de la machine de l'Opéra.

24 *Fév. Les Heures nouvelles à l'usage des Magistrats & des bons Citoyens,* méritent quelques détails par leur singularité.

1°. Dans le Calendrier marqué à chaque jour, comme l'on a dit, du nom de quelque homme célebre dans un genre quelconque, on y voit avec furprife M. de Voltaire ; ce qui prouve que l'auteur de cette collection n'eft fûrement ni un Janfenifte ni même un Dévot, d'autant qu'il fait une exception en faveur du Philofophe de Ferney, le feul homme vivant qu'il place dans le Catalogue.

2°. On y trouve deux hymnes qu'on donne pour authentiques, chantées par le Clergé de Tours en l'honneur de Henri IV. du tems de la Ligue : l'une, en proceffion le 17 Mars 1590, & l'autre le 24 Mars fuivant, en actions de graces de la Victoire de Henri IV.

Du refte, on y a fuivi exactement la formule du livre de prieres, dont celui - ci porte le titre : rien n'eft oublié, & tout eft rapporté aux circonftances. On a adopté plufieurs pieces de vers connus, & un morceau de profe, qui eft *l'oraifon funebre des Confeils Supérieurs*, dont on a déjà rendu compte.

Le Sermon eft neuf & roule fur l'infamie des Magiftrats qui ont trahi leur Miniftere en fe prêtant aux vues du Chancelier Maupeou. Dans tout cet ouvrage on fait qu'il doit y avoir néceffairement une multitude de répétitions, l'auteur revenant fans ceffe fur les mêmes idées, qui, quoique bonnes & patriotiques, font à la fin faftidieufes.

24 *Février* 1776. Les Princes & Pairs fe font réunis hier au Palais ; mais peu occupés de l'affaire du Maréchal Duc de Richelieu, la cabale oppofée à M. Turgot s'y eft encore diftinguée, on a dénoncé un ouvrage produit fous les aufpices de ce Miniftre & tendant à éclairer les efprits, à les difpofer à une nouvelle loi qu'il

voudroit établir : il a pour titre , *les inconvéniens des droits féodaux*. L'objet de cet écrit , où la matiere n'est qu'effleurée , seroit de détruire la servitude réelle ou des biens , après avoir détruit celle des personnes. On a prétendu que c'étoit attaquer les propriétés. Il a été ordonné que les gens du Roi en prendroient communication pour en rendre compte à la cour sur le champ , & que le nommé Valade, Libraire , dont le nom est au bas du titre, seroit mandé à la barre de la cour pour y être interrogé.

24 *Février*. Les aimables libertins de la cour, pour donner plus de piquant à leurs plaisirs, avoient imaginé de faire une souscription entre les mains des plus fameuses courtisannes de Paris pour former un pique-nique délicieux, qui devoit être précédé du Spectacle , suivi du Bal, d'un jeu d'enfer & de tout ce qui peut accompagner une pareille orgie. M. le Duc de Chartres & M. le Comte d'Artois devoient en être ; chaque convive étoit taxé à cinq Louis. La Comédie devoit être jouée par Mlle. Guimard, où la Dlle. Duthé auroit chanté ; & la Dlle. d'Ervieux , Surintendante du repas , avoit ordonné le festin chez un traiteur sur les Boulevards. La partie de plaisir avoit d'abord été projettée pour le Carnaval, mais afin de la rendre plus célebre & plus singuliere, on l'avoit remise au premier jeudi de Carême. Le jour étoit venu ; tout étoit prêt pour le Spectacle, qui devoit consister en deux pieces connues, la Colonie, & les Sabots , lorsqu'un ordre du Roi est intervenu qui a tout arrêté, même le souper. On ne doute pas que le zele de M. l'Archevê-

que n'ait beaucoup contribué à faire supprimer une fête aussi scandaleuse. L'Altesse Royale qui devoit en être, n'a pas permis au Lieutenant de Police de seconder le zèle du Prélat. Il n'a fallu rien moins que l'autorité du Monarque, vengeur des bonnes mœurs & de l'honnêteté publique, qui auroient été à coup sûr étrangement violées dans l'assemblée d'une jeunesse aussi gaie & aussi effrenée. Le Commandant du Guet avoit reçu ordre de garder les avenues du traiteur & d'empêcher qui que ce soit d'y entrer.

25 *Févr.* 1776. Hier le Sr. Valade interrogé sur l'auteur & le censeur de l'ouvrage remis aux mains des gens du Roi, a dit que c'étoit un Sr. Bonserf, du Contrôle général, qui lui avoit remis le manuscrit, & le Sr. Pidanfât de Mairobert qui l'avoit approuvé. En conséquence ils ont tous deux été décrétés d'assigné pour être ouï par devant M. Berthelot, Conseiller nommé rapporteur dans cette affaire.

25 *Février.* La Dlle. d'Ervieux, en sa qualité de Surintendante présidant au repas, d'après les défenses du Roi, a fait porter tout le festin au Curé de St. Roch pour être distribué aux pauvres malades de la Paroisse. On nomme plaisamment ce repas *le repas des Chevaliers de St. Louis*, à cause des cinq Louis d'écot que chacun payoit.

25 *Février.* L'ouvrage condamné à être brûlé par le Parlement, toutes les Chambres assemblées, les Princes & Pairs y séant le vendredi 16, étoit déjà ancien & connu; on en a parlé dans le tems : mais la cupidité de quelque Colporteur clandestin en avoit

fait faire une nouvelle Edition en France, avec des augmentations, fous le titre de *Théologie Portative* ou *Dictionnaire abrégé de la Religion Chrétienne, par l'abbé Bernier, Licentié en Théologie. Nouvelle édition, revue, corrigée & augmentée par un Disciple de l'auteur. Imprimé à Rome avec Permission & Privilege du Conclave,* 1776, *en deux volumes.* Cette brochure est déclarée par la Cour, scandaleuse, impie, blafphématoire, tendant à anéantir, s'il étoit poffible, les fondemens de la Religion, & conféquemment à détruire les principes de la fûreté & honnêteté publiques, &c.

Rien de plus capucinal que le Requifitoire de l'Avocat Général Seguier, qui fait aujourd'hui la cour au Clergé & en veut beaucoup aux Philofophes.

26 *Fév.* 1776. Chaque jour voit éclorre de nouvelles repréfentations de la part des Arts & Métiers. Un plaifant a parodié toutes ces requêtes dans une prétendue, adreffée au Roi pour les Lapins, à l'occafion de l'Arrêt du Confeil qui permet & ordonne leur deftruction.

28 *Fév.* M. l'Evêque de Beauvais eft chargé depuis quelque tems de prononcer dans l'églife des Invalides, fuivant l'ufage, l'oraifon funebre de M. le Maréchal du Muy, Miniftre de la Guerre mort en fonctions.

28 *Février.* C'eft à demain 29, qu'eft enfin fixée la réception de M. l'Archevêque d'Aix à l'Académie Françoife. La haute opinion que beaucoup de gens ont pris de l'éloquence de ce Prélat, par fon difcours du Sacre, excite une grande fermentation parmi

les amateurs , & les billets font recherchés
avec un empreffement qui fera beaucoup de
mécontens à coup fûr.

29 *Fév.* 1776. La fureur effrénée des auteurs
criminels des couplets redouble , & ils en ont
enfanté contre la Reine de plus affreux encore , s'il eft poffible. M. le Lieutenant de
Police eft de nouveau aux aguets de ces abo-
minables chanfonniers.

29 *Février.* On doit donner aujourd'hui
d'autres fragmens, compofés de *l'Acte de la
Sybille* de Moncrif , de celui de *Vertumne &
de Pomone* , tiré du Ballet des *Elémens*, &
de celui de *la Provençale* de la Font.

Du 1 *Mars* 1776. On peut juger à quel
degré les têtes du Parlement font exaltées
par le parti violent qu'ils ont pris contre la
brochure dont on a parlé , intitulée *les inconvéniens des droits féodaux.* On ne conçoit
pas comment ils ont flétri de la lacération &
de la brûlure ce petit écrit , tout au plus dans
le cas d'être fuprimé , ou , pour mieux dire ,
ne contenant que des raifonnemens fort fen-
fés , des réflexions , des opinions , un fyftême
toujours foumis refpectueufement à la fageffe
& aux lumieres du Légiflateur , qu'on invoque fans ceffe. Quelque fec & ennuyeux qu'il
foit , cet événement lui donne de la vogue ,
le fait renchérir & foutient le courage du
lecteur.

1 *Mars.* Meffieurs les Economiftes prêchant la Liberté pour tout ce qui les concerne , ne fe foucient pas que leurs adverfaires
en ufent ; en conféquence ils ont provoqué
un Arrêt du Confeil qui fuprime les Mémoires

dont on a parlé en faveur des fix Corps, &
plufieurs autres publiés par diverfes Communautés, quoique fignés d''Avocats.

2 *Mars* 1776. L'Arrêt du Confeil dont on a
parlé, eft du vingt-deux Février; il fupprime
les réflexions de M. Linguet annoncées précédemment, ainfi que le Mémoire de Me. la
Croix & le fupplément; un autre imprimé,
ayant pour titre *Réflexions des maîtres Tail-
leurs de Paris fur le projet de fuprimer les Jurandes*, figné de Me. Dureau Avocat & fuivi
d'une Confultation du 17 Février, fignée
Saulnier; enfin un autre imprimé, ayant pour
titre *Obfervations préfentées par les maîtres
compofant la Communauté des Graveurs-Cife-
leurs de la ville & fauxbourgs de Paris fur l'Edit
de fupreffion des Corps des Marchands & des
Communautés des Arts & Métiers* figné Me.
le Roi de Montecli, comme contraires au
refpect dû à l'autorité de S. M., en fe per-
mettant de difcuter d'avance l'objet ou les
difpofitions de fes loix, d'oppofer, pour ainfi
dire, un fentiment ifolé à l'autorité de S. M.
& de chercher à prévenir fes fujets contre des
loix émanées de fa fageffe, de fa juftice &
de fon amour pour fes peuples.

2 *Mars*. La brochure intitulée *les inconvéniens des droits féodaux*, eft condamnée,
comme injurieufe aux loix & coutumes de la
France, aux droits facrés & inaliénables de la
Couronne, & au droit des propriétés des particuliers, comme tendant à ébranler toute
la Conftitution de la Monarchie, en foulevant
tous les Vaffaux contre leurs Seigneurs & contre le Roi même, en leur préfentant tous les

droits féodaux & domaniaux comme autant d'u-
furpations, de vexations & de violences également odieufes & ridicules, & en leur fug-
gérant les prétendus moyens de les abolir,
qui font auffi contraires au refpect dû au Roi
& à fes Miniftres, qu'à la tranquillité du
Royaume.

Tout cela eft précédé d'un Requifitoire à
grandes phrafes de l'Avocat Général Seguier,
fort verbeux, fort emphatique, où, fous prétexte d'avoir à peine eu le tems de lire cet
écrit, il le difcute peu, mais fe perd en dé-
clamations & en injures contre les Economiftes, qu'il défigne fans les nommer, pour
des perturbateurs de l'Etat, pour un parti mé-
ditant fecrétement fa fubverfion, y travaillant
fans relâche & dont il faut réprimer les écarts
& les excès.

2 *Mars* 1776. On a fait fur la tragédie du
Connétable de Bourbon une chanfon un peu
meilleure que celles qui paroiffent depuis quelque tems; elle en contient la critique, fans
avoir cependant rien de bien faillant, de bien
fin ou de bien gai. On en va juger :

> Le Connétable me plaît fort :
> Comme on y rit, comme on y dort,
> C'eft une bonne pièce,
> Eh bien !
> Qu'on joue à nos Princeffes,
> Vous m'entendez bien ?
>
> François Premier eft un faquin,
> Angoulême eft une câtin,

C 5

Et le dire à Versailles,
Eh bien !
C'étoit une trouvaille,
Vous m'entendez bien.

Bourbon pour nous faire enrager
Déserte en pays étranger,
Puis il nous fait la nique,
Eh bien !
Aidé de la Tactique, [a]
Vous m'entendez bien.

Parmi les glaives, les mousquets,
Adélaïde court après,
Lui dire l'amnistie,
Eh bien !
Que Saint Germain publie,
Vous m'entendez bien.

En vain Stuart son Chevalier,
La couvre de son bouclier,
Mais une balle adroite,
Eh bien !
Vous la tue en cachette,
Vous m'entendez bien.

Enfin meurent tous ces héros,
Implorons Dieu pour leur repos,
Prions-le qu'il nous laisse,
Eh bien !
Siffler un peu la piece,
Vous m'entendez bien.

---

[a] L'auteur, M. de Guibert, a fait un traité sur
la Tactique.

3 *Mars* 1776. L'affaire concernant le livre *des inconvéniens des droits féodaux* fe fuit avec acharnement. M. de Mairobert a fubi fon interrogatoire par devant M. Berthelot de St. Alban & a prouvé qu'il n'avoit eu aucune connoiffance de l'ouvrage, que fon examen n'étoit pas de fon reffort, & que le Libraire s'étoit trompé en l'indiquant. De fon côté, le Libraire eft convenu que c'étoit par erreur qu'il avoit nommé M. de Mairobert. Pour motiver cette étourderie de Valade, il faut favoir qu'au moment où il parut devant le Parlement garni de Princes & Pairs, M. le Prince de Conti voyant qu'on le traitoit avec douceur, & qu'on paroiffoit difpofé à le renvoyer fur la preuve qu'il donnoit qu'il étoit en regle & muni d'une permiffion tacite : *Meffieurs*, dit fon Alteffe, *preffez - le davantage ; c'eft un coquin, c'eft lui qui imprimoit toutes les Brochures du Chancelier*.... A cette apoftrophe le Libraire a perdu la tête, craignant des fuites fâcheufes d'une pareille dénonciation trop vraie. Heureufement on n'y a pas eu égard.

Depuis M. de Mairobert, on a décreté M. le Roi de Senneville, cet Avocat voué au parti Economique : il s'eft encore trouvé innocent. Le véritable Cenfeur eft *Coqueley de Chauffepierre*, Avocat qui, de fon propre mouvement eft allé trouver M. le Procureur Général & le Premier Préfident : il leur a dit qu'il étoit inutile d'inquiéter les Cenfeurs, fes confreres ; qu'il étoit le feul coupable, le feul approbateur de l'ouvrage ; mais il ne l'a fait que fur une Lettre de M. Turgot, qu'il n'a pourtant pas entre les mains.

3. *Mars* 1776. Meſſieurs de l'Académie, pour
ſe diſculper cette fois du reproche de n'admettre
que des grands Seigneurs, des membres nuls,
ont voulu choiſir un homme de Lettres pour
ſuccéder au Duc de Saint Aignan ; deux ſont
ſur les rangs, M. Colardeau, & un Abbé
Millot. Le premier eſt connu pour le meilleur
verſificateur que nous ayons à préſent ; il vit
chez une Marquiſe de la Vieuville, qui l'a
répandu parmi des gens de qualité & le pouſſe
de ſon mieux. D'ailleurs c'eſt un garçon doux,
point cabaleur, qui, s'il ne devient un partiſan
de la ſecte Encyclopédique, ne lui ſera pas du
moins contraire & laiſſera le Sr. d'Alembert
exercer ſon deſpotiſme tant qu'il voudra, enfin
un ſujet valétudinaire, pouvant bientôt laiſſer
là la place vacante. Quant à l'autre, il eſt connu
par un Abrégé de l'Hiſtoire de France, un de
l'Hiſtoire d'Angleterre, tous deux eſtimés, &
par pluſieurs autres ouvrages d'un mérite Académique. Il a plus d'entregent, & le Secrétaire le préféroit comme plus propre à groſſir
& à ſeconder le parti. Tels ſont les deux con-
currens, entre leſquels la Compagnie ſe partage aujourd'hui.

4 *Mars.* Le livre qu'on a annoncé ſous le
titre *des quatre Ages de la Pairie de France*,
eſt attribué aujourd'hui au Sr. Goezmann, dont
en effet le mot *Zengamno* eſt l'anagramme.
Cet Ex-Magiſtrat, tant baffoué lors de ſon
procès contre le Sr. Caron de Beaumarchais,
a cru devoir ſe déguiſer pour empêcher les pré-
ventions que ſon véritable nom pourroit élever.
La miſere où il eſt tombé, l'a réduit à ſon pre-

mier métier d'auteur : on ne fait fi ce traité
volumineux aura beaucoup de vogue.

4 *Mars* 1776. On a fait une troifieme Epitaphe à l'abbé dè Voifenon , plus courte que les
autres & non moins bonne :

> Ici gît un prêtre égrillard ,
> Gai quelquefois & faifant rire ;
> D'ailleurs ami de la Favart :
> C'eft tout ce que l'on en peut dire.

4 *Mars.* Le Sr. Bonferf s'avoue affez ouvertement pour l'auteur du livre qui fcandalife
fi fort Nosfeigneurs du Parlement & femble ne
rien craindre ; fon ouvrage eft rempli de citations d'un Mémoire fait par M. Criftin , Avocat
de St. Claude , dans le fameux procès des
habitans de ce lieu contre le Chapitre.

5 *Mars.* Les Comédiens François annoncent
Abdolonyme, ou *le Roi Berger*, qu'ils avoient
d'abord qualifié de comédie en trois actes &
en vers imitée de Métaftafe , & qu'ils n'appellent plus aujourd'hui que *Piece*. Elle eft d'un
M. Collet , qui en 1758 a donné l'*Ifle déferte*.
L'autre étoit depuis longtems fur le Répertoire ,
mais l'auteur avoit négligé de reprendre fon
rang. Les Comédiens déjà vexés par divers
Poëtes , n'ont pas voulu en ameuter tant contre
eux , ils ont paru fe piquer de générofité , &
lui rendent juftice aujourd'hui.

6 *Mars.* La fuite des Couplets *fur l'air la* ,
&c. eft encore plus infame , en ce qu'on y
nomme fans pudeur M. le Baron de Befenwald ,
le Lieutenant-Colonel du Régiment des Gardes
Suifles , honoré de quelque confiance de la

Reine, comme en abufant de la façon la plus criminelle, on le peint en outre des couleurs les plus affreufes. Ceux-ci ne font pas auffi bien faits que les autres, ne partent pas de la même plume, & pourroient être des auteurs de ceux fur la cour.

On en a fait d'autres fur l'air, *vous qui du vulgaire ftupide*, moins atroces & auffi plats. On y cenfure les aimables légeretés de la Reine, on lui reproche fes bontés pour les gens à talens, fa familiarité avec eux : on y critique fon choix pour fes Ballets de gens peu diftingués par une ancienne naiffance, tels que Mrs. de *Caraman*, *Galliffet*, *la Vaupalliere*, en hommes ; de Mefdames la Baronne de Neukerque, de Caffini, de Guibert, d'Hennery, fur-tout de la troifieme, petite-fille d'un Comédien, &c. Tout cela eft fans fel & fans fineffe.

7 *Mars* 1776. Le goût des exercices femble reprendre chez nous d'une maniere très-propre à fortifier notre jeune Nobleffe de la cour, depuis longtems énervée par une vie molle & futile : non-feulement les courfes à cheval fe multiplient, mais on en fait aujourd'hui à pied ; il y en a eu dernierement une au Luxembourg entre un des fils du Duc de Coigny, M. de Sezval & le Chevalier de Fitz-James.

8 *Mars*. *Le Roi Berger* n'eft autre chofe que le commentaire de la fameufe chanfon de Henri IV, qui préféroit fa mie à Paris fa grande ville. Cette piece eft fi contraire à nos mœurs, fi monotone, fi fade qu'elle a généralement fait bailler, ou rire, par un amour doucereux qui peut s'admettre dans un opéra tel qu'eft

la piece de Metaſtaſe, dont M. Collet a imité la
ſienne, mais au deſſous de l'héroïſme théâtral.
D'ailleurs, le caractere d'*Alexandre* eſt tellement dénaturé qu'il devient ridicule : rien de
plus abſurde que d'entendre ce Conquérant
du monde, vanter les agrémens de la vie tranquille & champêtre, célébrer les Rois pacifiques.
Aucune beauté ne rachette les abſurdités & les
platitudes de cet ouvrage, qui ne tardera pas
à aller rejoindre *Loredan*.

9 *Mars* 1776. On ne peut exprimer la fureur
ſoutenue du public pour le Ballet de *Médée &
Jaſon*, depuis qu'on le donne, la recette a
conſtamment paſſé 5000 Livres. La Reine &
une partie de la famille Royale ſont venus
vendredi à l'opéra uniquement pour ce Ballet.

9 *Mars*. Par une ſingularité fort remarquable, à la derniere aſſemblée publique de
l'Académie Françoiſe du 29 Février, pour la
réception de M. l'Archevêque d'Aix, c'étoit
un Prêtre (l'Abbé de Voiſenon) dont il s'a-
giſſoit de faire l'éloge, c'étoit un prêtre qui
devoit répondre (M. l'Eveque de Senlis, élu
Directeur par le ſort.) Au moyen de quoi le
défunt a été fort mal traité : non-ſeulement on
n'a pas pris ſon éloge du côté qui prêtoit le plus
relativement à la plaiſanterie & aux choſes d'a-
grément où il excelloit, mais on a fait la cenſure de ſon eſprit, qui tournoit en abus ce beau
préſent de la nature ; on s'eſt rejetté du côté
de ſon cœur, & l'on a fort appuyé ſur ſon
répentir tardif.

M. Marmontel a lu enſuite un diſcours en
vers ſur l'Eloquence, où après avoir paſſé en
revue les divers genres d'éloquence, même

celle des Miffionnaires & du fameux Bridene
entr'autres, après avoir exalté les grands orateurs de l'antiquité, il retombe avec complai-
fance fur la nôtre & trouve que cette Philofophie fi à la mode aujourd'hui l'a merveilleuse-
ment corroborée, en fait le caractere diftinc-
tif & la rend bien fupérieure à l'ancienne.
On fe doute fort que M. de Voltaire n'eft pas
oublié dans l'énumération de nos orateurs modernes. Ce difcours a paru faire une grande
fenfation fur les auditeurs, quoique long ; le
poëte l'a débité avec beaucoup d'emphafe &
de véhémence : l'ayant pris dès le début fur
un ton trop élevé, la voix lui a manqué tout-
à-fait, il a fallu lui donner un verre d'eau
claire & limpide ; ce qui a fait dire aux plaifans
qu'il fe fortifioit d'un coup de l'hippocrene.
M. d'Alembert a terminé par l'Eloge de l'Abbé
de Dangeau ; ce qui a ramené des digreffions
fur l'Eglife : on a beaucoup ri d'une efpece de
prône qu'a fait le panégyrifte aux Prélats, aux
Abbés & autres Eccléfiaftiques là-préfens en
grand nombre, contre la pluralité des Bénéfices ; & la féance a fini gaîment ainfi.

11 *Mars* 1776. M. l'Abbé Eloy eft un jeune
Séminarifte de St. Sulpice, qui a eu le premier
prix du mérite en Licence : il eft riche & fe
difpofe à acheter une charge de Confeiller Clerc
au Parlement ; en conféquence il a voulu faire
fa cour à cette Compagnie : ayant été chargé
de prononcer le difcours des Paranymphes,
efpece de Saturnales, de Fêtes Théologiques
qui ont lieu en Sorbonne pendant le Carnaval,
il y a fait venir la phrafe fuivante : *Sedibus
vacuis & pollutis rediit Themis.* Les Sages Maî-

très ont été fort scandalisés de l'audace du candidat, insultant ainsi le Grand Conseil dans une cérémonie publique. On a délibéré sur son compte, & il a été arrêté provisoirement de laisser sa place vacante dans la liste des Licentiés & de prier M. le Chancelier de l'université de ne pas lui donner la bénédiction usitée. De son côté, le grand Conseil a convoqué les semestres, & a député vers M. le Garde des Sceaux pour se plaindre. L'Abbé Eloy s'est mis sous la sauve-garde du Parlement. Le Procureur général a mandé le Syndic de la Faculté, & , en convenant de l'étourderie du jeune homme qui s'excusoit & prétendoit avoir dit *impollutis*, lui a déclaré que cet événement faisoit beaucoup de sensation au Palais, qu'il eût à assoupir l'affaire.

M. le Garde des Sceaux & M. de Malesherbes en ont écrit dans le même sens à la Faculté, lui ont marqué que le Roi vouloit que l'on ne donnât aucun éclat à ce scandale public, qu'on puniroit l'abbé en l'éloignant de Paris : la Faculté intimidée a molli, l'Abbé Eloy a été réintégré dans la place de Licentié, il n'a point été exilé, & il a même eu depuis le bonnet de Docteur. Ce qui désole le Grand Conseil, & encourage ses ennemis à le vilipender de plus en plus.

12 Mars 1776. Le Sr. Freron est mort ces jours derniers. On ne sait encore qui aura le privilège de ses feuilles : on sait que le Sr. Linguet se remue beaucoup pour lui succéder. Mais tel écrivain que ce soit, il y a à parier qu'il ne vaudra pas son prédécesseur. Ce critique avoit le goût sûr & exquis, il manioit le sarcasme avec beaucoup de gaîté & de fineffe , & s'il n'étoit auffi favant, auffi profond que l'abbé Desfontaines, fon prédéceffeur, il avoit plus de graces & de légereté. On ne doute pas que Voltaire & tout le parti Encyclopédique ne triomphent de cette perte pour la Littérature.

13 *Mars* 1776. L'ouvrage dont on a annoncé le titre, *fur les finances*, devoit paroître au commencement de l'année derniere, & a été retardé fuivant une note de l'auteur. On affure qu'il a été compofé, imprimé & répandu fous les aufpices du Miniftere actuel. Son objet eft d'augmenter l'odieux des impofitions & de ceux qui les perçoivent. C'eft une diatribe fanglante contre les Fermiers généraux. Pour rendre la chofe plus touchante, on anime la fcene par un Dialogue entre un malheureux, dont les fuppôts de la Ferme ont ruiné la famille & fait périr le pere de chagrin, & fon curé. Le premier fe livre à toutes les imprécations que lui doivent naturellement infpirer fa mifere & fon défefpoir; le fecond tempere fa fougue par un efprit fage & philofophique. Il lui fait voir que cela doit être ainfi, tant qu'il y aura une ferme ou une régie : comment des hommes naturellement cupides ne le deviendroient-ils pas encore plus à la vue des monceaux d'or dont ils font fans ceffe entourés, munis de toute l'autorité, de tout le pouvoir propre à faire trembler, à écrafer ceux qui lui réfifteroient ! Vient une digreffion fur les Chambres Ardentes de Rheims, de Saumur & de Valence, où l'on peint des couleurs les plus noires ces tribunaux de la fifcalité, ces inquifitions auffi redoutables dans

leur genre que celles du fanatifme religieux. Il nous apprend que fous l'abbé Terrai, on y a joint encore une quatrieme Chambre de cette efpece, établie à Caen. Il s'indigne, qu'au lieu de fonger à détruire ces tribunaux effroyables, on les augmente ; il efpere cependant que fous Louis XVI ils feront renverfés.

Enfuite, pour obvier à tant de maux dont il ne relèveroit pas les horreurs s'il n'avoit le remede tout prêt, le Politique propofe fon fyftême, qui n'eft pas nouveau : ce feroit de divifer la France en portions quarrées, & de former un cadaftre, fur lequel il établit fon plan, fes moyens & fes calculs.

On ne peut s'empêcher de frémir, à la lecture de cet écrit volumineux, compofé, ce femble, par un homme très au fait de toutes les manœuvres & extorfions des fuppôts de la Ferme. Les défenfeurs de celle-ci l'accufent de partialité, de calomnie & d'ineptie.

14 *Mars* 1776. On a parlé plufieurs fois du procès du Docteur Guilbert de Preval contre la Faculté, maintenue dans fes droits & fa difcipline par le tripot. Il revient aujourd'hui contre ce jugement & répand un Mémoire préliminaire.

15 *Mars.* On parle d'une nouvelle petite piece en vers de M. de Voltaire, intitulée *Sefoftris* : on dit que c'eft une allégorie fous laquelle il exalte le Roi.

16 *Mars.* Outre les *Lettres à un Lord*, dont on a parlé & qui font d'un M. de St. Cyr, bâtard d'un M. de Nolivos ancien Gouverneur de St. Domingue, il eft parvenu ici une *Relation* détaillée des fêtes qui ont précédé

& fuivi la réintégration du Parlemènt de Navarre.

Entre les divers détails dont eft chargée cetté
relation , l'anecdote du berceau d'Henri IV
eft neuve & prétieufe. C'eft une relique de ce
grand & bon Roi , qui fe conferve au château
de Pau. M. le Baron de Capdeville qui y commandoit , permit aux officiers de Police, fuivis
des clercs du Palais, de l'emporter, à condition
que plufieurs citoyens notables demeureroient
au château pour ótages. On l'éleva fur un arc
de triomphe , par où l'on fit paffer les Commiffaires du Roi , & l'on leur adreffa le difcours fuivant :

Meffeigneurs. " Sufpendez ici votre mar-
,, che , voyez , admirez parmi ces lauriers cét
,, objet inanimé , digne de notre vénération
,, comme le temple le plus augufte. C'eft le
,, Berceau de notre Henri : c'eft-là que les
,, Deftins filerent les premiers jours de ce Mo-
,, narque , qu'ils donnerent à l'univers pour
,, le modele des Rois & la félicité des Na-
,, tions. ,,

Le furplus ne contient qu'un récit d'extra-
vagances patriotiques ou d'un cérémonial ufité
& rapporté dans toutes les autres Relations de
cette efpece.

17 Mars 1776. Les fonds provenant des contri-
butions mifes fur les maifons de jeu autorifées
à Paris par la Police , font appliqués par M.
Albert à l'établiffement de quatre Maifons de
Santé, où l'on guérit du mal immonde les femmes de mauvaife vie dont eft remplie cette capitale. Ce projet , en apparence fage & falu-
taire , ne pouvoit avoir été fuggéré que par

la cupidité d'un certain Gardane, Médecin de la Police, qui préside à ces Lazarets vénériens : 1°. en ce qu'il y a déja des hôpitaux fondés à cet effet, où l'on met les filles lorsqu'on les enlève : 2°. en ce qu'elles sont auſſi mal dans ces nouvelles maiſons que dans celles - là : 3°. en ce qu'une fois guéries, on les relâche & l'on leur laiſſe continuer le même commerce, pour ne point laiſſer manquer de pratiques à ce Docteur.

18 *Mars* 1776. La galanterie Françoiſe a fait prodigieuſement dégénérer ici l'inſtitut des Franc - Maçons ; on ne tient preſque plus de Loges que pour les femmes & tout recemment Madame la Ducheſſe de Bourbon ayant deſiré jouer un rôle dans cet Ordre célebre a été reçue Grande - Maîtreſſe. On a tenu à cet effet une Loge extraordinaire dans le Wauxhall du Sr. Torré, à laquelle ont aſſiſté Madame la Ducheſſe de Chartres, Madame la Princeſſe de Lamballe & beaucoup de Dames de la cour. Il y a eu Illumination brillante, Proverbe & Bal.

20 *Mars.* On a parlé ci - deſſus d'un Abbé Eloy qui a occaſionné un ſi grand ſcandale en Sorbonne & que la Cour a protégé ſi hautement, qu'elle a ſouffert que pour la premiere fois on inſérât dans la Gazette de France du lundi 11 le nom & le triomphe de ce Candidat ; cependant, pour donner quelque ſatisfaction à la Faculté & prévenir les plaintes du Grand Conſeil adreſſées en regle au Monarque, il a été exilé à Montmorency, c'eſt-à-dire à quatre lieues de Paris.

21 *Mars.* Les diſcours qu'on lit dans le

procès verbal du lir de Juſtice tenu il y a
quelques jours, ne répondent point à la haute
opinion qu'on en avoit donnée. Celui de M. le
Garde des Sceaux eſt froid & languiſſant ; c'eſt
un reſumé vague des préambules des Edits &
une énumération feche & ſans nobleſſe de ces
divers actes de Légiſlation.

Le diſcours du Premier Préſident dans ſa
briéveté manque d'énergie, la marche en eſt
triviale, il préſente des images fauſſes, & au
moment où il peignoit le peuple de Paris conſ-
terné, les guinguettes regorgeoient d'ouvriers
qui avoient quitté leurs maîtres, avoient pris
des caroſſes de remiſe & offroient par-tout le
ſpectacle d'un vrai délire.

Ceux de M. Seguier ont plus d'éloquence,
c'eſt-à-dire de mots & de phraſes, mais peu de
logique ; il y a quelquefois du nerf & de la
hardieſſe, mais ils n'approchent en rien de ce
ton de perſuaſion & de conviction, que réu-
niſſent les préambules des Edits, pleins de confiance, de bonté, de popularité & d'une ſorte
d'enthouſiaſme qui a entraîné déjà beaucoup
d'incrédules. Ainſi M. l'Avocat Général ſe vante
en vain de n'avoir jamais mis tant de force &
d'onction dans ſes harangues ; celles-ci ne lui
donneront point de place parmi nos grands
orateurs, nos héros patriotiques.

22 *Mars* 1776. M. l'Archevêque de Lyon annonce à l'occaſion du Jubilé une Inſtruction
Paſtorale formidable contre les Incrédules.

22 *Mars*. Il paroît que l'inconduite du
Sr. Freron eſt le principe de ſa mort, qu'il
étoit abîmé de dettes, pourſuivi par ſes créanciers, que ſes meubles étoient ſaiſis, & qu'il

étoit à la veille d'être réduit fur la paille ; que dans le même tems il avoit appris que M. de Malesherbes, harcelé par les ennemis de ce Journaliste, par les Encyclopédistes & par la cabale de M. de Voltaire, étoit déterminé à fupprimer fes feuilles pour 1776 ; que tombé malade dans ces circonstances, le chagrin avoit agravé fon état. Sa femme étoit allée à Verfailles folliciter & parer le coup qu'on vouloit porter à fon mari ; elle avoit mis fes protections en mouvement & réuffi, lorfqu'à fon retour elle a trouvé fon mari mort. On s'accorde à dire que le privilege eft accordé à fon fils, âgé d'environ vingt ans & qui s'efcrime déja en Littérature ; on a vu de fes Contes dans l'Almanach des Mufes ; mais il eft hors d'état de remplacer fon pere actuellement, & l'on croit que le Sieur Clément tiendra la plume : c'eft un critique excellent pour la difcuffion, mais long, ennuyeux & fans aucune grace.

22 *Mars* 1776. Mlle. Rofalie de l'Opéra, qui depuis la Comédie *des Courtifannes*, où une d'elles porte ce nom, l'a quitté & a repris fon nom de famille *le Vaffeur*, va déformais s'appeler la Baronne de.... d'une Baronnie de 20 à 25000 Livres de rentes, que lui a achetée M. le Comte de Merci - Argenteau, Ambaffadeur de l'Empereur. C'eft une chofe inconcevable que l'afcendant que cette actrice, laide, féche, mais folâtre & ayant du talent, a acquis fur ce Miniftre, qu'elle mene à la baguette.

Une autre Courtifanne, nommée *Souck*, offre un autre fpectacle non moins étonnant. Cette fille obligée de quitter Paris, abîmée de dettes, montant à plus de 400,000 Livres, est allée faire un tour chez l'Etranger ; après avoir rodé dans différens Etats, elle est tombée à Berlin, où le Prince Henri, frere du Roi de Prusse, est devenu amoureux d'elle & l'a comblée de biens : mais son excessive magnificence envers elle, ayant excité l'attention du Monarque Prussien, ce Prince a tremblé pour sa maîtresse, & craignant que son frere ne la fît expulser ou maltraiter plus durement, il lui a conseillé de retourner en France. Elle est revenue à Paris, chargée des dépouilles des Etrangers & sur-tout de cette Altesse.

24 Mars 1776. Avant-hier M. de Fenelon & M. de Fontenilles ont fait le pari à qui iroit le plus vite à Versailles, en partant de la porte de la Conférence en cabriolet & en reviendroit : le cheval du premier est mort à Seve, celui du second est mort à Paris dans l'écurie.

24 Mars. Peu de tems avant la mort du Maréchal de Muy on lui avoit présenté un Mémoire, dans lequel *on démontre, par des expériences & des observations, les effets pernicieux qui résultent de l'usage du pain dans lequel on fait entrer une grande quantité de son.* Comme le pain des troupes est fait avec la farine & tout le son des grains qu'on fait entrer dans sa composition, le Ministre fut allarmé, quoique les expériences & les observations prétendues ne fussent rien moins que concluantes ; en conséquence il remit à M. Sage, membre de l'Académie des Sciences, de la classe de Chymie, ce Mémoire & le chargea de vérifier tout ce qui pourroit éclaircir le fait.

Quoique l'auteur du Mémoire contre le pain

de

de munition fe foit retracté depuis, dans un supplément remis au Comte de St. Germain, celui-ci a non-feulement ordonné la continuation des travaux de M. Sage, mais afin de diffiper les inquiétudes qu'auroit pu faire naître la publicité de l'écrit en question, il a cru néceffaire de publier également les expériences qui détruifent ce qui est avancé. Elles offrent des découvertes intéreffantes, entr'autres un moyen auffi fimple qu'ingénieux, par lequel on peut s'affurer fi la farine de froment est bonne, médiocre ou mauvaife ; elles font également propres à lever les difficultés qui pourroient fe préfenter lors de la réception des grains deftinés à la confommation des troupes.

L'ouvrage de l'Académicien renferme auffi des obfervations fur les dangereux effets de quelques fubftances végétales que les foldats & le public peuvent être expofés à manger, & il indique leur antidote : il propofe en outre un moyen de remédier à la brûlure de la poudre, à laquelle les foldats font expofés fréquemment.

Tels font les motifs qui ont déterminé M. le Comte de St. Germain à faire publier cette analyfe.

25 *Mars* 1776. Il paroît décidé que M. le Garde des Sceaux a confervé le Privilège de l'*Année Littéraire* au fils de Fréron.

26 *Mars*. La piece de *Sefoftris*, quoique roulant fur une allégorie triviale, est pourtant très-agréable, par une fraicheur de coloris, une délicateffe de pinceau, par des vers heureux qui coulent encore de fource & fe reffentent du charme inépuifable que le Poëte

de Ferney répand fur fes plus vieilles productions.

On parle auffi d'une piece en profe de ce
Philofophe, intitulée, *Remontrances du Pays de
Gex au Roi.*

27 *Mars* 1776. *Les Remontrances du Pays de
Gex au Roi*, femblent par leur titre un perfiflage de celles du Parlement : mais elles con-
tienent, au contraire, de véritables actions de
graces à l'occafion de la fupreffion des maî-
trifes, de l'abolition des corvées, de l'impôt
territorial fubftitué par abonnement à tous les
autres fur toutes les terres indiftinctement, Nobles, Eccléfiaftiques & autres, enfin de la liberté du commerce des grains, tous objets
qui ont, au contraire, excité les réclamations
de nos Magiftrats, au point de provoquer le
dernier Lit de Juftice. Mais ce petit ouvrage
de M. de Voltaire, outre l'Eloge du Roi,
contient encore celui de prefque tous les Souverains de l'Europe, qu'il trouve effentielle-
ment occupés du bonheur de leurs peuples.
Il en fait une énumération rapide & mêlée de
traits hiftoriques qui rendent l'écrit plus inftruc-
tif ; il affure que le regne de la Raifon eft
venu avec celui de Louis XVI, & c'eft à la
Philofophie fi honnie, fi calomniée, qu'on a
pourtant cette obligation.

28 *Mars.* Il y eut hier encore une
Courfe au même lieu & en préfence de la
Reine & autres perfonages de la famille Royale. M. de Fenelon, qu'on a plaifanté fur fa
chûte & qu'on difoit ne pouvoit manquer de
gagner, puifqu'il alloit *ventre à terre*, n'a pas
ofé fe rifquer, & ce font les Jackets qui ont

couru. M. de Naſſau a gagné ; le Duc de Chartres a eu auſſi l'avantage contre le Duc de Lauzun.

Il y a une Courſe à pied annoncée pour demain entre des Officiers aux Gardes.

29 Mars 1776. On ne peut exprimer à quel point le François s'enthouſiaſme pour les gens à talens ; c'eſt ſurtout lorſqu'ils ſont alités, que cet intérêt ſe manifeſte : le Sr. Dauberval, fameux Danſeur de l'Opéra, ayant été dangereuſement malade, ſa porte s'eſt trouvée aſſiégée d'une multitude de viſites, comme ſi la vie de quelque Grand bien important dans l'Etat eut été en danger ; heureuſement il eſt hors d'affaire, & tout Paris revit avec lui.

30 Mars. Il y a eu hier au Cours une fameuſe partie de barre entre des Officiers aux Gardes Françoiſes, Suiſſes & autres. Les deux partis étoient diſtingués par des écharpes rouges & par des écharpes jaunes. Ils ont couru depuis neuf heures du matin juſques à deux, & cela a formé Spectacle dans ce tems d'oiſiveté. Cette ſorte d'exercice & l'image ſimulée de la Guerre eſt fort en uſage dans les garniſons.

31 Mars. Le Sr. Piozzi, fameux chanteur Italien, & le plus célebre, à ce que bien des gens prétendent, après Cafarelli, eſt ici depuis quelque tems & a paru dans différens concerts particuliers. On en a donné hier un pour lui, & il doit débuter aujourd'hui au Concert Spirituel, théatre où viennent briller tour-à-tour les plus grands talens.

2 Avril. M. l'Archevêque de Paris,

extrêmement affligé d'avoir vu les Spectacles
se continuer jusqu'à la clôture ordinaire, malgré le Jubilé, s'étoit flatté qu'au moins il
pourroit faire interrompre les promenades de
Long-champ, ufitées dans la Semaine Sainte,
comme profanes & indécentes, par le concours nombreux des filles les plus élégantes
de cette capitale, & des aimables libertins
de la cour & de la ville ; il avoit proposé
au Miniſtere de faire fermer les portes du
Bois de Boulogne pendant ces jours religieux ;
mais il n'y a pas d'apparence qu'il ait rien
obtenu, & ce ſpectacle licentieux n'en ſera
vraiſemblablement couru qu'avec plus de vogue & de fureur.

3 *Avril* 1776. La veille de ſon jugement Madame la Préſidente de St. Vincent avoit répondu au dernier écrit, en une feuille de
quatre pages *in*-4°. intitulé *Obſervations Som-
maires*. C'eſt ſans contredit ce qui a été fait
de mieux dans cet immenſe procès. Il eſt
d'un Abbé, qui, touché du ſort malheureux
de cette Dame, & indigné contre la foibleſſe
ou la timidité de ſes défenſeurs, lui a prêté
depuis quelque tems ſa plume avec beaucoup
de ſuccès : il ſe nomme *Coulon*.

4 *Avril*. Le Caſtrate Piozzi a en effet été
couru avec grande fureur le dimanche des
Rameaux, où il a chanté au Concert Spirituel, &, comme il arrive ſouvent dans ces
cas-là, les amateurs ont été partagés : tous
s'accordent aſſez cependant à le trouver excellent pour les *Bouffes*, c'eſt-à-dire, pour
les arriettes gaies & folâtres des Opéra Bouf-
fons ; mais les critiques lui reprochent de

n'avoir pas le ton du sentiment, ils disent
en termes bas, dégoûtans, mais énergiques,
qu'il dégueule les sons, c'est-à-dire, qu'il
les précipite du gosier, & que rien ne sort
de l'ame. Au reste, il doit paroître encore
plusieurs fois, & peut-être pourra-t-on mieux
alors apprécier son talent & fixer le jugement du public sur son compte.

5 *Avril* 1776. Me. Linguet, dans un de ses
derniers Numéros, profitant de l'erreur du
public, à l'occasion d'un Mémoire signé *Ribault de Nointel*, dont on a parlé, & regardé comme un modele de modération &
d'honnêteté, insinuoit qu'il en étoit le véritable auteur. Mais M. de Nointel, Avocat
lui-même, & fort en état de se défendre,
lui donne aujourd'hui un démenti formel, &
ne manquera pas, sans doute, de le consi-
gner dans quelque écrit périodique, pour
faire connoître de plus en plus avec quelle
impudence Me. Linguet ment ainsi à la face
de tous les honnêtes gens.

6 *Avril*. *Très-humbles & très-respectueuses
Représentations adressées à S. M. par Me. Linguet, Avocat, sur la défense à lui faite d'imprimer sa Requête en cassation contre l'Arrêt
des 4 Février & 29 Mars 1775*. Tel est le titre
d'un nouveau Pamphlet de Me. Linguet ;
mais n'osant le produire par lui-même, il le
fait précéder d'un *Avertissement de l'Editeur*,
qui déclare que cet Ex-Avocat n'a aucune
part à la publication de cet ouvrage, qu'il
en est tombé une copie manuscrite entre les
mains d'un particulier honnête, qui, indigné
du complot des ennemis de Me. Linguet, &

de l'impunité dont ils jouissent , a cru devoir , uniquement par amour pour la vérité ,
faire la dépense d'imprimer une production
qui les démasque , & peut contribuer à ouvrir
enfin les yeux du Gouvernement sur leurs
excès.

6 Avril 1776. On peut se rappeler une
tragédie du Sieur Sedaine , intitulée *Maillard,*
dont on a déja parlé. Le Roi de Suede , pendant son séjour à Paris , en avoit entendu la
lecture ; de retour dans ses Etats , il fit demander le manuscrit de cette tragédie , qui
lui fut envoyée. Cet auteur répand la copie
d'une Lettre qu'il a reçue en remerciment de
S. M. Suédoise ; elle mérite d'être connue ,
elle est datée de Stockholm le 28 Novembre
1775.

,, Monsieur Sedaine , j'ai relu avec le même
,, plaisir , & surtout avec le même intérêt ,
,, votre Drame de *Maillard* que vous m'avez
,, envoyé. Les principes de Patriotisme dont
,, il est rempli , ne peuvent qu'intéresser vive-
,, ment ceux qui savent ce que le mot de
,, *Patrie* inspire ; & sur-tout ceux qui ont vu
,, la leur approcher de bien près de l'état
,, déplorable où se trouvoit la France au tems
,, de *Maillard* & de *Charles Cinq* , ne peu-
,, vent lire qu'avec attendrissement les ta-
,, bleaux effrayans & pathétiques des désor-
,, dres civils qui remplissent votre piece. L'hé-
,, roïque vertu de *Maillard* , opposée à la
,, perfidie de son rival , en élevant mon ame ,
,, m'a fait le plaisir que j'attends d'une tra-
,, gédie. Voilà l'effet que fit sur moi votre
,, piece à la premiere lecture que vous m'en

,, fites à Paris , & celui qu'elle n'a cessé de
,, faire sur moi depuis. J'ai ordonné à mon
,, Ambassadeur de vous témoigner le gré que
,, je vous ai su de m'envoyer le manuscrit.
,, Sur ce je prie Dieu qu'il vous ait , Mon-
,, sieur Sedaine , en sa sainte garde. ,,

8 *Avril* 1776. Il n'y a guere d'apparence que
le Mémoire de Me. Linguet ait été présenté
au Roi dans la forme qu'on lui donne : le
titre de *Représentations* ne peut appartenir
qu'à une Cour Souveraine , ou au moins
à un Corps : d'ailleurs il est difficile de croire
qu'en s'adressant au Souverain , cet écrivain
audacieux eut porté la frénésie au point d'attaquer d'une façon aussi injurieuse & aussi
méprisante M. d'Aiguillon , Ministre & pa-
rent du Comte de Maurepas. On ne peut
pas être dupe non plus de cette tournure
triviale qu'il prend pour publier son ouvrage
par le zele officieux d'un ami , sur-tout après
l'ardeur incroyable qu'il montre dans son
Mémoire d'occuper la renommée. Quant au
fond , c'est une répétition fastidieuse de tout
ce qu'il a déjà écrit sur cette matiere , &
comme il arrive dans ces cas-là , à force de
revenir sur les mêmes choses , de les vouloir
retourner , il les énerve & les affoiblit. Du
reste , un égoïsme encore plus révoltant , au
point de prétendre que les innocens & les
opprimés n'ont plus de défenseurs au Barreau.
La piece la plus curieuse est sa Lettre qu'il
rapporte , écrite à M. de Malesherbes le 9
Octobre , où il se défend contre le Ministre
qui regardoit sa réclamation comme une preuve
de *méchanceté* , qui croyoit que Me. Linguet

ne vouloit faire que de *l'éclat & un libelle diffamatoire contre le Duc d'Aiguillon* : comme beaucoup de gens le croyent encore. Il y avance que fon client lui a fait offrir par M. le Garde des Sceaux 2000 Livres de rentes viageres s'il vouloit renoncer à toute démarche, & il l'accufe d'avoir follicité les Magiftrats contre lui, & d'avoir engagé le Maréchal de Richelieu à fe joindre à lui à cette fin.

9 *Avril* 1776. Le nouvel ouvrage de M. l'Archevêque de Lyon, que les partifans de ce Prélat annonçoient depuis quelque tems à l'occafion du Jubilé, commence à paroître & a pour titre : *Inftruction Paftorale de Mgr. l'Archevêque de Lyon fur les fources de l'Incrédulité & les fondemens de la Religion.* On voit à ce titre impofant que fi le Prélat remplit fa tâche, il eft regardé avec raifon comme un des coryphées de l'Eglife, & furtout du parti Janfénifte qui fe glorifie de l'avoir à fa tête.

10 *Avril.* Les ennemis de M. Turgot ne ceffent de chercher à répandre de l'odieux ou du ridicule fur fes opérations, fur fes confidens & fes fuppôts, même fur fa perfonne. C'eft ce qui a donné lieu à une chanfon qui pourroit être plus ingénicufement méchante, & plus correcte fur-tout, mais qui réfume affez bien les entours du Miniftre & les inconvéniens funeftes qui pourroient découler de fon fyftême. Madame la Ducheffe d'Anville, Virtuofe ayant beaucoup de goût pour la Science Economique, y eft fpécialement décriée : le Marquis de Condorcet, l'abbé Morellet, l'abbé Baudeau y figurent

d'une maniere affez vraie & par fois plaifante. Cette facétie eft fort recherchée : le Clergé, la Nobleffe, la Magiftrature, la Finance fe trouvent aujourd'hui, d'accord pour détefter le Contrôleur Général.

11 *Avril* 1776. Le Garde des Sceaux a permis feulement au fils de Fréron de tenir les engagemens de fon pere & de finir l'*Année Littéraire* de 1775, mais ne lui a point accordé un nouveau Privilege. Il eft aujourd'hui queftion d'en obtenir un autre, & d'éteindre ainfi 5000 livres de Penfion dont l'Efprit du défunt étoit grevé.

11 *Avril.* M. Colardeau vient de mourir, avant d'avoir pu s'affeoir dans le fauteuil Académique & y prononcer fon difcours de réception; enforte que, par un événement fingulier & dont il n'y a peut-être pas d'exemple, le fucceffeur aura deux Eloges à faire. M. Colardeau, tout jeune encore ou du moins dans la vigueur de l'âge, perit victime d'une paffion malheureufe. On peut fe rappeler la fatyre fanglante qu'il publia, il y a deux ans environ, contre une Demoifelle Verriere, dont on a parlé. Outre la douleur d'avoir été trompé par cette courtifanne ingrate & perfide, il paroît qu'elle lui avoit laiffé un fouvenir amer de fes embraffemens, & que la fanté délicate du Poëte en a été altérée au point de périr infenfiblement. Il étoit cependant depuis plufieurs années attaché à une Marquife de la Vieville, femme donnant dans le bel efprit & dans la philofophie, & chez laquelle il vivoit. Comme elle étoit veuve de-

D 5

puis quelque tems, le bruit couroit qu'elle l'avoit époufé, ou l'épouferoit.

12 *Avril* 1776. Le Sieur Buffaut, ci-devant marchand de foye, eft un des nouveaux Commiffaires du confeil pour la régie de l'Opéra. Les rieurs fe font exercés fur fon compte & l'on cite une plaifante caricature, où il eft repréfenté l'aune à la main, mefurant les bouches des Actrices.

12 *Avril.* M. l'Evéque d'Alais vient de mourir dans fon Diocefe Il avoit fait derniérement des écrits qui l'avoient rendu remarquable par un Patriotifme peu commun chez nos Prélats. On a parlé fur-tout de celui publié à la mort du feu Roi. C'étoit un coryphée du parti Janfénifte, & en mourant il a recommandé fon troupeau à M. l'Archevéque de Lyon, fon Métropolitain, & connu pour penfer comme lui.

13 *Avril.* Il y a apparence que les *Repréfentations* de Me. Linguet au Roi ne font qu'un délire de fon imagination enfanté dans fon cabinet & qu'il y a dépofé ; mais qu'enragé de ne plus faire de bruit, il fe fera fait voler ce manufcrit par un ami officieux, pour qu'il foit imprimé & fe répande ainfi dans le monde, aux rifques de ce qui en pourroit arriver, c'eft-à-dire d'occafionner beaucoup de rumeur fans une grande utilité. Ce qui a fur-tout réveillé fon amour-propre dans ce moment-ci, ç'a été de voir fon rival Gerbier reparoiffant au Barreau, & fignalant fon début par un triomphe dans l'affaire du Teftament du Marquis de Gouvernet.

13 *Avril.* Il paroît une longue Ordon-

nance du Roi affichée à tous les coins de rues ;
portant Réglement pour l'Opéra ; elle eſt datée
du 29 Mars : elle concerne les entrées à ce
ſpectacle aux premieres repréſentations , elle
regle ce qui regarde les répétitions , les petites
loges , la police intérieure, & remédie à beaucoup d'abus , mais contient auſſi des diſpoſitions
inutiles.

14 *Avril* 1776. M. l'Archevêque de Paris, qui
a vu avec douleur que , malgré le Jubilé , la
licentieuſe promenade de Longchamp ſubſiſtoit
pendant la ſemaine ſainte , a encore été plus
ſcandaliſé que le Wauxhall de Torré ſe ſoit
r'ouvert jeudi 11 , lorſque tous les autres ſpectacles vaquent encore , & qu'on ait accéléré la
tenue de cette eſpece de *Foire d'amour* qui n'a
lieu ordinairement que vers la Pentecôte. Pour
appaiſer le Prélat , on aſſure que le Gouvernement ne permettra aucun ſpectacle profane
les dimanches & fêtes pendant les deux mois
du Jubilé.

14 *Avril.* *La Lettre d'un Laboureur de
Picardie à Monſieur N**** , *auteur prohibitif à
Paris* , qu'on attribuoit à M. de Voltaire &
fort rare juſqu'ici , commence à devenir plus
commune ; mais il n'y a pas d'apparence qu'elle
ſoit du Philoſophe de Ferney.

15 *Avril.* Deux articles qu'on trouve très-ri-
dicules dans le nouveau Réglement concernant
l'Opéra , c'eſt celui par lequel les auteurs mêmes
ſont exclus des quatre premieres repréſentations
d'un ouvrage nouveau , ſauf ceux de l'ouvrage
joué , & l'autre , qui n'admet aux répétitions
que cinquante perſonnes choiſies à la diſpoſition
des régiſſeurs parmi les amateurs & gens de

goût, comme fi ces Meffieurs, qui n'ont jamais couru la carriere du théâtre Lyrique, étoient en état de faire une diftinction auffi délicate & auffi injurieufe pour les exclus.

16 *Avril* 1776. On croit plus vraifemblable que la *Lettre d'un Laboureur de Picardie* eft une production du Marquis de Condorcet. Le ton dur qui y regne, le décele aux yeux des con- noiffeurs, & l'on fait qu'il a déjà manifefté fon humeur contre M. Necker à l'occafion de l'ouvrage de ce Banquier *fur la Légiflation & le Commerce des grains*. Son premier écrit à ce fujet n'étoit qu'un pamphlet éphémere : ce- lui-ci, un peu plus détaillé, n'eft ni affez pro- fond, ni affez difcuté pour renverfer le fyftême de fon laborieux & favant adverfaire. Mais on y jette au hafard beaucoup de fophifmes faits pour éblouir les lecteurs fuperficiels ; d'ailleurs il y domine une infufion d'ironie merveilleufe- ment propre à piquer le goût des amateurs. Les mots de *Propriété*, de *Liberté*, de *Juftice* y font fréquemment répétés, comme dans tous les écrits des Econ omiftes, & malheureufement ces attributs ne fe réalifent pas toujours dans l'exécution de leur Légiflation pleine, comme toutes les autres, d'inconféquences dans l'ap- plication des principes.

Le *Laboureur de Picardie*, au furplus eft un homme inftruit & qui veut former fes fem- blables à raifonner fur les matieres de politique & d'adminiftration. On profite de ce prétexte de réfutation du traité de M. Necker, pour publier & répandre les annonces des autres projets bienfaifans pour le peuple de M. Tur- got, tels que la fupreffion de la Taille arbitraire, des Gabelles, de la Ferme du Tabac, des Bannalités, &c.

Afin de rendre l'écrit plus animé & plus fenfible, l'auteur met en fcene un Capitaine des troupes de la Ferme, un Echevin, un Vicaire, qui repréfentent les trois états de la Finance, de la Magiftrature & du Clergé, maudiffant le Miniftre qui attaque la fervitude fous laquelle ils font gémir les peuples. L'Eccléfiaftique, fuivant le coftume, eft fur-tout le plus violent à déclamer contre lui. Enfin, l'ouvrage fe termine par un épifode contenant l'abrégé fuccint de la vie du Fermier, prétendu auteur de la Lettre, qui de riche qu'il étoit, devint pauvre par une multitude de cataftrophes toutes provenantes des ufages abufifs, des loix prohibitives & vexatoires, réformées en partie & à réformer dans le furplus. Ce petit cadre eft déjà bien connu dans plufieurs pamphlets du même genre, & il faudroit que les Economiftes en inventaffent de nouveaux. Celui-ci cependant fe fera lire par fa rapidité, fon ton de popularité, par de petites anecdotes malignes & piquantes, par des farcafines irréligieux que nos Philofophes modernes ont mis fort à la mode.

Au furplus, l'auteur a vraifemblablement encore eu moins en vue d'humilier M. Necker que d'exalter M. Turgot; ce qu'il fait de la maniere la plus flatteufe pour ce Miniftre, en faifant connoître au Peuple combien il s'occupe de lui & eft fenfible à fes maux, auxquels il veut remédier.

Nota. L'écrivain infinue que l'ouvrage de M. Necker n'eft autre chofe qu'un *Dialogue fur le*

Commerce des Bleds, entre M. de Roquemaure
& le Chevalier Zanobi.

16 *Avril* 1776. Les ennemis de M. Turgot ne
cessent de se déchaîner contre lui ; voici des vers
où l'on caractérise, prétend-on, les inconvéniens & les maux qui peuvent résulter de ses
bonnes vues, mais trop systématiques :

> Inonder l'Etat de brigands,
> Multiplier les mendians,
> De malheurs augmenter la somme ;
> Et soulever les paysans,
> Sont les résultats effrayans
> Du système de ce grand homme,
> Dont les fous sont les partisans.
> Riez, chantez, Peuples de France,
> Vous recouvrez la liberté ;
> Quant à votre propriété,
> Le Prince en garde la finance ;
> Et de ce fortuné bienfait,
> Zéro sera le produit net.

17 *Avril.* M. de Voltaire a écrit une Lettre
au Roi de Prusse, en date du 30 Mars dernier, sur un prétendu bruit de la mort de l'Empereur de la Chine. Il y amène par une assez
brusque transition l'Eloge du Roi & des Edits
de M. Turgot, qui ont déplu au Parlement ;
ce qui donne lieu à l'Auteur d'indiquer histo-
riquement l'origine des Enrégistremens & des
Remontrances ; ce qui déplaira fort à la Compagnie qu'il tourne en ridicule à son ordinaire.
Dans le reste de cette Epitre, il donne rapidement ses vues politiques sur l'état actuel de

l'Angleterre, fur la guerre d'Amérique ; il finit par louer S. M. Pruffienne de fon humanité envers les Jéfuites & de fa bonne adminiftration ; il ne termine pas fans parler de fon âge & fans annoncer qu'il eft dans fa 83e année.

Le Philofophe de Ferney a eu peur que cette Lettre ne fût pas répandue fans doute auffitôt qu'il le voudroit ; en conféquence il en a lui-même adreffé une copie exacte, *ne varietur*, dit-il, dans une Lettre, à un de fes amis, du 7 Avril. Il prend pour prétexte une fuppofition que cette Lettre court dans Paris, qu'elle y eft défigurée & tout-à-fait infidele, quoiqu'on puiffe juger par la date même qu'il n'eft pas poffible qu'elle fût encore connue.

18 *Avril* 1776. Il paroît un nouveau Réglement pour le théâtre Lyrique contre celui dont on a déjà parlé. Il eft en date du 30 Mars & foutenu d'un Arrêt du Confeil. Il eft en 42 articles. Mrs. *Papillon de la Ferté, Maréchaux des Entelles, l'Efcureut de la Touche, Bourboulon,* Intendans des menus, *Hébert,* Tréforier, & *Buffaut,* ancien marchand de foye, y font nommés en titre *pour gouverner l'Opéra avec l'autorité la plus étendue,* ayant fous eux un Directeur général, deux infpecteurs, un Agent & un Caiffier.

Ce Réglement contient des difpofitions toutes nouvelles pour l'adminiftration intérieure du Spectacle, ftatue fur les honoraires des auteurs & les gages des acteurs, aiguillonne les uns & les autres, excite leurs talens par des motifs d'intérêt : fuivant leurs travaux ils doivent avoir des augmentations. On y remarque en général de bonnes intentions, mais on y trouve encore bien des points à réformer pour porter l'Opéra au dégré de perfection & de splendeur dont il est susceptible.

19 *Avril* 1776. Les frondeurs de la Cour & du Ministere s'encouragent par l'impunité & répandent de nouveaux couplets intitulés , *les Etonnemens des Chartreux.* M. le Comte de Maurepas , M. Turgot , M. de Vergennes , M. de Malesherbes , M. le Comte de St. Germain , M. de Sartine , y figurent en premier rang , & comme il n'est personne ni ouvrage assez parfait pour ne pas présenter un côté à la critique & au ridicule , on trouve du sel & quelque justesse dans certains endroits du vaudeville , où d'ailleurs on accorde des louanges à tous ces Messieurs , pour mieux faire passer la Satyre. M. de Guibert & les nouveaux Régisseurs des Vivres y sont attaqués en sous - ordre & traités plus durement. Cette facétie est d'un bon faiseur pour la fabrique , elle est assez gaie & montre plus de malice que de méchanceté.

20 *Avril. Alceste* , le nouvel Opéra du Chevalier Gluck , est affichée pour mardi , pour la premiere représentation de cette nouveauté , qu'on annonce comme d'un triste , d'un lugubre , d'un noir épouvantable.

21 *Avril.* Le mandement de M. l'Archevêque de Lyon , tant attendu dans ce saint tems du Jubilé , paroît enfin ; il est volumineux & effrayant par son étendue , il a 464 pages & porte le titre imposant d'*Instruction Pastorale de Monseigneur l'Archevêque de Lyon sur les sources de l'incrédulité & les fondemens de la Religion.* Malgré les découvertes qu'annonce le Prélat , son ouvrage n'est rempli que de lieux communs,

Il eſt foible de preuves, mais d'un ſtyle magnifique, & cette partie le fait lire avec plai-
ſir de ceux - mêmes qu'il ne ſauroit convaincre
par ſa logique peu preſſante. On aſſure que
M. l'Archevêque de Paris s'eſt piqué d'émulation & doit publier un traité ſur la même
matiere; il eſt actuellement occupé à le faite
compoſer.

22 Avril 1776. On annonce de l'infatigable M.
de Voltaire un nouvel ouvrage, ayant pour
titre *Lettres Tartares & Chinoiſes*. C'eſt tout ce
qu'on en ſait.

22 *Avril. Mandement de Mr. l'Evêque
de* * * * *pour la Publication du Jubilé*. Il ne
faut pas s'en laiſſer impoſer par ce titre, qui
n'eſt qu'une facétie très-irréligieuſe contre la
ſainte ſête de l'Egliſe qui occupe aujourd'hui
les Fideles. Elle eſt en vers. On ſait que le
François rit de tout, même de ſes maux les
plus préſens; eſt - il ſurprenant qu'un plaiſant,
quoique bon Catholique, tourne en dériſion les
courſes auguſtes que font aujourd'hui toutes les
paroiſſes, tous les couvens, tous les Corps
Eccléſiaſtiques, & la multitude immenſe des
Pénitens de cette capitale corrompue? Excepté
le ſujet, très-condamnable, cette ſatyre impie,
gaie & libertine contre les Prélats & les promenades du Clergé, eſt fort approuvée des
beaux eſprits; elle eſt recherchée & lue avec
avidité, d'autant qu'elle eſt toujours manuſ-
crite. Sans doute, ſi elle tombe entre les mains
de quelque Ex - Jéſuite, prédicateur de Paris
auſſi fameux & auſſi zelé que le Pere Wagner à
Coblence, il ne manquera pas de ſuivre ſes
erremens & d'anathématiſer le poëte, qui eſt

M. *Dulondet*, Sécretaire des Commandemens de S. A. Sérénissime Monseigneur le Duc de Penthievre.

23 *Avril* 1776. La Tragédie-Opéra d'*Alceste*, qui doit se jouer aujourd'hui sur le théâtre Lyrique, est une espece de traduction : quant au Poëme de M. Cazabigy, M. le Bailly du Rollet, l'auteur des paroles françoises, annonce dans son avertissement que non-seulement il a suivi en partie le plan de l'Italien, mais qu'il en a encore emprunté plusieurs détails, afin de conserver un grand nombre de morceaux de la musique *la plus passionnée, la plus énergique, la plus théâtrale qu'on ait entendue sur aucun Théâtre de l'Europe, depuis la renaissance de ce bel Art.* Il en cite pour garant le *Chevalier Planelli*, un des plus grands connoisseurs qu'ait aujourd'hui l'Italie, dans son traité *del Opéra in Musica*, imprimé à Naples en 1772. Nous verrons si les connoisseurs François seront du même avis. Quant aux Répétitions, qui ne se font pas réduites à cinquante gens de goût, comme le veut le Réglement, mais qui ont déjà été presque aussi nombreuses que de coutume, le jugement général a été que les deux premiers actes étoient fort beaux, mais que le dernier ne valoit rien.

24 *Avril.* On raconte un propos de la Reine au Roi qu'il faut prendre pour ce qu'il est, c'est-à-dire pour une gentillesse que se permettent deux époux dans leur intimité, mais précieux, comme établissant le caractere des deux augustes personages, & l'idée que la premiere a du Ministere actuel. Cette Majesté revenoit de l'Opéra de Paris. Le Roi lui demanda com-

ment elle l'avoit trouvé ? Elle répondit *froid.*
Il voulut s'informer fi elle avoit été bien reçue
des Parifiens, fi elle avoit eu les acclamations
ordinaires ? Elle ne répondit point à cette queftion, & le Roi comprenant ce que cela vouloit
dire, repliqua : " c'eft qu'apparemment, Ma-
,, dame, vous n'aviez pas affez de plumes. *Je*
,, *voudrois vous y voir,* SIRE, *vous avec votre*
,, Saint Germain & *votre* Turgot, *je crois que*
,, *vous y feriez rudement hué,* ,, repliqua la
Reine avec une aimable vivacité qui fit rire
le Monarque.

24 *Avril* 1776. Le Spectacle a été hier des plus
brillants. La Reine, Madame, la Comteffe
d'Artois, Monfieur & le Comte d'Artois l'ont
honoré de leur préfence. S. M. a fait de fon
mieux pour foutenir le chef - d'œuvre prétendu
du Chevalier Gluck ; mais tous les efforts des
partifans de cet Allemand n'ont pu garantir
le mauvais effet du troifieme acte, qui n'a reçu
aucun applaudiffement. On a trouvé de la force,
du pittorefque & beaucoup d'énergie dans la
Mufique des deux premiers ; mais l'autre n'é-
tant qu'une continuation de la même fituation
du fecond n'a pu paroître que monotone &
ennuyeux.

La Demoifelle Rofalie qui, comme l'on a dit,
a changé de nom depuis la piece des *Courtifan-*
nes, où l'une d'elles s'appelle *Rofalie,* & qui
dans le livre s'eft fait intituler *le Vaffeur,* a
rendu le rôle d'*Alcefte* avec beaucoup de fentiment, d'expreffion & de vérité ; il eft fâcheux
que la nobleffe de fa figure ne réponde pas à
celle du perfonnage. Le rôle d'*Admette* a été
exécuté par le Sr. Gros ; il eft fort inférieur

au premier, & cet acteur n'a pas brillé; il a
beaucoup crié, ce qui a gâté la beauté de son
organe. Gelin a rempli les fonctions du *Grand
Prêtre*, le troisieme rôle du poëme, très - simple, où il n'y a d'amour qu'un amour conjugal
peu chaud au théâtre de l'Opéra, & reffemblant
beaucoup à celui d'*Orphée*.

Il y a tout à parier que ce chef - d'œuvre prétendu de M. Gluck ne prendra pas dans ce
pays-ci, & que les nouveaux Régiffeurs auront
débuté fous de finiftres aufpices. Les Ballets
même font miférables, point d'air de violon,
rien de gai, & d'ailleurs un décore très - mef-
quin; cependant la décoration du dernier acte,
faite d'après les deffins de M. Machy, & exécutée par lui, s'annonce comme l'œuvre d'un
grand maître; elle repréfente un fite affreux:
le fond eft rempli par des arbres deffêchés &
& brûfés. Sur un des côtés on voit des rochers
fufpendus & menaçans, de l'autre une caverne
d'où il fort de tems en tems un feu obfcur.
c'eft l'entrée des enfers; en avancement, des
arbres, & un peu de côté eft l'autel de la mort.
Il eft de pierre brune & paré d'une faulx.
Tout cet enfemble fait honneur à l'artifte, par
des effets de perfpective propres à faire illufion,
par des détails d'une grande vérité. Mais, en
général, le peintre eft plus propre à rendre la
magnificence & le luxe des grands monumens
que la fimplicité & le terrible des objets triftes
de la nature.

25 *Avril* 1776. M. l'Archevêque ayant été in-
flexible, il n'y a point eu de Spectacle dimanche, pas même de Torré; ce qui a fait
refluer tous les oififs fur les Boulevards, où

déux files de caroffes regnoient depuis les Boulevards Montmartre jufques à la porte St. Antoine ; d'où il réfultoit une pouffiere effroyable qui a beaucoup fait crier contre Meffieurs de la ville , dont l'incurie eft très - repréhenfible , fous prétexte qu'ils n'ont fait leur marché d'arrofage qu'à commencer du 1er. Mai.

26 *Avr*. 1776. L'Oraifon funebre de M. le Maréchal de Muy, que M. l'Evêque de Senez devoit prononcer dans l'Eglife des Invalides , a eu lieu en effet mercredi 24 en préfence d'une affemblée nombreufe & diftinguée , & le Prélat a paru répondre à l'opinion qu'on a conçue de fes talens pour ce genre oratoire. La force & la véhémence paffent pour les qualités dominantes de fon dernier difcours.

26 *Avril.* On n'a pas été peu furpris de voir Mlle. Rofalie le Vaffeur faire le rôle d'*Alcefte* au préjudice de la Dlle. Arnoux , à laquelle il auroit mieux convenu comme actrice , & d'ailleurs ayant droit de le reclamer par fon ancienneté. Mais quand on faura que la Dlle. Rofalie eft maîtreffe de M. le Comte de Mercy-Argenteau , Ambaffadeur de l'Empereur & de l'Impératrice - Reine , qu'elle le mene avec le plus grand empire , que le Chevalier Gluck doit être tout à la dévotion de ce Miniftre , qu'il eft logé chez cette Courtifanne , on concevra pourquoi elle a remporté ce triomphe fur fa rivale. Celle - ci n'en a pas moins eu d'humeur , elle a plaifanté fur l'autre , elle a ameuté toute fa cabale contr'elle , & c'eft ce qui a enfanté du côté de Rofalie une Satyre atroce & dégoûtante contre la Dlle. Arnoux , qui ne mériteroit pas de produire la moindre fenfation

dans un autre lieu que les foyers de l'Opéra,
& entre deux autres émules que deux Catins.
Mais les nombreux partifans de ces *Impures*
donnent de la vogue à cette facétie pitoyable,
encore comme ouvrage d'efprit, & qui n'eft que
d'un mince écolier; cependant, comme elle
contient des anecdotes relatives à l'hiftoire du
jour, les amateurs la recueillent. Maître Linguet y joue auffi un rôle.

27 *Avr.* 1776. L'Opéra d'*Alcefte* eft très-fimple,
il eft dans le genre des tragédies Grecques, on
n'y trouve qu'un amour conjugal, en général
peu chaud, fur-tout à ce théâtre. Ce mérite,
grand aux yeux de certains connoiffeurs, ne
l'a pas paru à la multitude, qui pleine du poëme
plus intrigué de Quinault, préfere les galan-
teries fades de celui-ci à l'ennui majeftueux de
l'autre. Dans l'ouvrage Italien, le premier acte
confifte en l'expofition de l'état déplorable du
Roi mourant : pleurs & gémiffemens du peuple
qui l'adore & le regarde comme fon pere. La
Reine vient joindre fa douleur à la fienne &
ne voit d'autre reffource qu'en la bonté des
Dieux. Ils vont tous invoquer Apollon dans
fon temple. Son Grand-Prêtre annonce que la
Divinité va s'expliquer : l'Oracle prononce que
rien ne peut fauver le Roi, fi quelqu'un ne
s'immole pour lui. Tout fuit à cette terrible
fentence. *Alcefte* refte feule, & fe dévoue à la
mort pour fon époux. Le Grand-Prêtre lui annonce que fon facrifice eft agréé, & lui prefcrit
la maniere de le confommer.

Le peuple ouvre encore le fecond acte; mais
tranfporté de joye du retour d'*Admette* à la
fanté, ce Prince vient jouir des acclamations &

participer au bonheur de ſes ſujets ; ce qui eſt bientôt ſu d'*Alceſte* , accourant auſſi à la fête générale : la douleur de cette Princeſſe , qui perce malgré elle , trouble bientôt. Son époux veut en ſavoir la cauſe & l'apprend. Ce Prince déja très touché qu'un de ſes ſujets ait racheté ſa vie aux dépens de la ſienne , qui veut connoître ce mortel généreux , & ne peut conſentir à ſon échange , eſt dans le plus grand déſeſpoir de la réſolution de la Reine. Combat entre ces deux auguſtes perſonages à qui appaiſera la colere céleſte. Le Chœur étourdi d'une réſolution qu'il ignoroit , retombe dans la triſteſſe & dans l'abattement.

Alceſte , au troiſieme acte , arrive la premiere au lieu du Sacrifice : les démons lui déclarent que l'heure de ſon trepas n'eſt pas encore venue : *Admette* ſurvient , & le combat recommence à qui périra pour l'autre. L'Epouſe expire d'abord , l'Epoux ſe tue , le Peuple revient encore & gémit ſur leur ſort & ſur le ſien ; Apollon paroît dans un char de gloire avec *Admette* & *Alceſte* , qu'il rend à leurs ſujets.

28 *Avr.* 1776. Le problême qui diviſoit depuis longtems cette Capitale , au ſujet des *Lettres de Ganganelli* , eſt enfin réſolu. Une Lettre du Cardinal Antonelli déclare qu'elles ne ſont point de ce Pontife , que la plupart ſont controuvées & que celles-mêmes qui pourroient avoir été traduites , ſont abſolument altérées , falſifiées. Par conſéquent tout le mérite de l'ouvrage qui ſembleroit devoir reſter à l'Editeur , tombe avec cette impoſture ; car il conſiſtoit uniquement dans le contraſte nouveau

d'un Italien, d'un moine & d'un Pape, dégagé
de préjugés fur tout & même fur la religion,
ne refpirant qu'humanité, douceur, tolérance.
Du refte, une morale affez triviale, nuls faits,
nulles anecdotes, nulles vues politiques, point
de difcuffion, rien d'approfondi dans la critique : c'eft, en un mot, un livre digne de l'é-
crivain, de l'avanturier Caraccioli, qui, après
avoir donné dans la vie de ce Saint Pere une
grande idée de lui, quoique beaucoup de
gens ne le regardent encore que comme très
médiocre, a voulu l'accréditer par ces prétendues Epitres, où d'ailleurs elle eft affez bien
confervée relativement au caractere établi &
d'un ftyle plus naturel & plus coulant que ne
l'eft celui du Sr. Caraccioli dans fes autres productions. En un mot, il a profité adroitement
de la premiere illufion facile à produire ici fur
tout : par un retour d'amour-propre, par le
goût particulier qu'il infpiroit à fon héros pour
les François, il a gagné beaucoup d'argent, &
il a bien droit de fe moquer du public crédule,
qui a adopté avec avidité une erreur dans laquelle cependant les gens qui ont du tact n'ont
jamais donné.

28 *Avril* 1776. Les cenfeurs de l'Adminiftration de M. Turgot ne ceffent d'enfanter des
fatyres contre lui. Il court encore un nouveau
vaudeville intitulé *Prophétie Turgotine*. Il attaque
cependant moins le Miniftre même que fon
Syftême & fes Confeillers : c'eft à proprement
parler une Parodie affez ingénieufe de la Doctrine des Economiftes, dont on fait voir le
ridicule & les abus dans les conféquences ulté-
rieures de leurs principes : elle eft d'ailleurs affez
gaie,

gaie, d'un bon faiſeur, & ſupérieure à tout ce
que la licence a enfanté à cet égard. Le dernier
couplet, qui pour faire revenir le Roi des
idées chimériques que ſon attrait lui a fait
adopter trop aveuglement, le compromet &
s'écarte du reſpect profond dû à ce maître auguſte, eſt vraiement condamnable & mériteroit au chanſonnier une correction ſévère.

29 *Mai* 1776. On n'a pas manqué de faire contre l'Opéra nouveau quelques plaiſanteries. Voici
une épigramme moins mauvaiſe que le reſte :

Pour Jubilé l'on repréſente *Alceſte* :
Les Confeſſeurs diſent aux Pénitens,
Ne craignez rien, à ce drame funeſte
Pour ſtation, allez tous, mes Enfans:
Par-là bien mieux dans ce tems d'abſtinence
Mortifierez vos goûts & vos plaiſirs ;
Et ſi par fois vous avez des deſirs,
Demandez *Gluck* pour votre pénitence.

Le Bailly du Rollet n'eſt point exempt de la
cenſure : on critique beaucoup ſes paroles peu
Lyriques, où il y a pourtant de la force &
des images : il ſe défend en diſant qu'il a été
gêné par la Muſique & qu'il lui a fallu conformer abſolument le ſens, la meſure & le rithme
à celle-ci, qu'autrement on auroit dû re-
fondre.

29 *Avril*. Outre le vaudeville dont on
a parlé, il s'agit d'une autre facétie intitulée
les trois Maries, dont on ne connoît encore
que le titre & le ſujet. L'idée de l'auteur eſt
d'y tourner en ridicule trois Virtuoſes du parti

Tome IX.　　　　　　　　　E

Economiste , fort liées avec le Contrôleur-
général , & chez lesquelles il tient des comités
avec les Coryphées de la Secte : ce sont Madame
la Duchesse d'Anville , Madame Blondel, &
Madame Marchais , cette derniere surtout prête
infiniment à la censure.

30 *Avril* 1776. Les principes sur l'usure établis
dans la requête des usuriers d'Angoulême au
Conseil, adoptés , ce semble , par ce tribunal,
puisqu'il les a favorablement accueillis & leur a
donné gain de cause , étant ceux de la Secte
Economiste qui ont dirigé M. Turgot dans son
avis donné comme Intendant de Limoges , méritent d'être résumés en peu de mots ; ils sont
qu'il ne peut y avoir d'usure dans le Commerce,
que le taux de l'Escompte ne peut être fixé, & que
c'est encore un effet de l'ancienne barbarie ou de
l'ancienne ignorance que de prétendre qu'un taux
plus haut exigé par le prêteur le rend usurier &
l'expose à des poursuites criminelles & à des per-
tes capitales.

Au contraire, Me. Drou , auteur de la défense des usures , prétend *qu'on appelle usure*
mordante celle qui excede le taux du Prince &
le taux du Commerce. Or , le premier est à cinq
pour cent & le second à six. Celui-ci est réglé
d'après des certificats qu'attestent toutes les places
de Commerce. Cette explication donne lieu à
une digression historique & intéressante que fait
Avocat sur l'usure , qui est toujours la suite
& la preuve infaillible d'un mauvais gouvernement, le fléau le plus rédoutable du Commerce,
qu'il détruit & ruine sans ressource. Il s'appuie
de l'autorité des plus grands Publicistes, des
Politiques les plus profonds, des plus habiles

Législateurs, même des auteurs Protestans les plus favorables au prêt à intérêt, tels que Wolf, Puffendorf, Barbeyrac, la Placette. Les Cours Souveraines ont une jurisprudence conforme : il n'est que les Economistes qui se soient avisés de penser différemment. L'orateur peint ces Docteurs modernes *comme des hommes sans aucun caractere public, entraînés par l'amour des nouveautés, séduits par l'espérance de se faire un nom & une fortune, se faisant un honneur d'attaquer comme des préjugés ridicules, des maximes de Législation, de Politique & de Morale, aussi anciennes que la formation des Sociétés.... Ces* détails rendent son ouvrage curieux, instructif & amusant.

1 *Mai.* 1776. Le Sr. Torré, pour engager le public à se rendre à son Wauxhall peu agréable par un froid trop rigoureux pour la saison, a annoncé pour samedi dernier un Concert au profit du Sr. le Brun, premier hautbois de l'Electeur Palatin ; ce qui a en effet attiré du monde.

1 *Mai.* La Demoiselle Dumesnil se retire enfin du Théâtre François après 39 ans de Service. On ne connoît point d'acteur ni d'actrice qui ait resté aussi longtems sur la scène, & se soit conservé des partisans & des admirateurs ainsi presque dans la décrépitude du talent, car on ne peut disconvenir que celui de cette Melpomene n'eût étrangement baissé. C'est la Dlle. Sainval qui prend ses rôles.

1 *Mai.* Dimanche dernier, au moyen de la cessation des Spectacles profanes à cause du Jubilé, il y a eu un Concert Spirituel

extraordinaire au château des Thuilleries, au profit de quatre gens à talens qui s'y diftinguent le plus & le foutiennent, favoir les Sieurs *Bezozzi*, *Jarnowick*, *Duport*, & *le Brun*.

2 *Mai* 1776. Il y a eu plufieurs Comités particuliers entre les Doĉteurs de Sorbonne relativement à la nouvelle Caiffe d'Efcompte, aux Arrêts du Confeil concernant l'affaire d'Angoulême, & aux vues reconnues du Miniftere d'établir fur l'ufure des principes contraires à ceux des Théologiens. Il paroît que ces rigoriftes voudroient en conféquence prémunir les fideles par des décifions réiterées, en manifeftant dans ce moment de crife la Doĉtrine de l'Eglife fur cette matiere.

3 *Mai.* Un livre dont on annonçoit le titre depuis longtems, propre à exciter la curiofité du public, mais faifi & confifqué par la Police, ce qui en avoit fufpendu le débit, commence à percer : c'eft *le parfait Monarque*. Il eft en trois volumes.

3 *Mai.* On travaille à réparer les défauts d'*Alcefte* ; & pour jetter dans le troifieme aĉte plus de variété, il eft queftion d'y introduire un *Hercule*, perfonnage néceffaire à l'aĉtion, fuivant la fable : mais il fera difficile que cette interpollation s'accorde avec les deux premiers aĉtes, &, en général, tout ouvrage ainfi refait de pieces & de morceaux eft toujours médiocre.

4 *Mai.* Le Ballet de *Medée & Jafon*, qui fe donne depuis plus de trois mois avec un concours continuel & l'admiration toujours foutenue du public, eft fans doute le plus

Beau fpectacle en ce genre qu'on puiffe trouver dans l'Europe entiere, non feulement par le génie de l'invention, mais encore par la richeffe des acceffoires, & furtout par une exécution complette. Le depart de Mlle. Heinel, fur le point d'aller faire fa tournée ordinaire en Angleterre, va feul fufpendre cette pantomime, qui mérite quelques détails avant qu'elle difparoiffe tout-à-fait. Elle dure trente-cinq minutes, & pendant toute cette action il n'y a pas un inftant où l'intérêt ne croiffe & n'augmente la curiofité du Spéctateur. La premiere imagination en eft dûe au Sr. Noverre, qui avoit le plus grand talent pour ce genre de compofition. En 1770 on l'enchaffa dans le Ballet d'*Ifmene* & *d'Ifmenias*, où, quoi qu'elle fût amenée, elle déplut par fa longueur & comme formant un autre Drame dans le Drame même. Aujourd'hui qu'elle eft ifolée & compofe un tout, qu'elle a été perfectionnée par le Sr. Veftris, il en réfulte un plaifir général & elle eft, ce femble, hors de la critique.

Tout le monde connoît le fujet. Le Ballet commence par la réception de *Médée* & de *Jafon* à la Cour de Corinthe, honneurs qu'on leur rend, danfes & feftins, où il n'y a encore que de la galanterie ; quadrille entre les deux époux nouvellement arrivés, & *Créufe* fille du Roi, qu'un Prince étranger recherche & courtife. La fympathie fe fait fentir entre *Jafon* & la jeune Princeffe ; *Medée* ne tarde pas à s'en appercevoir ; l'amant rejeté difparoît, & il fe forme un trio entre les trois perfonnages reftans : efforts de l'époufe

E 3

pour ramener *Jason*, qui semble revenir, puis retombe dans son ivresse. La jalousie croît au cœur de *Medée*, elle combat contre la fureur qui s'y éleve, elle se fait amener ses enfans, elle roule dans sa tête un dessein de vengeance affreuse, elle ne la satisfait pas, & la juge imparfaite : *Jason* survenant, elle tente un dernier effort auprès de l'infidele par le spectacle & les caresses de ces gages chéris de leur union ; il ne peut y résister & revient à elle ; mais la vue des charmes de son amante le trouble & l'enchante de nouveau. *Medée* voyant qu'il n'y a plus de ressource, évoque les enfers & forme ses enchantemens. Cependant *Jason* enivré de son amour, conclut l'himen. *Créon* lui remet le sceptre, & le fait reconnoître pour son successeur par les peuples ; ce qui repose délicieusement le cœur du Spectateur, serré jusques-là par les passions dont il a été agité avec la Magicienne. Au milieu de la joie générale qui regne à Corinthe durant la fête solemnelle qui s'y célebre, *Medée* semble revenir à sa tendresse pour *Jason* ; elle la porte au point de se conformer à ses volontés, d'offrir ses présens ; ils consistent surtout dans un bouquet, dont elle orne le sein de sa rivale, puis elle se retire. Le poison opere bientôt son effet : tourmens de *Créuse*, désespoir de *Jason*, qui arrache le bouquet & reconnoît la vengeance de *Medée*. Désordre général dans le Spectacle. *Medée* vole dans les airs sur un char traîné par des dragons ; elle est avec ses enfans, elle les égorge aux yeux de leur pere, & lui jette le poignard dont il se tue

à son tour ; lorfqu'elle a bien affouvi fes regards par la vue de tous les maux qu'elle a
caufés, elle fait fortir les Démons, derniers
exécuteurs de fa colere, qui embrafent &
réduifent le palais en cendre.

Sans doute, *Medée* poignardant fes enfans
publiquement eft contre le précepte d'Horace,
qui dit *nec coram populo pueros Medea truci-
det* : mais cette horreur eft adroitement pré-
parée par le premier combat dans le cœur de
Medée, qui le poignard levé fur les victimes
innocentes revient à la pitié, & s'efforce d'at-
tendrir *Jafon* par eux : d'ailleurs, l'action fe
paffant dans les airs, elle eft comme hors de
la fcene & dans un autre monde.

Le Sr. Gardel, qui fait le perfonnage de
l'amant de *Créufe* dédaigné, le plus court &
le plus foible de la pantomime, le remplit
de fon mieux & auffi bien que le comporte
fon rôle. Celui de *Créufe*, rendu par Mlle.
Guimard, a toutes les graces, tous les charmes, tout le plaifir naïf d'une jeune perfonne, dont le cœur s'ouvre pour la premiere
fois à l'amour : les dégradations de fa danfe,
lorfque le poifon agit, font bien marquées
& fes accès convulfifs exprimés avec précifion & nobleffe. Le rôle de *Jafon*, affez fot
en lui-même, eft relevé par la majefté des
geftes, des attitudes, par les regrets, les
combats & les remords dont eft agité le Sr.
Veftris. Mais tout eft fubordonné, comme
il doit l'être, à l'Actrice principale, à *Medée*, dans laquelle fe transforme Mlle. Heinel,
avec une vérité qu'on ne fauroit furpaffer.
Cette Danfeufe, la plus belle créature qu'on

E 4

ait vue au théatre , de la taille la plus impo-
sante & la plus majestueuse , éprouve dans
son visage une continuation d'altérations ra-
pides & variées , telles que l'exigent les passions diverses dont elle est agitée. Ce ne sont
pas de simples nuances , ce sont les impres-
sions vives & profondes de la douleur , les
fureurs , les emportemens de la jalousie ; c'est
le sombre d'une joie forcée, d'une dissimu-
lation violente, enfin c'est la rage du désespoir parvenu à son comble. Toutes les des-
criptions , au surplus , ne peuvent fournir
qu'une idée , une esquisse foible de ce drame fait pour les yeux , mais dans le tableau
duquel il y a plus d'expression , de sublime ,
de génie , que dans les plans embrouillés &
compliqués de nos tragédies modernes & dont
le jeu même est plus intelligible & plus propre à pénétrer l'ame que les saccades d'une
versification tonnante.

5 *Mai* 1776. Depuis peu les marchans de nouveautés en tabatieres , pour exciter le goût
des amateurs par la variété , ont imaginé des
boîtes plates , qu'ils ont par cette raison appelé des *Platitudes* ; elles sont de carton &
à très-bon prix. Madame la Duchesse de Bourbon est allée ces jours derniers à l'hôtel de
Jaback , & quand on a demandé à son Altesse
ce qu'elle désiroit ? elle a répondu , *des Tur-
gotines*. Le marchand a paru surpris , & ignorer ce qu'elle vouloit dire : » oui , a-t-elle
» ajouté , des tabatieres comme celle-là , »
en montrant la forme moderne. --- ,, Ma-
,, dame, ce sont des *Platitudes* , a-t-il ré-
,, pliqué. -- Oui , oui , a riposté la Princesse,

,, c'eft la même chofe. ,, Le nom leur en eft refté, & cette gentilleffe occupe Paris pour le moment, il n'eft perfonne qui ne veuille avoir fa *Turgotine*, ou fa *Platitude*.

6 *Mai* 1776. Le Parlement, trouvant que le livre qu'on a annoncé ayant pour titre *le parfait Monarque*, refpiroit le Syftême des Economiftes, l'a jugé digne d'anathême, & a ordonné vendredi qu'il feroit laceré, brûlé, &c.

6 *Mai.* C'eft demain qu'on attend les changemens d'*Alcefte*. Au furplus le Chevalier Gluck eft dans la plus parfaite fécurité; il affure que fi fa mufique ne prend pas aux premieres repréfentations, elle prendra aux dernieres; que fi ce n'eft cette année, ce fera l'année prochaine, ce fera dans dix ans, parce que c'eft la Mufique la plus analogue à la nature, & qu'il n'en connoît pas de plus vraie. Cette confiance, qui feroit ridicule & folle dans un homme médiocre, doit être regardée de la part de ce grand homme comme une conviction intime de fon mérite, comme cette noble audace du génie qui fent fes forces & fa valeur, & qui fe juge avec la même impartialité que s'il étoit étranger à lui-même.

7 *Mai* 1776. M. Seguier a fait un grand Requifitoire aux Chambres affemblées contre le livre annoncé, intitulé *le Monarque accompli*, &c. par *M. de Lanjuinais, Principal du College de Moudon*, en trois volumes; avec cette épigraphe : *narrando laudare & laudando monere, novum fcribendi genus hactenus intactum*, imprimé à Laufanne en 1774. Il paroît

E 5

par l'analyse vague de l'Avocat Général , que
l'auteur trouve son héros existant dans la
personne de l'Empereur actuel. En souscrivant
à l'Eloge de ce Prince & en y ajoutant du
sien , il reproche au prétendu Principal de
Collège de prêcher la sédition , la guerre civile , la vengeance contre les tyrans , & de
mettre ses projets sanguinaires dans la bouche
de S. M. Impériale. De-là une excursion violente contre les Economistes , contre les Philosophes , que le Magistrat inculpe de détruire tous les gouvernemens sous prétexte de
les réformer.

En conséquence le Parlement a proscrit la
brochure comme séditieuse , tendante à la ré-
volte & à soulever les esprits contre toute
autorité légitime , attentatoire à la Souverai-
neté des Rois , & destructive de toute subordination , en cherchant à anéantir , s'il étoit
possible , dans les cœurs des Peuples , les
sentimens d'obéissance , d'amour & de res-
pect qu'ils doivent à leurs Souverains , &c.
Tout cela donne un merveilleux véhicule à
l'ouvrage qu'on n'osoit ouvrir à cause de sa
longueur.

8 *Mai* 1776. Un Drame lû dernierement à
l'assemblée des Comédiens , y a causé les plus
vifs transports ; les cœurs de ces Messieurs
& de ces Dames ont été tellement émus de
sensibilité , qu'ils ont arrêté par acclamation
de le recevoir & de le mettre tout de suite
à l'étude , persuadés qu'un chef-d'œuvre de
cette espece devoit être au dessus des regles
& que les auteurs en rang ne s'opposeroient
point aux plaisirs du public. Il a pour titre

le Priſonnier : à la chaleur du ſtyle, les hiſtrions l'ont jugé de Jean Jacques Rouſſeau ;
mais l'auteur s'eſt fait connoître. Pour accorder ſon travail profane avec le ſaint tems
du Jubilé, il en a fait hommage au Pape ,
qui lui a répondu par le bref le plus flatteur,
en lui envoyant la patente de membre de
l'Académie des Arcades de Rome, & une
belle Médaille d'or accompagnée d'une magnifique chaîne garnie de diamans. Le Nonce
a été chargé de lui remettre lui-même les
préſens de ſa Sainteté. Le Poëte, déja triomphant, eſt fils naturel d'un homme eſtimé
dans la carriere dramatique, de feu Boiſſi.

12 *Mai* 1776. On a enfin introduit vendredi à l'Opéra un rôle d'*Alcide* dans *Alceſte.*
La chambrée étoit nombreuſe relativement à
ce changement qu'on attendoit depuis pluſieurs repréſentations. Le parti du Chevalier
Gluck avoit amené un renfort d'auxiliaires ;
mais le Poëme ni la Muſique n'y ont rien
gagné au gré des adverſaires , & les admirateurs ſinceres de l'ouvrage de cet Allemand
le préferent dans l'ancien coſtume.

12 *dudit.* Un M. d'Aucourt , Fermier Général, ſe piquant de bel eſprit , avoit compoſé, il y a longtems, c'eſt-à-dire du tems
où l'Ambaſſadeur Turc étoit à Paris , des
Mémoires en Roman relativement aux aven-
tures de ce Muſulman & de ſa ſuite dans
cette Capitale, avec les filles qui ſe trouvoient
très-bien de cette nation. Il vient d'en faire
faire une nouvelle édition , ſous le titre de
*Mémoires Turcs, par un auteur Turc, de tou-
tes les Académies Mahométanes , Licencié en*

droit Turc & Maître-ès-arts de l'université de Constantinople, *&c.* & pour donner de la vogue à cette brochure, il l'a dédiée à la Demoiselle *Duthé*, la plus fameuse courtisanne du jour. Le persiflage de l'Epître a fait fortune, & toutes les *Impures* de la Capitale ont voulu acheter l'ouvrage.

12 *Mai* 1776. Le nouvel ouvrage de M. de Voltaire est un gros livre intitulé *Lettres Chinoises, Indiennes & Tartares*; mais ce n'est à proprement parler qu'un point de ralliment, sous lequel il a rassemblé une quantité de facéties déja connues & sur des objets qu'il a rebatus cent fois.

13 *Mai*. Il se répand une épigramme dure contre M. de la Harpe : sans avoir infiniment de sel, elle est remarquable par les anecdotes qu'elle renferme concernant ce Poëte, dont la morgue déplaît à beaucoup de monde. Pour la bien entendre, il faudroit savoir son histoire & connoître sa figure : en général il est d'une extraction très-obscure, & passe pour bâtard. Dans sa jeunesse ayant été élevé par charité au college d'Harcourt ; il fit une satyre, encore écolier, contre le Principal qui l'avoit recueilli, si horrible qu'il fut mis en prison. L'Auteur, par une licence poëtique, suppose que c'est à Bicêtre ; ce qui n'est pas constaté. Il est d'une petite taille, & a l'air assez insolent. On peut se rappeler sa querelle avec le Sr. Blin, qui le traîna dans le ruisseau & dont on a parlé, son dévouement à la clique moderne, &c.

Enfant trouvé de la Philosophie
Dont il feint d'être possédé,

Fantoccini (*a*) fougueux, bravement se condé
  Par les brigands de l'Encyclopédie.
  Lâche Rimeur par Blin intimidé,
De Medailles chargé, mais couvert d'infamie,
  A Bicétre il a préludé
  Aux honneurs de l'Académie.

13 *Mai* 1776. *Epigramme.*

Sur les genoux de Perette, sa femme,
Un menuisier mangeoit sa soupe un jour;
Un sien ami l'apperçoit & l'en blâme,
Eh! qui pourroit s'attendre à pareil tour,
Comment chez toi point de table, compere?
Un menuisier.... Eh, pourquoi t'étonner,
Dit l'artisan, voici tout le mystere :
  Dès que j'ai fini de dîner,
  Je n'ai que la nappe à lever,
  Et je f.... la table par terre.

13 *Mai* 1776. Outre la plaisanterie des *trois Maries*, on parle d'une autre, intitulée *les Mannequins*. La disgrace de M. Turgot fera percer plus aisément ces satyres contre lui, accompagnées, sans doute, de plusieurs autres.

14 *Mai*. Il commence à se répandre très-clandestinement un livre qui allarme beaucoup la Police : il a pour titre *Mémoires concernans l'administration des finances sous le Ministere de M. l'Abbé Terrai, Contrôleur général*, avec cette Epigraphe : *illi robur & æs triplex circa*

_____

(*a*) Espece de Marionettes d'un théâtre des Boulevards.

pectus erat. On ajoute qu'on voit à la tête de
l'ouvrage un portrait de ce Ministre, qui n'est
pas sûrement le fruit des soins officieux de la
reconnoissance ou de l'amitié : on en juge par
le quatrain qui est au bas, dont on trouvera
les vers un peu durs, mais analogues à sa phy-
sionomie, au caractere, & à la conduite du
personage :

> Le seul aspect d'un tel Ministre,
> De sa vie offre le tableau :
> A cette figure sinistre,
> France, reconnois ton bourreau !

15 Mai 1776. La Faculté de Médecine n'est pas
restée sans replique au Mémoire du Docteur
Guilbert de Préval ; elle en publie un, où elle
démontre que cet accusé a tort de se plaindre
des décrets rendus dans son affaire, puisqu'ils
n'ont pas la sanction nécessaire pour leur donner
caractere de jugement, & qu'il déclamoit prématurément contre son Corps, n'ayant pas
encore déterminé ce qu'il devoit penser sur son
compte.

15 Mai. La cabale Encyclopédique a tellement intrigué pour M. de la Harpe dans le
sein de l'Académie Francoise, qu'il en a été
enfin élu le lundi treize. Comme le mot du Roi
qu'on a rapporté l'année derniere pouvoit oc-
casionner quelque crainte que S. M. ne voulût
pas confirmer ce choix, on avoit pressenti ce
Monarque, & on l'avoit disposé plus favorablement pour le candidat.

16 Mai. Au début du Ministere de M. Turgot, comme ce Ministre commençoit à annon-

cer fon efprit de réforme , & fur-tout de liberté
dans le Commerce des denrées, que la Caiffe de
Poiffy excitoit de vives réclamations de la part
des marchands forains , des bouchers & des citoyens de la capitale , cette Compagnie crut
devoir gagner les devans & faire revenir le Miniftre & le Public prévenus contr'elle. Un
de fes faifeurs fut chargé de fon apologie , préfentée au Contrôleur Général fous le titre de
*Réflexions fur l'établiffement de la Caiffe de
Poiffi.* On s'y plaignoit que les gens qui vouloient exciter l'Adminiftration à fupprimer cette
Caiffe, n'ont pas bien connu la nature de fon
établiffement , le but qu'on s'eft propofé en le
formant , & les effets qu'il peut avoir ; l'auteur leur reproche la fatalité , ou plutôt ,
dit - il , la négligence qui leur a fait ignorer
ou méconnoître les faits conftatés indubitables.

Un Economifte , un membre de la Secte qui
s'élevoit le plus contre les gens de la dite Caiffe , partit des faits établis dans ce Mémoire
même pour y ripofter par une brochure ayant
pour titre , *Bilan de la Caiffe de Poiffy* , avec
cette Epigraphe : *habemus confitentem reum* ,
où d'après les propres calculs du défenfeur de
la Caiffe , & fes expofés , il en réfulte que les
habitans de Paris payent 2,750,000 Livres ,
pour une impofition qui n'en rapporte au Fifc
que 750,000 Livres , ou autrement, que les fermiers retiroient un intérêt de 92 Livres & un
peu plus d'un tiers pour cent de leurs fonds :
ufure exceffive & ruineufe que les plus fameux
Gribelins ne défavoueroient pas.

Ce bilan de la Caiffe de Poiffy étoit anonyme , mais l'abbé Baudeau l'a malheureufement

avoué en l'inférant au tome fecond des *Nou-*
velles Ephémerides de 1776, Journal dont il eft
auteur. Les fermiers diffamés par cette brochure, & excités fous main par le Parlement,
ont fait un *Mémoire à Confulter & Confultation*
fur la queftion de favoir s'ils ne font pas en
droit d'attaquer en réparation le Coryphée Economifte ? En conféquence de la réponfe favorable des Jurifconfultes, l'abbé Baudeau a été
affigné au Châtelet famedi 11 de ce mois, &
le voilà tourmenté d'un bon procès de Dieu
qui le guérira vraifemblablement de la rage
d'écrire.

Ce qui démontre la collufion du Parlement
avec les fermiers, c'eft que les Remontrances
de cette Compagnie contre les Edits derniers
font en grande partie de M. d'Outremont fils,
Confeiller au Parlement, & que le Mémoire
eft de M. d'Outremont pere, Avocat.

16 *Mai* 1776. Il paroît que les *Mannequins*
ne font point une chanfon, comme on l'avoit
cru, mais une brochure fatyrique & infernale,
puifqu'on s'y permet de s'exprimer fur le
compte du Roi même d'une façon peu refpec-
tueufe & puniffable ; c'eft ce qui rend le pamphlet très-rare. On dit cependant que S. M.
n'y eft défignée que fous le nom vague de *So-*
phi ; au lieu que les Miniftres y font nommés,
mais par anagramme feulement.

17 *Mai*. Le tripot du théâtre lyrique, malgré les nouveaux Réglemens, eft en plus grand
défordre que jamais : tout y eft en fermentation. Les Coriphées de la danfe y font fur-tout
offenfés, de n'être pas traités avec autant de
confidération que ceux du chant : ils prétendent

que leur talent vaut bien l'autre, fur-tout en France où il foutient fouvent des ouvrages qui ne rapporteroient rien fans cet acceffoire. Ils ont en conféquence préfenté un Mémoire très-bien fait, dit-on, pour juftifier leurs plaintes. Les Adminiftrateurs femblent déjà fatigués de ces défagrémens. Le Sr. Bourboulon a déclaré qu'il fe démettoit; le Sr. Buffau menace d'en faire autant : ils fe plaignent qu'un certain Mefnard de Chouzi, fans aucun caractere, s'eft immifcé dans leurs comités, y jette le trouble, & fomente les divifions parmi les inférieurs pour obliger la Régie actuelle à fe diffoudre & élever fur fes débris une autre Compagnie.

17 *Mai* 1776. L'abbé Eloy, ainfi qu'on le préfumoit, n'a été exilé que pour la forme & eft déja de retour dans cette capitale. Le Parlement ne témoigne aucune répugnance pour le recevoir en cas qu'il fe préfente, quoique fon extraction ne foit pas brillante.

18 *Mai*. On commence à voir des chapeaux à quatre cornes, & les petits-maîtres ont adopté le matin en déshabillé cette coëffure grotefque. On la dit excellente pour le Soldat, en ce que de la façon dont il fe couvrira le chef, les cornes latérales ne le géneront point du côté du fufil; le bord du côté du front fera plus large, & fe rabbattra comme un abat-jour pour garantir les yeux de la pouffiere, du foleil & le devant du corps de la pluie.

19 *Mai*. Mademoifelle la Guerre a pris vendredi le rôle d'*Alcefte* à l'Opéra & l'a exécuté, au gré de fes partifans, auffi bien que Mlle. Rofalie; elle a fur celle-ci l'avantage d'être jolie :

cela ne peut que redoubler la rage de Mlle.
Arnoux.

Le Chevalier Gluck, mécontent du peu d'accueil qu'on fait à fon ouvrage, regardé ailleurs
comme fon chef-d'œuvre, eft parti le cœur
navré de douleur d'avoir perdu fa niece dont il
a appris la mort : c'étoit un fujet doué des plus
rares talens pour la mufique & le chant.

20 *dudit*. D'après les citations de la Confultation pour les fermiers de la Caiffe de Poiffy,
il faut conclure que le Mémoire inféré aux
Ephémérides eft autre chofe que le Bilan, quoique le réfultat en foit le même, c'eft-à-dire une
accufation contre les premiers de gagner plus
de 92 pour cent fur une vente d'environ 90,000
bœufs ou vaches par an aux marchés de Sceaux
& de Poiffy : mais on articule en outre d'autres inculpations plus directes ; on leur y fuppofe une cupidité qui marchoit de prévarications en prévarications, qui faififfoit tous les
moyens de dévorer la fubfiftance des peuples.
Un Sage, comme l'abbé Baudeau, dit-on, de-
voit-il enflammer la fureur naturelle des fujets
contre les impofitions & ceux qui les perçoivent, en peignant les fermiers plaignants comme des exacteurs, qui ajoutoient encore aux
rigueurs de l'impôt tout ce que l'avarice a de
plus bas & l'oppreffion de plus cruel ?

Quoique, fuivant la Confultation du 24
Avril, les confultans puiffent prendre la voye
criminelle, on eftime qu'ils doivent préférer la
voye civile, comme plus modérée & conduifant
au même but.

De fon côté l'abbé Baudeau fe difpofe à répli-
quer, c'eft-à-dire, à comparoir, à plaider

lui-même sa cause & à prouver ce qu'il a avancé ;
cet événement retarde son départ.

20 *Mai* 1776. Le Clergé seroit désolé par l'ap-
parition d'une nouvelle brochure intitulée *Suite*
du Dialogue sur les mariages des Protestans ,
*ou Réponse de M. le Curé de * * * à l'au-*
teur d'une brochure intitulée *les Protestans dé-*
boutés de leurs prétentions , si la disgrace de
M. Turgot ne le consoloit de tout en ce moment.

20 *Mai.* Un abbé Faucher , jeune homme ,
qui commençoit à prêcher , se vouloit distinguer , & se vouant à la Secte à la mode commençoit à faire bruit par son affectation de glisser la morale Economique avec la morale Evan-
gélique , & de faire venir adroitement des tirades & des éloges étrangers au fond de son
sujet. M. Turgot étoit un des saints que cet
orateur célébroit le plus. Les dévots ont été
outrés d'un zele de cette espece , ils ont peint
l'abbé Faucher à M. l'Archevêque comme un
prédicateur profane & scandaleux , & le Prélat
l'a interdit au milieu de sa station à Saint Germain l'Auxerrois , sans que depuis on l'ait pu
faire revenir sur le compte de l'Ecclésiastique.

20 *Mai.* A la suite des Mémoires concernant l'administration & le Ministere de M. l'Abbé Terrai , on trouve *la Relation historique de*
l'Emeute arrivée à Paris le trois Mai 1775,
& de ce qui l'a précédé & suivi. Cette Collection est terminée par 14 *Lettres d'un Action-*
naire à un autre Actionnaire sur la dissolution
de la Compagnie des Indes & sur les causes de cet
événement désastreux.

21 *Mai.* Il est fort question de dresser un

second théâtre François sous le nom de *Comédiens de Monsieur*. Plusieurs auteurs se sont réunis pour solliciter cet établissement, duquel il résulteroit une émulation utile entre les deux troupes.

22 *Mai* 1776. *Epitre aux Calomniateurs de la Philosophie*. Cet ouvrage en vers, précédé d'une épigraphe tirée de M. d'Alembert, quoique vendu sous le manteau, a certainement été fait sous les auspices du Ministere. Par malheur tous les Eloges prodigués à M. Turgot & à ses opérations ne lui peuvent aujourd'hui servir de passe-port, & il faudra comme ci-devant, suivant l'expression de l'auteur, faire encore entrer la raison en contrebande dans Paris. Les prêtres y sont fort maltraités, ainsi qu'on s'en doute bien. Pour mieux en entendre le but, il faut savoir que dans ce tems du Jubilé, les Prédicateurs dans leurs chaires, les Evêques dans leurs Mandemens, les Curés dans leurs prônes, ont affecté à l'exemple du Pape, dans sa Bulle, de s'élever contre les Philosophes. Il est juste que ceux-ci prennent leur revanche. Au lieu de répondre par quelque dissertation en forme, & de ressasser tout ce qui a été dit à cet égard, ils ont confié leur défense à un poëte qui la rend ainsi plus transmissible & plus piquante, en lui donnant un air de fraîcheur & de nouveauté.

23 *Mai*. Le Colisée s'est rouvert le 19 Mai, non encore avec beaucoup d'affluence à cause du froid qu'il continue de faire.

23 *Mai*. On avoit gravé le Portrait de Mad. la Présidente de Saint Vincent, devenue si fameuse depuis son procès. Elle étoit repré-

sentée en bufte , fort décoletée , & de la maniere auffi lafcive que le peut permettre cette
forme. On s'étoit contenté de mettre au bas
fon nom de famille , *Julie de Vence* , *femme du
Préfident de Saint Vincent* ; on y avoit ajouté
petite - fille de Mad. de Sevigné. La famille
n'a pas trouvé à propos que cette Eftampe
fe vendît , & en a fait enlever tous les exemplaires.

24 *Mai* 1776. On attribue l'*Epitre aux Calomniateurs de la Philofophie* à M. Marmontel , ou
à M. de la Harpe : elle eft dans la maniere
dure , rocailleufe & obfcure de ces deux poëtes.
On croit pourtant plus aifément qu'elle eft du
dernier , que c'eft une efpece de chef - d'œuvre
qu'il a dû faire , un hommage qu'il a voulu rendre à la Secte Encyclopédique , avant d'être
admis à l'Académie Françoife. Au furplus ,
il y a de la force , des images & de la raifon
dans cet ouvrage , où la poéfie embellit la derniere fans lui faire tort. Le Syndic de la Faculté , *Riballier* , & l'ancien Evêque du Puy ,
le Franc de Pompignan , aujourd'hui Archevêque de Vienne , font les coriphées du parti
contraire qu'on attaque le plus ; on accufe fur-
tout le dernier d'avoir fait publier au prône que
tout Philofophe étoit ennemi des Mois. C'eft
particulierement à cette accufation renouvellée
avec affectation par le Clergé , lorfque M. Turgot & M. de Malesherbes étojent dans le Miniftere , qu'on répond , en faifant voir que le
Fanatifme feul eft le véritable ennemi du trône ,
qui prétend ôter & donner les fceptres à fon
gré au nom de Dieu. Il eft fâcheux que des
plaifanteries trop burlefques ou des impiétés un

peu outrées déparent le total de l'Epitre, où
l'on apprend aux Monarques qu'ils ne peuvent
mieux faire que de faire gouverner les Sages
fous eux, que d'éclairer leurs peuples, dont ils
n'auront jamais rien à craindre tant qu'ils les
régiront par la raison; qu'au contraire, une
nation stupide, afservie fous le joug des Prêtres,
n'agit que par eux, & a été souvent l'inftru-
ment dont ils fe font fervis pour détrôner les
Princes qui vouloient fe fouftraire à leur domi-
nation. On félicite LOUIS SEIZE d'avoir pris
la Philofophie pour Mentor; on défigne fen-
fiblement ainfi M. de Maurepas, le feul aujourd'hui des Dieux tutélaires qu'invoque &
préconife le Poëte.

24 *Mai* 1776. Le Pere Richard, Jacobin, eft
l'écrivain fanatique, auteur de la brochure intitulée *les Proteftans déboutés de leurs prétentions.* C'eft un gagifte du Clergé, que celui-ci
met en œuvre, mais qui paroît avoir plus de
zele que de bon fens. L'auteur de la réfutation
le lui prouve à merveille, de façon à lui ôter
toute réplique.

25 *Mai.* Il y a un concours ouvert au
Colifée pour les feux d'artifice: il doit avoir
lieu pendant les trois fêtes, entre le Sr. *Squa-
glia*, artificier de la République de Lucques,
qui commencera à déployer fes talens le jour
de la Pentecôte: le lendemain ce fera le tour
du Sr. *Furth*, artificier de Munfter; & enfin
le mardi le Sr. *de la Variniere*, artificier du Roi,
luttera contre ces rivaux étrangers.

23 *Mai.* L'auteur de la réfutation du
livre du Pere Richard, à l'occafion des bruits
répandus que le Gouvernement alloit faire une

loi pour valider les mariages des Proteſtans, fait
voir d'abord à ce fougueux adverſaire que ſon
zele n'eſt rien moins que charitable ; il lui prouve enſuite que ſes raiſonnemens ne valent rien ;
il établit que le mariage eſt avant le ſacrement,
qu'il eſt dans l'ordre ſocial ſans lui, que c'eſt
une ignorance de proſcrire l'un, une héréſie de
rejetter l'autre, un défaut de jugement de les
identifier ; que s'ils ſont ſéparables, dans le
mariage tout le civil eſt du for extérieur, tout le
ſpirituel dans le ſacrement eſt du for intérieur ;
que le premier appartient au Corps politique,
& le ſecond eſt tout entier au Corps Eccléſiaſ-
tique : or, l'Egliſe étant dans l'Etat, & non pas
l'Etat dans l'Egliſe, il eſt évident que le Prince,
à la tête de l'Etat, étend ſa juriſdiction ſur
tous les intérêts du Corps civil, & que l'E-
gliſe doit borner la ſienne au rit établi pour
l'adminiſtration des ſacremens. Nul doute donc
que le Roi Très-Chrétien ne puiſſe, ſans com-
promettre la Religion, autoriſer l'union ma-
trimoniale des Proteſtans, par telle forme civile & judiciaire qu'il voudra introduire : mais
le doit-il ? le redoutable adverſaire détruit également les raiſons du moine, qui prétend que
non, & lui fait voir qu'il ne s'entend pas mieux
en Politique qu'en Théologie. Tout ce traité
eſt rempli de ſageſſe, d'érudition & de logique ; il eſt diffus, comme la premiere partie.
On y trouve un morceau philoſophique ſur la
liberté de la Preſſe, néceſſaire du moins à l'égard
des livres de controverſe, d'autant meilleur que
c'eſt un point de liberté ſur lequel ſes partiſans
modernes n'ont pas encore inſiſté & d'autant
plus néceſſaire qu'il eſt le plus propre à con-

tribuer à la deſtruction des préjugés auxquels
ils font la guerre,

26 Mai 1776. On n'a pas manqué de lâcher
des quolibets contre M. Turgot. Le bon mot
le plus plaiſant eſt celui de Madame la Marquiſe
de Fleuri ; elle étoit dans une ſociété, où M.
d'Alembert témoignoit ſes regrets ſur la perte
de ce Miniſtre, en s'étendant ſur la multitude
de bonnes choſes qu'il avoit faites. On le con-
trarioit à cet égard : « au moins, s'écria-t-il,
» ne peut-on nier qu'en peu de tems il n'ait
» fait un furieux abattis dans la forêt des pré-
» jugés : *c'eſt donc pour cela*, a repris avec vi-
» vacité la Marquiſe, *qu'il nous a donné tant de*
» *fagots* ».

26 Mai. *Les Mannequins* ne font que
manuſcrits, & comme ils ont une certaine
étendue, les copies s'en multiplient lentement,
& rendent l'ouvrage difficile à avoir. On ne
peut aſſeoir de jugement précis concernant cette
Satyre, ſans l'avoir lue, tant les avis ſont
différens : les uns la trouvent pleine de ſel & de
fineſſe, les autres dure & groſſiere ; tout le
monde s'accorde ſeulement à la décider fort
condamnable. Quant aux *trois Maries*, on les
connoît encore moins.

27 Mai. Mlle. l'Eſpinaſſe, très-connue dans
le monde par l'aſyle qu'elle donnoit à M. d'A-
lembert, par ſa paſſion pour l'Encyclopédie &
les Encyclopédiſtes, ainſi que pour les Éco-
nomiſtes, vient de mourir. Les Coryphées de
ces deux cabales la regrettent par cette raiſon ;
elle tenoit un de ces bureaux de philoſophie
ſubſtitués aujourd'hui à ceux du bel eſprit. M.
de la Harpe étoit un de ſes nourriçons : elle
ouvroit

ouvroit depuis quelque tems les portes de l'A-
cadémie par son crédit sur le Secrétaire qui
mène la Compagnie. Ce Poëte est le dernier
qu'elle y aura fait entrer. Le domaine a mis le
scellé chez elle, ce qui confirme sa bâtardise.

28 *Mai* 1776. Depuis le premier Avril il a commencé à Paris un Journal, ayant pour titre *le
nouveau Spectateur*, *ou Examen des nouvelles
Pieces de Théâtre*, *servant de Répertoire universel des Spectacles*, rédigé par *M. le Fuel de
Méricourt*. On sent que cet ouvrage pourroit
être très - bon, s'il étoit pris & suivi dans
son vrai point de vue; mais celui-ci n'est qu'une
rapsodie, une compilation de beaucoup de
choses anciennes & connues : ce qu'on y trouve
de mieux, c'est une grande hardiesse à s'expliquer sur le compte des histrions; sacrilege littéraire, dont ceux-ci se plaignent hautement
& qui pourra bien mériter au critique la sup-
pression de son Journal.

29 *Mai. Alceste* ne prenant point, les Directeurs de l'Opéra reviennent au goût de la
nation & font répéter actuellement *l'Union de
l'Amour & des Arts* du Sr. Floquet.

30 *Mai*. Un *Mannequin* est une figure fac-
tice & mobile au gré du Peintre, pour modéler
tous les mouvemens qu'il veut donner à son original : c'est de-là que la satyre dont on a déjà
parlé plusieurs fois, a pris son titre *les Mannequins*, *conte ou histoire, comme l'on voudra*.
L'Auteur suppose que tout est *Mannequin* dans
le monde, c'est-à-dire suit volontairement, ou
sans le savoir, une impulsion étrangere. Le
Roi, suivant lui, est le premier des mannequins, & en donnant une idée favorable des

bonnes difpofitions du jeune Prince, il le peint
comme propre à fe laiffer conduire tant à raifon
de fa jeuneffe, que de la flexibilité & du peu
de confiftance de fon caractere. Le Mannequin
qui dirige ce chef des Mannequins, eft le Comte
de Maurepas : le Miniftre eft mené par fa femme ; celle-ci par l'Abbé de Veri, Auditeur de
Rote ; l'Abbé de Veri étoit engoué de M.
Turgot ; voilà comment il eft parvenu au Miniftere. Le furplus eft une hiftoire détaillée
de toutes fes opérations, qui fe termine au Lit
de Juftice, faute de matiere ; mais l'écrivain
annonce une fuite. On voit qu'il en veut beaucoup à ce Miniftre, à fes opérations & fur-tout
aux Economiftes. Pour rendre fon ouvrage
plus intéreffant, il transforme le Syftême Economique en un monftre, qu'il anime & qu'il
repréfente avec tous les attributs qui peuvent
le rendre odieux ou ridicule. C'eft dans un
fonge qu'a M. de Maurepas, fous le nom d'*Ali-
Bey*, au moment où S. M. le confulte fur le
genre d'adminiftration qu'il introduira pour remédier aux maux de l'ancienne, que lui appa-
roît ce phantôme fous des dehors impofans ; il
lui fait accroire être la Divinité tutélaire qui
va rendre au Royaume fa fplendeur. Le vieux
Miniftre, tout émerveillé de ce rêve, confulte
fa femme, celle-ci l'Abbé de Veri, &c. On
trouve peu d'anecdotes nouvelles dans cette
efpece de roman allégorique, affez bien fait
dans fon genre & point auffi méchant qu'on l'a-
voit annoncé. Il eft bien écrit, il y a du far-
cafme, des portraits bien frappés ; il fent l'homme de cour : il y a des idées creufes & obfcu-
res, des métaphores trop outrées, & l'on fe-

roit tenté de l'attribuer au Comte de Laura-
guais, s'il y avoit moins d'ordre & de méthode : le plan en eſt trop ſoutenu d'un bout à
l'autre pour appartenir à ce Seigneur.

31 *Mai* 1776. On ſait aujourd'hui que Mlle.
Leſpinaſſe étoit bâtarde du Cardinal de Tencin,
comme Monſieur d'Alembert eſt bâtard de Madame de Tencin ; identité d'origine & eſpece
de parenté, premieres cauſes des liaiſons de ces
deux perſonages qui s'étoient connus chez
Madame Dudeffant, où la Dlle. Leſpinaſſe avoit
fait ſon apprentiſſage de bel eſprit.

1 *Juin*. Me. Linguet, outre ſes Repréſentations au Roi, a fait imprimer *Conſulta-*
tion de Me. Linguet, Avocat, en réponſe à la
Conſultation ſur la Diſcipline des Avocats, imprimée chez *Knapen* en Mai 1775. Il faut ſe
rappeler ce dernier ouvrage, dont on a parlé
dans le tems, contre un nommé *Roblein*, que
les Avocats de Poitiers refuſoient d'inſcrire ſur
le Tableau, qui s'eſt pourvû au Parlement, &
qui a gagné, un Arrêt du 18 Juin 1775 ayant
ordonné qu'il fût inſcrit. La Conſultation faite
à cette occaſion ſembloit en effet moins regarder cet étranger que Me. Linguet ; auſſi en
a-t-il pris ſa part & il la refute article par article, quelquefois bien & plus ſouvent mal.
Comme la premiere, c'eſt-à-dire celle pour Me.
Roblein, eſt ſouſcrite de quatorze Avocats de
Paris les plus célèbres, & la ſeconde, en date
du 12 Août 1775, n'a pour ſouſcrivant que
Me. Linguet, il ajoute : « ſi l'on trouve ce
» nom ainſi iſolé incapable de contrebalancer
» le poids de ceux qui chargent la colonne
» ci - contre, on peut ajouter dans celle-ci

F 2

» l'honneur, la *justice*, la *raison*, la *vérité*,
» la *délicatesse*, toutes *vierges* qui, certaine-
» ment, sont de l'avis de la Consultation de
» Me. Linguet & mettront au moins l'équi-
» libre ».

2 *Juin* 1776. Les Comédiens Italiens se proposent de donner incessamment *les Mariages Samnites*, piece de M. du Rozoy, qui, absolument livré
à ce Théâtre, veut bien renoncer au François
plus propre à la solide gloire, pour avoir celle
de faire révolution au premier, d'y ramener le
sentiment qu'on y avoit perdu : tel est le grand
projet de cet auteur dans ses drames lyriques.
La musique est du Sr. Gretry. Comme la Reine
prend goût aux premieres représentations, c'est-
à-dire aux chûtes, car S. M. n'a gueres vu que
de cela, le jour dépendra de son choix.

3 *Juin*. M. l'abbé Roubaud, chargé de la
rédaction de la *Gazette d'Agriculture, Commerce, Arts & Finances*, devoit suspendre ses
fonctions pour vaquer à son voyage d'Italie;
mais dégoûté des changemens survenus dans
le Ministere, il paroît qu'il y renonce tout-
à-fait.

3 *Juin*. Il étoit réservé à nos jours de
voir la plus brillante Actrice de la Comédie Françoise pour la stature & la noblesse théâtrale,
assez dénuée de ressources pour faire banque-
route. La Demoiselle Raucoux vient de dis-
paroître par cette raison. Sa luxure immodérée,
son goût pour l'art des Tribades l'a empéchée
de trouver parmi notre sexe les secours qu'elle
s'y seroit ménagés ; il est vrai qu'il n'est pas
moins étonnant qu'elle en ait manqué dans l'autre genre de plaisir auquel se livrent des Dames

du plus haut parage. On fait que ce vice eft fort
en vogue , & furement nous ne ferons pas
privés long‑tems de la Comédienne qu'on
regrette.

3 *Juin* 1776. Comme l'on eft fans ceffe à re‑
toucher le troifieme acte d'*Alcefte*, que le Che‑
valier Gluck eft trop éloigné pour qu'on reçoi‑
ve fes corrections, les Régiffeurs actuels ont
eu recours au Sr. *Groffec*, muficien renommé
dans l'harmonie d'églife, genre trifte & lugu‑
bre, analogue à celui du nouvel Opéra.

4 *Juin*. M. de Maurepas, par une perfidie
de courtifan, quoiqu'auteur en partie de la dif‑
grace de M. Turgot, au moment de fon départ
de la cour lui écrivit pour lui faire fon compli‑
ment de condoléance ; celui-ci fentant à mer‑
veille ce que fignifioit ce perfiflage, en fut
piqué, & fit fur le champ une réponfe ferme,
noble & mordante par la cenfure indirecte de la
conduite du Mentor. On a recueilli l'une &
l'autre Lettre, bonnes à conferver comme
anecdotes. Voici d'abord le court billet du
Comte.

» Je m'empreffe, Monfieur, à vous témoi‑
» gner la part que Madame de Maurepas &
» moi avons pris à l'événement qui vous eft
» arrivé. J'ai l'honneur d'être, &c..... 12
» Mai 1776. »

Réponfe. « Je ne doute pas, Monfieur, de
» la part que Madame de Maurepas & vous
» avez pris à l'événement qui vient de m'arri‑
» ver : mais quand on a fervi fon maître avec
» fidélité, qu'on a fait profeffion de ne lui taire
» aucune vérité utile, & qu'on n'a à fe repro‑
» cher ni foibleffe, ni fauffeté, ni diffimula‑

» tion , on se retire sans honte , sans crainte
» & sans remords.

   » J'ai l'honneur d'être , avec les sentimens
» que je vous dois , &c ».

   4 *Juin* 1776. M. le Chevalier de Berainville ,
dont on a déja célébré le zele patriotique à l'occasion de son dessein allégorique relatif au retour
du Parlement , & de ceux en l'honneur du Roi
& de la Reine , en ayant fait un en l'honneur
de l'Impératrice-Reine , a reçu en reconnoissance de cette Souveraine cinq médailles des plus
belles & des plus riches du Cabinet de S. M. Impériale ; l'une représentant d'un côté le portrait
de cette Princesse , & de l'autre celui de l'Empereur Regnant ; la seconde représentant le
Portrait de l'Impératrice d'une part & celui
du feu Empereur de l'autre ; la troisieme ,
frappée lorsqu'elle prit possession du Royaume
de Boheme ; la quatrième frappée lorsqu'elle
fut reconnue Reine de Hongrie ; enfin la cinquieme relative à la réunion de tous les Etats
héréditaires dans sa main. En outre , l'Ambassadeur de cette Souveraine lui a délivré une
copie de l'article qui le concerne dans la Lettre de sa maîtresse , qui est tout-à-fait honnête
& flatteuse pour ce Chevalier.

   5 *Juin.* Extrait d'une Lettre de Gênes du
20 Mai.... Madame la Duchesse de Chartres a
d'abord désolé ici toutes les femmes qui se piquent de se parer à la Parisienne ; cette Princesse qui voyage sous le nom de Comtesse de
Joinville , n'a paru les premiers jours qu'en
demi-grand bonnet : ce qui a fait triompher les
maris , ennemis des coëffures hautes & des pa-
naches ; ils ont représenté à leurs moitiés qu'el-

les ne pouvoient mieux faire que de fe conformer à la façon de fe coëffer de notre premiere Princeffe du fang. Mais celle-ci s'étant
mife *in fiocchi* & ayant arboré les plumes,
l'allégreffe a été univerfelle chez les Dames,
& dès le lendemain les Banquiers ont eu pour
50,000 livres de commiffion en plumes à faire
venir de France. Cette anecdote futile en
elle-même, prouve le goût des Etrangers
pour nos modes, & que nous regnons encore par elles, fi nous fommes d'ailleurs dé-
chus de notre prépondérance dans les opérations politiques.

6 *Juin* 1776. Il y a de grands projets chez
nos jeunes Seigneurs pour des Courfes de
chevaux qui doivent avoir lieu cet automne :
on parle d'un coureur que M. le Comte d'Artois a fait acheter 1700 Louis : il eft gardé
& ne peut être vu jufqu'au moment où il
fera mis en fonctions : il eft toujours couvert
& mafqué. Le gouvernement prend à cœur
cet amufement frivole pour ceux qui s'y livrent, mais qu'il a férieufement envie de
tourner à l'amélioration de nos haras.

7 *Juin.* L'affaire de Madame de Saint Vincent n'avance point par les délais & empê-
chemens qu'y met le Maréchal Duc de Richelieu ; ce qui confirme de plus en plus fon
tort : il eft d'ailleurs furieux contre le défenfeur de la Préfidente, qu'il redoute & qu'il
avoit voulu s'attacher. C'eft l'Abbé Coulon,
qui, avant de rien faire pour ce Seigneur,
a defiré voir la partie adverfe & connoître
la nature du procès. Il s'eft pris de zele pour
cette derniere, il a trouvé fa caufe fi bonne

qu'il a refufé fa plume au Maréchal & l'a
employée pour la Préfidente : procédé d'autant
plus favorable à cette accufée, que l'abbé,
s'il eut été fufceptible d'être mené par l'efpoir
du lucre ou de la faveur, n'auroit pu balan-
cer : c'eft lui qui a fait les derniers Mémoires
de cette Dame , & a donné au procès une
tournure nouvelle.

8 *Juin* 1776. Extrait d'une Lettre de Genes
du 22 Mai 1776.... Nous avons été à la fuite
de Madame la Comteffe de Joinville voir le
palais du Doge ; nous n'avons pu le voir
lui-même, parce qu'il étoit malade. Il y a
une fuperbe & immenfe fale, où font les
ftatues en marbre de tous les grands hommes de la République qui l'ont illuftrée ou
défendue : le Maréchal de Richelieu fe trouve
au milieu d'eux en cette qualité. Il eft bardé
de tous les cordons, chargé de tous les bâ-
tons ; &c. mais les Gènois font fi indignés
de fon procès, qu'ils le voient avec peine en
pareil lieu & feroient bien tentés de l'en faire
ôter, s'ils ne craignoient de déplaire à la
cour de France : mais fi ce Seigneur vient à
perdre fon procès, fon affaire eft faite, il
fera expulfé de la place honorable qu'il tient
ici & fon nom fera biffé fur le livre d'or.

8 *Juin*. C'eft demain décidément que l'on
remet à l'Opéra *l'Union de l'Amour & des
Arts.*

9 *Juin*. On peut fe rappeler qu'on a parlé
précédemment d'un *Commentaire de la Henriade*, fait par la Beaumelle & mis au jour
par Fréron ; en conféquence on voyoit à la
tête le portrait de M. de Voltaire, accollé

de droite & de gauche de ſes deux éditeurs.
Un partiſan de ce grand homme a fait le
quatrain ſuivant, où le madrigal eſt ſi fine-
ment enveloppé dans l'épigramme, qu'on a
peine à l'y trouver : l'idée eſt priſe du paralelle naturel que l'eſtampe préſente avec la
figure de Jeſus-Chriſt au milieu des deux
Larrons :

> Entre la Beaumelle & Fréron
> Un graveur a placé Voltaire ;
> S'il s'y trouvoit un bon larron,
> Ce ſeroit ſans faute un Calvaire.

9 *Juin* 1776. *Les Mariages Samnites* ſont
toujours en ſuſpens relativement à la Reine :
comme S. M. fait ſon Jubilé, on a agité à la
cour s'il convenoit que S. M. fût au Spectacle
pendant ce tems-là : on dit cependant que les
Caſuiſtes de ce pays-là ont décidé qu'elle
pouvoit aller à la comédie les jours où elle
ne feroit pas de ſtation. On veut que S. M.
plus rigoriſte, ait préféré de les faire toutes
avant de venir au Spectacle.

10 *Juin*. C'eſt jeudi 20 qu'eſt fixé le jour
de la réception de M. de la Harpe à l'Académie Françoiſe ; c'eſt M. Marmontel qui
doit lui répondre en qualité de Directeur,
& tout le parti Encyclopédique eſt déja ſur
pied pour ameuter ſes admirateurs.

10 *Juin*. Les *Mémoires concernant l'admi-*
niſtration des finances ſous le Miniſtere de M.
l'Abbé Terrai, Contrôleur Général, commen-
cent à ſe répandre un peu plus. A en croire
l'Editeur, la premiere partie ſeroit de M.

Coquereau, jeune Avocat très-attaché au Parlement, & qui dans un excès de zele patriotique s'eft brûlé la cervelle, ainſi qu'on l'a raconté autrefois : mais on eft fi fort en garde contre tous ces traveftiffemens depuis que M. de Voltaire les a mis à la mode, qu'on n'y ajoute pas beaucoup de foi d'ailleurs. La feconde partie de la même plume en apparence, n'eft certainement pas du même auteur, puiſque les événemens en font poftérieurs à fa cataftrophe. Quoiqu'il en foit, le héros de l'ouvrage y eft peint fous les couleurs les plus odieuſes & les plus vraies. On l'y repréfente comme un homme fans vertus, mais non fans talens. Différentes anecdotes de fa vie jettent de la variété dans ce tableau de fon adminiftration, par lequel on juge qu'il l'emporte de beaucoup en horreurs & en atrocités fur fes prédéceffeurs. On n'eft pas fâché de voir percer le livre dans ce moment, où certains ennemis du bien public, fans doute, affectent de le prôner & d'affurer que c'eft le feul homme en état de réparer les maux qu'il a faits, quelque décrié qu'il fût déja ; c'eft un dernier coup porté à fa réputation par l'hiftoire des faits, qui la rend à jamais exécrable.

11 *Mai* 1776. M. Robé ayant autrefois fait une fatyre contre le Comte de Biffy, on en parla à celui-ci, qui, fans fe fâcher, dit : *eh bien ! amenez-le dîner chez moi, qu'il me la life.* Ce poëte confondu par cette générofité, ne fait plus de fatyres contre le comte, mais lui en adreffe. C'eft ainfi qu'il vient de lui offrir une diatribe contre les auteurs du jour, dans le

genre de celles de Mrs. Clément & Gilbert. Il y
paſſe en revue ceux les plus à la mode entre
ces Meſſieurs , & les peint preſque tous de couleurs qui leur ſont propres ; il leur donne quelquefois des louanges , mais ſouvent pour mieux
aſſéner ſes coups. On ſait que M. Robé eſt
vraiment original, qu'il a une maniere à lui ;
ſans doute elle n'eſt pas la meilleure ; il affecte
trop de chercher la richeſſe de la rime : pour
former des images , il en emprunte de toutes
parts ; elles ne ſont pas toujours nobles & bien
choiſies ; ſon érudition les lui fait revêtir des
termes les plus techniques des arts , ce qui jette
de l'obſcurité , de la dureté dans ſa poéſie ,
toujours forte & énergique & point aſſez pre-
portionnée à la variété des ſujets qu'il traite.
Meſſieurs Linguet , la Harpe , Dorat , du Roſoi ,
Beaumarchais , ſont les perſonages les plus
reſſemblans dans cette galerie de portraits
ſatyriques.

12 *Mai* 1776. L'évaſion de Mlle. Raucoux qui
devoit jouer dans la tragédie de *Zuma* annoncée,
empêche que cette tragédie n'ait lieu à préſent.
Comme cette Actrice eſt au Temple , qu'on
travaille , ainſi qu'on l'avoit prévu , à l'arrangement de ſes affaires , on ne doute pas qu'elle
ne reparoiſſe bientôt.

12 *Juin.* Me. Falconnet , toujours plus
furieux de n'avoir pas été inſcrit ſur le nouveau
Tableau des Avocats , ſe barbouille avec ſon
Ordre ; il veut le forcer à prématurer ſon admiſſion & l'on craint qu'il ne ſe faſſe des affaires comme Me. Linguet , dont l'exemple devroit bien le rendre ſage.

13 *Juin.* Ce qui a fait préſumer avec raiſon

que l'état de M. le Comte d'Artois n'étoit pas
satisfaisant hier , c'est que la Reine qui devoit
venir à la Comédie Italienne , a envoyé un con-
tre-ordre. On a joué à ce Spectacle *les Mariages
Samnites* , Drame Lyrique en trois-actes & en
prose, mêlé d'ariettes. Ce Drame est tiré d'un
Conte de Marmontel , assez bizarre , mais susceptible cependant d'être ajusté au Théâtre.
Malheureusement M. du Rosoi n'y entend rien ;
il en a fait une piece bien fade , bien langou-
reuse , bien hétéroclite , & surtout bien bour-
souflée & bien absurde , car il y a de tout cela.
C'est d'autant plus fâcheux que le Sr. Gretri a
travaillé d'excellente musique sur ce mauvais
fond , & que les Comédiens ont fait une dépense pour embellir la Scene par une grande
pompe & magnificence de cortege considérable.
Le Sr. Clairval y a paru , & les Demoiselles
Trial & Colombe y font assaut de talent pour le
chant.

13 *Juin* 1776. Le Sr. Caraccioli , pour em-
brouiller davantage le problême concernant les
Lettres prétendues de *Ganganelli* , a rassemblé
dans une Lettre qu'il s'est adressé à lui-même
toutes les objections les plus fortes , pour les
résoudre ensuite dans une Réponse. La premiere
est signée *L... M... B...* & datée ce.....
Février 1776. Dans une pareille matiere on sent
que l'Editeur ne pouvoit mettre trop de clarté
& de bonne foi , & que ce personage anonyme ne peut que rendre les sceptiques plus
difficiles à convaincre : ils le sont davantage
encore , en lisant la réponse datée de Paris le
cinq Mars 1776 ; réponse très-foible & qui

ne détruit pas à beaucoup près les objections
qu'il s'est mal-adroitement adressées.

14 Juin 1776. Un des soins qui agitoient le plus
M. Turgot durant son ministere, étoit de trouver les moyens d'extirper l'usure, car en la regardant comme une chose légitime, il n'en connoissoit pas moins les inconvéniens & le danger
pour ceux qui en étoient les victimes. En conséquence plusieurs faiseurs de projet avoient
tourné leurs spéculations de ce côté-là. Un de
ces auteurs est Me. *Prévôt de St. Lucien ;* Avocat au Parlement, qui s'abstenant de ses fonctions durant le sommeil des Loix, a employé
son tems à méditer sur un point d'utilité publique
aussi considérable. Il en a résulté un ouvrage
concernant le projet d'établissement d'une Caisse de
Prêt public : caisse plus avantageuse que les
Monts de Piété & Lombards, en ce que 1°.
il n'en a point fait un objet de finance : 2°.
qu'il ne l'a point restreinte à donner des secours sur des seuls gages mobiliers : 3°. en ce
qu'il l'a mieux balancée, combinée, que les
autres, & qu'elle est beaucoup moins oné-
reuse.

14 *Juin.* On ne sauroit omettre un mot
du Roi à M. de Malesherbes, lorsque ce dernier,
résistant à toutes les instances que lui faisoit S.
M. pour l'obliger à lui continuer ses services,
elle s'écria : *que vous êtes heureux ! que ne puis-je*
aussi quitter ma place ! Preuve combien ce Monarque en sent l'importance & en même tems
la difficulté.

15 *Juin. Le Catéchisme du Citoyen,* brûlé
il y a quelque tems, perce enfin, & malgré
la vigilance du gouvernement on en voit quel-

ques exemplaires. Quand on l'a lu on n'eft pas
furpris que les partifans du defpotifme aient
fait de fi grands efforts pour l'anéantir. Cet
ouvrage, quoique court, traite des objets les
plus importans, favoir du droit public en général, de la conftitution & des fins des Sociétés Politiques, de la Puiffance Légiflative &
de l'Exécutive parmi les François, du Roi, du
Parlement, Cour de France ou Cour des Pairs,
des Droits communs à tous les membres de
l'Etat, de ceux du Clergé, de la Nobleffe,
du Tiers-Etat, de la Religion de l'Etat, &
enfin dans une Récapitulation l'auteur revient
encore fur les grands principes & les expofe
de nouveau fous un feul & même point de
vue. Du refte, il remplit à merveille fon titre, c'eft-à-dire, qu'il met à la portée des
plus fimples & des plus ineptes une doctrine
que l'*Efprit des Loix* & le *Contrat Social* avoient
noyée dans une métaphyfique fort difficile à
entendre. La clarté, la précifion & la vérité
font les qualités dominantes de ce Catéchif-
me, écrit avec dureté & févérité, où l'on
apprend avec la même impartialité leurs devoirs aux Sujets & aux Souverains. L'article
de la *Liberté de la Preffe fur les objets d'Adminiftration*, y eft fpécialement traité, &,
l'empêcher, fuivant le Publicifte, c'eft attaquer la Liberté civile, affoiblir le Patriotifme
qui eft le nerf de l'Etat, & fe rendre vio-
lemment fufpect de projets contre les Loix
& la Conftitution.

16 *Juin* 1776. M. de Voltaire, qui fe rend
volontiers le Dom Quichotte de tous les illuftres fcélérats, depuis longtems a pris la dé-

fenfe du Comte de Lally, condamné à avoir
la tête tranchée, il y a quelques années,
pour raifon de haute-trahifon contre l'Etat
lors de fon commandement dans l'Inde durant la derniere guerre. Jufqu'à préfent fes
efforts n'avoient pas eu de fuccès, mais
avoient feulement contribué à ébranler beaucoup de têtes foibles qui fe laiffent volontiers entraîner par celui qui parle le dernier.
L'entreprife prend plus de confiftance aujourd'-
hui que les Dillons, parens du fupplicié,
font en faveur auprès de la Reine ; on veut
que S. M. prenne la chofe à cœur, & alors
elle ne peut manquer de réuffir.

16 *Juin* 1776. Il paroît une brochure concernant le différend élevé entre les Efpagnols
& les Portugais au fujet de leurs Poffeffions
dans le Nouveau Monde ; c'eft une traduction de l'Efpagnol fur le Méridien de démar-
cation entre les Domaines des deux nations :
on croiroit y trouver une expofition claire
de l'état de la queftion & la folution de leurs
droits refpectifs ; mais c'eft une confufion de
faits cités & conteftés qui jette, au contraire,
fur la queftion l'obfcurité la plus grande.

16 *Juin.* L'art de la filouterie fe perfectionne
tous les jours & enfante des chefs-d'œuvres
propres à étonner les plus habiles. Dernierement un *Quidam* vint au corps-de-garde du
pont-neuf au milieu de la nuit, fe dit loca-
taire d'une des nouvelles boutiques établies
fur ce pont, demande de la lumiere & une
efcorte, fous prétexte qu'il étoit préffé de
partir le lendemain matin, plutôt qu'il ne
comptoit, pour une foire, & qu'il étoit obligé

de préparer fur le champ fes marchandifes.
Le fergent ne forme aucun doute fur ce rapport, détache deux fufiliers pour efcorter le
prétendu marchand : avec de fauffes clefs il
ouvre la boutique & les armoires, il prépare
fes ballots ; les foldats même l'aident, &
tranfportent à fa priere lefdits ballots au corps-
de-garde, où il ne les laiffe pas longtems.
Le vrai poffeffeur arrivé le lendemain à l'heure
ordinaire trouve la boutique vuide, fe plaint
& apprend le ftratagême.

17 *Juin* 1776. *L'union de l'Amour & des
Arts* a été bien accueillie par les partifans de
la mufique Françoife, mais on ne peut difconvenir qu'elle ne paroiffe extrêmement foible aux oreilles habituées depuis quelque tems
à la grande & riche harmonie du Chevalier
Gluck.

17 *Juin.* *Hiftoire de Mrs. Paris*, *par M.
de L.* ****, *ancien officier de Cavalerie :* ouvrage dans lequel on montre comment un
Royaume peut paffer dans l'efpace de cinq
années de l'état le plus déplorable à l'état le
plus floriffant. Ce volume de 160 pages, eft
précédé d'un difcours préliminaire qui en a
16. Tout le monde fait que les quatre freres
dont il eft ici queftion, ont eu grande part
aux affaires de finances fur la fin du Regne
de Louis XIV, fous la Régence & fous le
feu Roi. On fent combien l'ouvrage pouvoit
être intéreffant par le paralelle de la conduite &
de la fortune de ces illuftres parvenus, qui,
chargés de la plus importante geftion pendant plus d'un demi-fiecle, ont fait une fortune confidérable, mais bien inférieure à celle

des la Borde & des Beaujon , qui n'ont eu
la confiance de la cour que peu d'années ,
& qui , au contraire , ont fait passer la France
de l'état le plus florissant à l'état le plus déplorable. On voit malheureusement que l'auteur du livre en question n'est qu'un adula-
teur outré de la famille des *Paris* , sans vues ,
sans talent & incapable de traiter cette matiere sous le point de vue intéressant où elle
auroit dû être présentée.

18 *Juin* 1776. On commence à débiter sous
le manteau un ouvrage , dont le titre s'annonce comme intéressant ; il porte *Histoire du*
Procès du Chancelier Poyet , pour servir à celle
du Regne de François I , Roi de France , avec
un chapitre préliminaire sur *l'antiquité & la*
dignité de l'office de Chancelier , & sur les
vicissitudes qu'il a éprouvées : par l'historiogra-
phe sans gages & sans prétentions.

Un autre livre pique la curiosité à raison
de son Auteur , qu'on annonce être le Marquis de Condorcet : *de l'importance & de la*
nécessité des chemins publics en France , ainsi
que des moyens les plus propres à leur exécu-
tion , avec un Précis Historique de l'état actuel
des Ingénieurs des Ponts & Chaussées & de
leurs diverses fonctions. Amsterdam 1777. Cette
date prématurée sembleroit annoncer que le
livre ne doit pas se répandre sitôt : on pré-
sume qu'il y a beaucoup de critique dans cet
ouvrage sur notre Administration , & que
l'auteur , surtout depuis l'expulsion de M.
Turgot , n'a osé l'avouer.

18 *Juin.* M. le Chevalier d'Oisy , Capitaine
des vaisseaux du Roi , est mort il y a déja

quelque tems fort regretté du Miniſtere à raiſon de ſes talens. C'étoit un officier de la Marine très-appliqué à ſon métier & qui y avoit acquis des connoiſſances diſtinguées ; il eſt d'autant plus fâcheux qu'il ait péri auſſi prématurément, qu'il étoit à la veille d'exécuter une miſſion ſecrette en Angleterre & ſur nos côtes, dont on ne dit pas conſéquemment l'objet, mais qui ne pouvoit être qu'importante dans la poſition critique où ſont les choſes : auſſi M. de Sartine a-t-il envoyé, dès qu'il a ſçu l'événement, un premier Commis de confiance pour retirer tous les papiers relatifs à l'adminiſtration & aux diverſes expéditions dont ce militaire avoit été chargé. Son Inventaire eſt extrêmement curieux, par la quantité de choſes rares qui s'y trouvent en tous points d'hiſtoire naturelle : on vante ſurtout une table de bois de vigne, qui a pluſieurs ſiecles, & des planches de *bois de Camphre*, les ſeules exiſtantes dans Paris, le réceptacle de tant de merveilles.

17 *Juin* 1776. On peut ſe rapeler qu'une fameuſe Prêtreſſe de Vénus a été décrétée de priſe de corps l'année derniere ; cette Prêtreſſe, la Dame *Gourdan*, ou par ſobriquet *la Comteſſe*, étoit impliquée dans une affaire criminelle dont on n'étoit pas trop inſtruit. Un Mémoire de la Dame d'Oppy, femme d'un ancien Grand-Baillif d'Epée de Douay, accuſée d'avoir été chez l'Entremetteuſe, & en conſéquence enfermée à Sainte Pélagie, ſe publie depuis quelques jours & met au fait de ce procès curieux & intéreſſant.

20 *Juin* 1776. C'eſt en 1768 que Madame d'Oppy fut trouvée chez Mad. Gourdan , où elle prétend n'avoir été que par la perfidie d'un homme qui l'y introduiſit ſous prétexte de la mener chez une femme de condition comme elle : en conſéquence elle fut conduite & enfermée à Sainte Pelagie. Son mari , après quelque tems , vint la prendre , la ramène à ſa terre , parut ſe réconcilier avec elle , & reconnoître la vérité de la ſurpriſe annoncée ci-deſſus. Madame d'Oppy , ſuivant ſa relation , vit bientôt que cette réconciliation ſimulée n'étoit qu'un piege de ſon époux ; elle ſut qu'il travailloit à la faire enlever une ſeconde fois irrévocablement : elle fut effrayée de la découverte & paſſa en Angleterre , d'où elle écrivit à ſon mari. Loin de lui répondre , celui-ci , foible & ſubjugué par des collatéraux , a fait procéder contre ſon épouſe par contumace & l'a fait condamner aux peines de *l'authentique.* C'eſt contre ce jugement que Madame d'Oppy revient ; elle s'eſt rendue en France , elle s'eſt miſe en regle & publie ſa juſtification : elle répond d'une maniere aſſez ſatisfaiſante non ſeulement au premier grief, mais à d'autres dont l'accuſe ſon mari pendant qu'elle a ſéjourné chez l'étranger. Elle établit l'inſuffiſance des preuves de l'accuſateur, & ſon Mémoire adroitement fait lui gagne le ſuffrage des leĉteurs : elle rejette le plus grand tort ſur des freres & ſœurs de ſon mari , qui l'obſedent & voudroient la priver des avantages conſidérables qu'il lui a faits par ſon contrat de mariage. Ce procès doit être jugé inceſſamment.

21 *Juin* 1776. M. de la Harpe a été reçu
hier à l'Académie Françoise avec un concours
de monde prodigieux. Son discours fort long,
fort égoïste, fort emphatique, fort ridicule,
a été suivi d'une replique de M. Marmontel
dans le même genre, non moins bavarde &
non moins impertinente. Ensuite le récipiendaire a fait lecture du septieme chant de *la
Pharsale*, dont il entreprend une traduction
libre ; où l'on a trouvé de beaux vers, mais
beaucoup d'inégalité, de dureté & de prosaï-
que. M. d'Alembert a terminé par l'*Eloge de
M. de Sacy*, dans lequel il a fait venir celui
de l'héroïne qu'il vient de perdre, de Mlle.
l'Espinasse, qu'il n'a eu garde de nommer,
mais dont tout le monde a senti l'allusion.

21 *Juin*. C'est M. Doyen qui est chargé
du Tableau du Sacre : il a choisi le moment
où le Roi prête le serment comme Grand-
Maître des Ordres de Saint Michel, du St.
Esprit & de St. Louis. On espere qu'il sera
fait pour le Sallon de 1777, & que les amateurs pourront l'admirer.

L'Académie de Peinture regrette le Sr.
Drouais, artiste attaché au portrait & qui
s'y étoit distingué à certains égards.

22 *Juin*. Il paroît un *Essai sur le Despotisme*, l'ouvrage le plus fier qui ait encore été
écrit sur cette matiere ; il est dédié à M. le
Dauphin ; il devoit, selon l'avertissement d'un
Editeur, s'imprimer lorsque Louis XV est mort,
mais l'auteur espérant que Louis XVI répare-
roit les maux du Regne de son Ayeul, avoit
suspendu son projet. Il est daté de 1775 : mais
la difficulté de trouver des presses pour de pa-

reils livres , de les faire parvenir enfuite en France & de les y diftribuer , en a vraifem-blablement retardé la publicité. Il eft encore fort rare & mérite d'être plus connu.

22 *Juin* 1776. Il court un jeu de mot qu'on appelle *Les Tout*, qui fous le quolibet carac-térife affez bien les auguftes perfonages dont il eft queftion ; on dit *que le Roi épargne tout , que la Reine dépenfe tout , que* MONSIEUR *achette tout , &* que *le Comte d'Artois fe moque de tout.*

23 *Juin.* Le Bailliage du Palais , devant lequel Madame d'Oppy avoit été renvoyée , a prononcé avant-hier un plus amplement infor-mé , & ordonné fon élargiffement provifoire : le mari a fur le champ interjetté appel de cette fen-tence. Des trois maquerelles impliquées dans cette affaire , deux font condamnées à être ren-fermées à Sainte Pélagie , & la fameufe *Gourdan,* contumace , à être promenée fur un âne , le vifage tourné vers la queue , fuivant le fupplice ordinaire.

23 *Juin.* On a depuis plufieurs mois an-noncé le Mémoire que les Magiftrats expulfés du Parlement de Pau devoient préfenter , où ils vouloient établir qu'eux étoient les vrais mem-bres de cette Compagnie , & que les autres fiégeant aujourd'hui étoient les intrus ; que leur pofition étoit tout-à-fait différente de celle des autres Compagnies. Ils ont exécuté leur pro-jet , ont traité la matiere judiciairement , & ont préfenté Requête à S. M. , où ils développent leur plainte. On dit que c'eft Me. Linguet qui leur a prêté fa plume , & l'on affure que fon éloquence rend cet écrit fort intéreffant. Du

reſte, ces Meſſieurs ſont fort mal dans leur Province, ils ont été obligés de ſe retirer de la Capitale pour ſe ſouſtraire aux mauvais traitemens qu'ils eſſuyoient journellement.

24 *Juin* 1776. *Les Mariages Samnites* reſtent toujours ſuſpendus depuis la premiere repréſentation. Un jour où la Reine avoit décidé d'y venir, la piece n'a pu avoir lieu, même, dit-on, une ſeconde fois, à raiſon de l'indiſpoſition du Sr. Clairval; ce qui a donné de l'humeur à S. M. qui a dit, *on a bien de la peine à avoir ce Monſieur.* Cette exclamation mortifiante a piqué l'hiſtrion, qui menace de ne plus jouer & de ſe retirer tout-à-fait. On eſpere pourtant qu'il fera un effort & reparoîtra quand ſa bouderie ſera paſſée.

25 *Juin.* On n'a parlé juſqu'ici qu'en ſubſtance du diſcours de M. de Nicolaï prononcé le 24 Mai à la preſtation de ſerment du nouveau Contrôleur général à la chambre des Comptes; il eſt toujours bon de conſerver le texte même de ces formulaires oratoires: celuici eſt curieux par une ſatyre indirecte, mais ſenſible, du Miniſtere de M. Turgot, par les grands éloges que ce Chef donne à ſa Compagnie & par l'importance qu'il met à ſes fonctions. On en va juger.

» Monſieur, le Roi vous élève au Miniſtere des finances pour le bonheur de ſes Peuples. Sa bienfaiſance vous appelle à cette honorable fonction; mais ſon choix, en faiſant votre éloge, vous impoſe de grands devoirs.

Il faut, ſans doute, tout votre zele & tous vos talens pour la place que vous allez remplir: puiſqu'il faut répondre aux vœux & aux beſoins du public , il feroit difficile de vous diffimuler leur vérité & leur étendue.

On vous propofe , Monfieur , pour modeles & pour guides les Miniftres habiles & fages qui , toujours amis des propriétés , de l'ordre & de l'état des perfonnes , n'eurent jamais d'ambition que d'être utiles : ils firent le bien fans fafte , fans étonner par des opinions nouvelles , fans allarmer par des fpéculations hardies ; leur méthode conforme aux principes eut la juftice & l'économie pour bafe : ils furent fideles aux engagemens ; ils ranimerent le commerce , ils firent fleurir l'agriculture , & porterent dans toutes les parties du Royaume l'abondance & la vie.

La faveur de leur maître , l'affection de leurs concitoyens , ont été leur recompenfe , & la poftérité , juge équitable de leur adminiftra-tion , a confacré leurs noms à la reconnoiffance des fiecles à venir , & leur exemple à l'émula-tion de leurs fucceffeurs.

Ils favoient , Monfieur , que cette *illuftre Compagnie* eft le dépôt effentiel des loix & de la furveillance de la comptabilité : c'eft ici qu'on leur faifoit découvrir les abus & leurs remedes : c'eft ici qu'ils aimoient à trouver pour le bien qu'ils vouloient faire , des coopérateurs & des *confeils*.

La Nation efpere de vous , Monfieur , tout ce qu'elle a droit d'en attendre ; elle mefure aujourd'hui les obligations du Miniftre des Finances fur les intentions de fon augufte Monarque : LOUIS XVI eft notre Roi , Monfieur ; vous favez qu'il veut être notre pere. »

25 Juin 1776. A fa réception , M. de la Harpe

avoit pour parreins, suivant l'usage, deux confreres; c'étoient Mrs. Suard & l'abbé Arnaud. La fonction de ces parreins est d'être à la droite & à la gauche du Récipiendaire, de diriger ses mouvemens, de lui apprendre quand il doit ôter ou remettre son chapeau, &c. Un plaisant a jugé à propos de faire une épigramme contre le nouvel admis, & de lui associer les deux membres, qui par leur position se trouvoient plus exposés aux regards du Public.

Soit ! que l'on ait placé dans notre Académie,
Suard, Arnaud, la Harpe & gens de ce renom ;
    Mais pourquoi, diable ! trouve-t-on,
    En aussi bonne compagnie
    Voltaire, Gresset & Buffon,

25 *Juin* 1776. On désireroit dans *l'Essai sur le Despotisme* un plan mieux déterminé, plus d'ordre & d'enchaînement dans les idées, plus de correction dans le style : on juge à la fin de l'ouvrage qu'il avoit été composé durant les dernieres années d'oppression du regne de Louis Quinze, & que l'auteur se proposoit de le publier pour ranimer, s'il étoit possible, les restes d'une Liberté mourante, pour opérer une révolution contre le Ministere, dont il dépeint les injustices & les vexations avec une plume de fer, mais d'autant plus énergique. Tacite est l'auteur qu'il semble avoir cherché le plus à imiter. Malheureusement il n'a point, à l'exemple de l'historien, mêlé assez de faits aux vérités hardies & utiles qu'il vouloit énoncer, qui, en leur prêtant plus de force & de clarté, auroient en même tems jetté plus d'intérêt dans son

fon traité & foutenu davantage la curiofité du Lecteur. Le grand mérite de ce Philofophe patriote confifte donc moins dans les chofes qu'il dit, que dans la maniere courageufe de les dire. Au moyen de quelques notes & de certains indices, on feroit tenté de croire que l'auteur eft, ou a été dans le corps de l'épée de la Marine. Du refte, quoique l'éditeur le fuppofe mort prudemment, on fait qu'il ne faut pas prendre à la lettre ces difcours préliminaires, & que cette tournure eft en outre pour la pareffe une excufe qui difpenfe l'écrivain de limer & perfectionner un livre, autant que le mérite tout ce qu'on offre au public.

26 *Juin* 1776. La *Requête au Roi* des Magiftrats remerciés du Parlement de Pau paroît imprimée; elle eft foufcrite de dix-huit fignatures & n'a point été travaillée par Me. Linguet; elle eft l'ouvrage de l'un d'entr'eux : ils ont cru avoir à fe défier du Garde des Sceaux, qu'ils ont regardé comme partie dans cette affaire; en conféquence, quoique la voie naturelle de la faire parvenir au Roi eût dû être de s'adreffer à ce Chef actuel de la Magiftrature, ils ont eu recours au Capitaine des Gardes, qui s'en eft chargé. On juge combien M. de Miromefnil a dû être piqué de cette démarche & fur-tout de l'exception injurieufe qui a été faite de fon Miniftere.

27 *Juin. Vers au fauteuil Académique, où a été inftallé M. de la Harpe le 20 Juin.*

    Funefte & glorieux fauteuil
     Toi, du talent le trône & le cercueil;
      De ta vertu foporifique

Sur le pauvre *Bébé* répands l'heureux effet ;
Endors-le moi d'un sommeil léthargique ,
Pour être plus sûr de ton fait ,
Avec *Guflave* , *Melanie* ,
Et des *Confeils* la froide rapfodie.

Il faut rembourrer ton couffin ;
Apprête-toi , voici le petit nain !
On le paffe de main en main ,
Il eft niché ! Gloire à l'Académie.
Là du fauteuil l'affoupiffant génie ,
Vient d'opérer ; il faifit le Bambin.
Ah ! n'allez pas troubler fa paix profonde :
N'eft- il pas jufte , amis , qu'il dorme enfin ,
Après avoir endormi tout le monde !

Pour entendre cette facétie , il faut fe ref-
fouvenir du petit nain du Roi de Pologne,
qu'on appeloit *Bébé* , & auquel Freron a fouvent comparé M. de la Harpe , à caufe de fa
petite flature , de fon petit orgueil & de fes
petites coleres , tous défauts qu'avoit auffi fon
modele.

28 *Juin* 1776. *Les Lettres Chinoifes* , *Indiennes*
& *Tartares* font un peu plus répandues ; elles
font adreffées à M. Pauw , ce chanoine de Bref-
lau qui a publié des idées fi nouvelles & fi
étranges fur la Chine & les Egyptiens. C'eft
d'un Bénédictin dont M. de Voltaire emprunte
aujourd'hui le froc , & il obferve en cela le coftume , attendu le fcientifique de la matiere :
mais il ne le fuit pas long-tems , car il effleure
dans quelques pages des fujets qui auroient
fourni au moine des in folio.

Pour groſſir le Recueil, on y a joint pluſieurs autres pieces intéreſſantes, c'eſt-à-dire
qui ſont de M. de Voltaire ou le concernent :
il y a entr'autres des Lettres de M. le Chevalier de Boufflers pendant ſon voyage en Suiſſe
en 1764, qui ſont délicieuſes, mais avoient
été déja imprimées, ainſi que divers rogatons
du Philoſophe de Ferney.

La ſeule piece vraiment neuve, eſt celle
intitulée *les Finances ;* elle eſt en vers & préſente rapidement l'eſquiſſe du roman politique
que les Economiſtes ont mis depuis pluſieurs
fois en œuvre, pour peindre en action & plus
énergiquement les ſuites affreuſes du ſyſtême
actuel des finances dans la perception des
impôts.

29 *Juin* 1776. La premiere des *Lettres Chinoiſes, Indiennes & Tartares*, roule ſur un
poëme de l'Empereur Kien-long, Souverain
actuel de la Chine ; il a pour titre *oukden &*
eſt en vers. Dans la ſeconde on rapporte des
prétendues réflexions d'un autre Bénédictin,
nommé Dom Ruinart, auteur des *Actes Sin-
ceres*, recueil de contes miraculeux fort ſinguliers, & qui ne trouve point mauvais conſéquemment que Kien-long ſe diſe deſcendu d'une
vierge. La troiſieme eſt adreſſée à M. Pauw, ſur
l'Athéiſme de la Chine, & l'auteur panche pour
l'affirmative. La quatrieme eſt une plaiſant'erie
ſur l'opinion que l'ancien Chriſtianiſme n'a pas
manqué de fleurir à la Chine. La cinquieme
regarde les loix & les mœurs de cet Empire,
que l'écrivain admire. Les diſputes des Révé-
rends Peres Jéſuites à la Chine fourniſſent ma-
tiére aux plaiſanteries de la ſixieme, continuées

G 2

dans la septieme sur la fantaisie qu'ont eu quelques Savans d'Europe de faire descendre les Chinois des Egyptiens, & mieux encore dans la huitieme sur les dix anciennes tribus Juives qu'on dit être à la Chine. L'auteur parle un peu plus sérieusement dans la dixieme, où il s'étend sur le *Shasta-bad*, livre des Brachmanes le plus ancien qui soit au monde. Il parle aussi du *Veidam*, dont il rapporte des impertinences. Le paradis terrestre de l'Inde est fort exalté dans la dixieme, & le grand Lama réputé immortel, & la métempsycose, sont les objets de la onzieme. Enfin la douzieme se rapproche de nous; il est question du Dante & d'un pauvre homme nommé Martinelly ; c'est un traducteur de l'Italien que M. de Voltaire n'aime pas. Il seroit difficile de trouver un radotage plus complet que ce recueil d'Epitres courtes, pleines d'érudition & de verbiage, & où le fond de la question est souvent la chose dont on s'occupe le moins.

Un Dialogue de Maxime de Madaure, avec une Notice concernant ce Philosophe Africain, contemporain d'Apulée & ami de St. Augustin, vient après ces Lettres. C'est un ouvrage philosophique, rempli d'une excellente morale & où l'on apprend la science difficile de vivre & de mourir. On ne peut que féliciter M. de Voltaire sur la découverte de ce Maxime, qu'on ne connoissoit gueres, non plus que son œuvre.

29 *Juin* 1776. La Requête des expulsés du Parlement de Pau, au nombre de 30 suivant elle, quoiqu'elle ne soit souscrite que de dix-huit, est très-curieuse par un exposé clair &

étendu qu'elle contient de l'origine des troubles
de la Compagnie & de tout ce qui a précédé
& motivé les démiſſions de 1765 ; ils prétendent que depuis ce moment ce ſont eux qui
ſont reſtés le vrai & le ſeul Parlement ; que ces
démiſſions étant volontaires, libres, ſoute-
nues, réiterées, malgré les ordres, les inſtan-
ces & la patience du Monarque, les places
de ces Magiſtrats étoient vraiment & dûment
vacantes, & qu'eux-mêmes l'ont reconnu en
différens cas & de la façon la plus caractériſée.
Il eſt ſingulier de les voir invoquer en leur
faveur les loix de la ſtabilité & de l'inamovi-
bilité des offices, principes du rétabliſſement
des autres, & prouver que ceux-ci ne ſon.
au contraire, aux yeux de la Loi, ou de ſimples citoyens, ſans caractere & tous leurs
jugemens qu'autant d'actes qu'elle réprouve &
dont elle prononce la nullité : qu'enfin les ſujets
qu'ils ſe ſont aſſociés, n'auront jamais le vrai
caractere de Magiſtrature, parce que ceux qui
doivent les conſacrer dans ce ſacerdoce, ne
l'ont pas même reçu.

Ils expoſent enſuite le tableau des mauvais
traitemens qu'ils éprouvent de leur part, ils ſe
plaignent qu'on leur reproche & à leur poſterité
leurs ſervices pendant ces dix années comme un
acte de baſſeſſe & d'infamie, qu'on leur refuſe
les qualités de leur état, & que les ſuppôts du
palais oſent ſe porter à cette indignité.

Ils ſe défendent enfin ſur ce qu'on les a attaqués par leur naiſſance, par leur défaut de fortune & par celui de lumieres ; ils invoquent
l'équité du Monarque & lui citent les exemples
de ſes prédéceſſeurs revenus ſur leurs pas en

G 3

pareille circonſtance ; exemples qu'ont fait valoir tour à tour différens corps de Magiſtrature opprimés.

30 *Juin* 1776. M. Roux, Docteur Régent
de la Faculté, le rédacteur du *Journal de Médecine*, & ſe livrant plus à la théorie de ſon
état qu'à la pratique, vient de mourir victime
de ſon ardeur infatigable à faire des expériences
chymiques ; il étoit occupé à en faire ſur l'ar-
ſenic, & il s'eſt empoiſonné lui-même.

1 *Juillet*. Le Sr. Boucher, Procureur
au Parlement, connu par ſon zèle & par ſon
patriotiſme durant la diſgrace de cette cour, a
employé le tems de l'interruption du ſervice à
lire & étudier Tacite ; il s'eſt tellement pénétré
de ce ....nteur fort connu, qu'il prétend én
avoir trouvé ...clef & pouvoir démontrer que
tous les traducteurs & ...mmentateurs juſques
à ce jour n'y ont rien compris, même la fameux Jéſuite Brothier, qui en a donné une
édition ſi magnifique & ſi eſtimée des Savans:
il s'eſt ſurtout attaché à la ponctuation, à laquelle perſonne n'avoit encore ſongé, & cependant très - utile ou plutôt très · eſſentielle
pour la pureté & l'intelligence du texte. Outre
ce premier travail, il en fait une traduction
complette, & depuis peu a donné au public
un eſſai ſur ſon entrepriſe. Il n'a pas manqué
d'en porter des exemplaires aux Magiſtrats du
Parlement, amateurs de l'hiſtoire en Latin,
entre leſquels on diſtingue M. Lefevre d'Amé-
cour. Ce Conſeiller a été ſi enchanté de voir
un ſuppôt du Palais parvenu à ce degré de
connoiſſances & d'érudition, qu'un jour où

se formoit une assemblée de Chambres , il a pris M. Boucher par la main , l'y a introduit & l'a proposé à l'admiration de ses confreres, non - seulement à raison de ses talens, mais encore plus de ses sentimens généreux , qui le font regarder dans sa profession comme aussi vierge que Me. Target au Barreau.

2 *Juillet* 1776. M. l'abbé Coyer, auteur de *Bagatelles Morales* , dans une d'elles intitulée *Chinki* , avoit décrit , il y a plusieurs années, les abus des Maîtrises & Jurandes : il vient de donner une suite à ce petit roman politique par un autre intitulé *Naru* , fils de *Chinki* , *histoire Cochinchinoise* , *qui peut servir à d'autres pays & de Suite à celle de Chinki* , *son pere*. Son héros passe successivement dans différens Etats & tous offrent des inconvéniens qu'il ne connoissoit pas. Cette critique , fort aisée à faire, n'est pas malheureusement accompagnée de vues plus philosophiques qui trouveroient le remede à ces maux. Ce pamphlet n'est donc qu'un ouvrage futile, dont le cadre est trop usé pour être agréable : il n'a d'autre mérite qu'une sorte de rapidité dans la narration , qui l'empêche d'être ennuyeux : il est facilement écrit.

2 *Juillet.* On annonce une nouveauté grivoise fort rare : elle est intitulée *Parapilla* ; c'est un poëme en cinq chants prétendus traduits de l'italien , contenant l'histoire d'un membre viril artificiel, ou du Godemiché. On le dit, malgré ce fond très-obscene, écrit avec une sorte d'honnêteté.

3 *Juillet.* On a fait une autre épigramme

fur le Sr. de la Harpe, nouvel Académicien ;
elle fert à conftater combien il eft peu aimé :

> Ce n'eft point fi mal à propos,
>
> Que la Harpe à l'Académie,
>
> Malgré toute fon infamie
>
> Siége, vainqueur de fes rivaux.
>
> Graces à la vertu magique
>
> De fon fauteuil foporifique,
>
> Il va nous laiffer en repos.

3 *Juillet* 1776. La Dlle. Raucoux n'ayant
pas voulu accéder aux arrangemens que lui pro-
pofoient ceux qui s'étoient entremis d'une négociation avec fes créanciers, a préféré de
s'expatrier. On affure qu'elle eft partie pour la
Ruffie. Quoiqu'il en foit, les Comédiens y
renoncent abfolument & ont fait venir de Lyon,
pour la remplacer, Mlle. Sainval la cadette ;
dont le public s'étoit d'abord engoué ici, &
qui avoit enfuite été totalement éclipfée par
Mlle. Raucoux : elle aura tout de fuite la demi-
part de celle-ci.

4 *Juillet.* Un Jurifconfulte très-peu financier vient d'écrire comme beaucoup d'autres
fur une partie qu'il n'entend pas : il donne un
ouvrage intitulé *la Finance Politique*. D'après
fon Syftême tout doit prendre une face nouvelle
& il détruit les différens vices de l'adminiftration.
L'auteur de *l'Ami des François* vient de diffé-
quer les idées de cet écrivain politique, & de
renverfer fon Syftême portant fur des bafes
données dont il démontre la fauffeté.

5 *Juillet.* C'eft demain dans *Zaïre* que
reparoît Mlle. Sainval, la jeune. Ses nombreux

partifans fe difpofent à l'aller applaudir & cela occafionne une grande fomentation parmi les amateurs.

5 *Juillet* 1776. Il paroît une fatyre fort longue contre grand nombre des membres de la Faculté de Médecine : elle occafionne une fermentation confidérable parmi les Docteurs : quoiqu'imprimée, elle eft encore fort rare, elle eft très - méchante. Bordeu, qui a les idées les plus fortes & les plus énergiques de ce Corps, mais non le mieux famé, y eft un des plus maltraités.

6 *Juillet*. M. le Chevalier de Berainville fe difpofe à préfenter à S. M. une eftampe allégorique, intitulée *le Sacre de* LOUIS XVI, fervant de fuite à celles dont on a parlé il y a dix-huit mois. Voici l'explication de la nouvelle. LOUIS XVI eft couronné par la Religion, gardé par la Juftice & comblé des dons du Ciel. Tenant d'une main le Gouvernail du Royaume, de l'autre il commande, & fa Vigilance éclairée, défignée fous l'emblême d'un Confeil, embraffe la furface du globe de la France, dont l'horifon repréfentant l'Efpoir eft foutenu par la Sévérité, la Récompenfe, la Vertu pacifique & la Valeur. La Prudence, fous la figure d'un Serpent, réunit ces quatre fupports, divifant l'horifon en quatre points Cardinaux, marqués V. (*Vertu*), Z. (*Zele*), F. (*Félicité*) & G. (*Gloire*), fruit précieux d'un Gouvernement fage.

Le vice confondu fe précipite ; fon flambeau n'exhale plus qu'une noire fumée, & l'Hydre, agent de fes forfaits, tourne contre lui-

même son dard empoisonné. Au bas on lit
ces vers :

> Des mains de la Divinité,
> Louis, tu reçois la Couronne ;
> Le Sceptre, la Loi te le donne,
> Tu dois le Glaive à l'Equité ;
> Mais tes vertus & ta bonté
> Dans nos cœurs t'assurent le trône.

On lit autour *Religio stabilit Imperium*, *Justitia servat* ; & au bas, LUD. XVI., *coronatur Remis* 11 *Junii* 1775.

7 *Juillet* 1776. Mlle. Sainval la jeune a débuté hier dans *Zaïre* pour sa rentrée à la Comédie. L'affluence étoit immense : la Reine y est venue avec M. le Comte d'Artois. Malheureusement l'actrice n'a pas répondu à l'attente du public ; c'est un sujet toujours médiocre : loin d'avoir la figure convenable au rôle qu'elle a joué, elle est laide & sur-tout affreuse quand elle pleure. Elle est petite, sans graces, & n'a pas de poitrine : elle montre quelque sensibilité, elle a mis de la chaleur & de l'onction dans certains endroits ; mais ses chûtes sont détestables, elle se ressent des leçons de sa sœur & a son ton dolent & monotone.

7 *Juillet.* L'immense Dictionnaire de l'Encyclopédie se trouvant encore défectueux à bien des égards, on vient d'en donner deux volumes de Supplément : ils seront suivis dans peu de deux autres & d'un cinquieme ensuite contenant les gravures. Au lieu d'étendre cet ouvrage que la cupidité des Libraires & la prolixité des auteurs ont trop alongé, il faudroit

qu'une compagnie de gens de Lettres s'occupât
à en refferer les articles ; ce qui ne manquera
pas d'arriver quelque jour : mais il faut des
fiecles pour voir une pareille entreprife conduite à fa perfection.

8 *Juillet* 1776. Les Italiens ont donné hier la
premiere reprefentation d'une parodie d'*Alcefte*,
ayant pour titre *la bonne femme* ou *le Phénix*.
Elle eft en deux actes & en vers mêlés d'ariettes
& de vaudevilles. C'eft la production de trois
auteurs, dont un plus connu eft M. Augufte.
Cet ouvrage a eu du fuccès : on y a trouvé de
la gaieté, des faillies, de la fineffe, des far-
cafmes, & l'intrigue en eft calquée ingénieu-
fement fur celle de l'Opéra. La critique tombe
principalement fur le poëme de l'original, car
on fent que la mufique ne pouvoit gueres y
prêter ; il y a cependant quelques endroits
où l'on s'apperçoit que les auteurs ont en vue
le Chevalier Gluck.

9 *Juillet.* Dom Martin, le Bénédictin dont
on a ci-devant parlé, a fait imprimer fon plaidoyer intitulé : *Plaidoyer fait & prononcé au
Grand Confeil pendant cinq Audiences par l'Abbé Jofeph Martin, Prêtre intimé & défenfeur,
ci-devant Bénédictin de la Congrégation de St.
Maur : contre Dom Mené Gillot, Supérieur
Général de ladite Congrégation, appelant comme d'abus d'un Bref de difpenfe ou Indult de
féculariſation accordé par notre Saint Pere le
Pape le 5 Janvier* 1772.

Le Religieux fe propofe d'y établir 1°. l'exiftence trop réelle de fa maladie, huit ans même
avant l'époque de fa féculariſation ; ce qui doit
empêcher de foupçonner raiſonnablement,

moins encore d'affurer hardiment, comme l'ont fait fes adverfaires, qu'elle ait été controuvée & fabriquée à plaifir pour fervir de prétexte à fon nouvel état.

2°. Que, victime continuelle des fouffrances & des douleurs, une perfécution de dix années n'a pas peu contribué à les aggraver au point de le conduire infailliblement au tombeau, s'il eût perfifté à dérober à l'obfcurité du cloître une infinité de miferes dont le détail eft effentiel à fa caufe.

3°. De démontrer la vérité de fa fupplique au Pape, la juftice de l'indult que S. S. lui a accordé, l'exiftence légale de fon enrégiftrement au Parlement de Touloufe, la fageffe, la régularité de la procédure faite à Montauban par devant l'Official : enfin, en refutant les fauffetés, les principes erronés, les fophifmes & le fermon, plutôt que le plaidoyer de fes adverfaires, fon objet eft de prouver invinciblement le droit éternel du fouverain Pontife, & que l'ufage qu'il en a fait à fon égard, ainfi qu'à l'égard de bien d'autres avant lui, s'accorde parfaitement avec nos libertés & fe trouve évidemment autorifé de la volonté de nos auguftes Monarques.

Ce qu'il y a de plus remarquable dans cet écrit, c'eft une Lettre de cachet dont s'autorifent fes Supérieurs pour vexer Dom Martin, ainfi que la maniere dont elle eft mife à exécution. Un pareil incident auroit pu donner lieu à un autre tribunal, moins affervi que le Grand Confeil au Defpotifme, à s'élever contre cet abus d'autorité ; mais celui-ci n'a pas paru y faire la moindre attention.

Le Plaidoyer n'est point mal écrit ; quoique lourd cependant & à la Bénédictine, c'est-à-dire très-verbeux & très-embarrassé de quantité de superfluités.

9 *Juillet* 1776. Les vapeurs étant plus que jamais le tic des jolies femmes, on a fait une chanson sur ce ridicule ; elle est assez bien faite & fort à la mode ; elle a pour titre *la Vaporeuse*, sur l'air, *toujours, toujours, il est toujours le même.*

J'ai des Vapeurs quand un Galant soupire,
    De déplaisir
   L'Ambur me fait mourir :
  Ne pouvez-vous languir,
  Messieurs, sans me le dire ?
  Epargnez la fadeur,
  Trêve de vive ardeur,
J'ai des vapeurs quand un Galant soupire.

A ma toilette un Abbé me fait rire ;
    Mon perroquet
  Retient tout son caquet ;
  Mon singe est plus coquet,
  Depuis qu'il vient m'instruire.
  Mais s'il m'offre son cœur,
  Percé d'un trait vainqueur,
J'ai des vapeurs quand un Galant soupire.

Certain Robin s'en vint un jour me dire,
    Dieux ! que d'appas,
  On n'y résiste pas ;
  Et puis, d'un ton plus bas,

Aimez, belle Thémire ;
Un peu de volupté,
Sied bien à la Beauté.
J'ai des vapeurs quand un Galant soupire.

Un beau Marquis que tout Paris admire,
  Me divertit ;
 Il chante, il danse, il rit,
 Il pétille d'esprit,
 Il folâtre, il soupire ;
 Quelquefois tout à coup,
 Il tombe à mes genoux.
J'ai des vapeurs quand un Galant soupire.

Un Financier, n'allez pas en médire,
  Me traite au mieux ;
 Ses soupers sont des dieux,
 Son Champagne mousseux,
 En pétillant m'inspire ;
 Mais dès qu'il s'attendrit,
 Tout son feu me transit.
J'ai des vapeurs quand un Galant soupire.

Il est charmant, partout on le desire,
  Mon Médecin,
 C'est un homme divin ;
 Ses doigts d'un blanc satin,
 S'exercent sur ma lyre,
 Puis il touche mon bras,
 Un jour il le serra.
J'ai des vapeurs quand un Galant soupire.

9 *Juillet* 1776. On a oublié de parler de la mort de M. l'abbé de Gouré, décédé il y a environ deux mois. C'étoit un Savant très-versé dans la partie géographique : il se mêloit aussi de la connoissance des médailles, & composoit des inscriptions, comme Desfontaines, où il s'étoit permis des digressions très-satyriques contre lui ; ce qui avoit donné lieu à un procès criminel entr'eux, décidé par le Chancelier, comme toutes ces especes d'affaires entre auteurs, c'est-à-dire en mettant les deux parties hors de cour. Il étoit fort cynique & vivoit isolé. Quoique prêtre & disant la messe tous les jours, il est mort sans avoir voulu entendre parler de confession. Il avoit près de 80 ans.

10 *Juillet.* Quelques particuliers s'étant réunis en compagnie, avoient obtenu une permission de M. de Malesherbes pour construire un nouveau théâtre forain sur les Boulevards, & y jouer des pieces analogues au lieu : M. le Noir, architecte très-entendu dans son art, étoit à la tête des travaux, & M. de Pleinchesne, ci-devant attaché à Audinot, l'alimentant de ses pieces, recrutoit des acteurs & s'occupoit de toute la partie Littéraire. La jalousie des Comédiens François & Italiens a fermenté ; ils ont mis en mouvement le Maréchal Duc de Duras, qui a fait retirer le privilege & suspendre les travaux, quoique très-avancés. Le bruit avoit couru que la nouvelle troupe devoit s'intituler *Troupe de Monsieur* ; on en a parlé à ce Prince, & S. A. R. piquée qu'on la mît en jeu, n'a pas peu contribué à ce changement du Ministere.

10 *Juillet* 1776. Le poëme de *Parapilla* eſt tiré en effet de l'Italien, l'original eſt intitulé *il Cazzo* ; on l'avoit d'abord traduit en proſe, & enfin le voici en vers. Par une ſingularité aſſez remarquable, quoiqu'il roule ſur le ſujet le plus obſcene, il n'y a pas un mot de ce genre, & la fiction, ſoutenue d'un bout à l'autre ſur le même ton, préſente des images très-licencieuſes, toujours gazées ſous des expreſſions honnêtes. Dans le premier chant, il eſt queſtion de ſon origine ; elle eſt due à la maniere bruſque dont un pauvre diable, Rodric, accueille l'Ange Gabriel, qui le vient viſiter, comme il plantoit dans ſon jardin ; il jure par ce mot ſi uſité en Italie & dont Benoit XIV faiſoit ſouvent uſage. *Vous en plantez, eh bien ! il en viendra*, lui répond l'inconnu qui diſparoît. L'impie eſt déſolé de l'accompliſſement de la prédiction ; il s'en répent : l'eſprit céleſte, plaiſant de ſon naturel, lui pardonne, & lui montre la maniere de faire fortune avec cette nouvelle production : qu'il en prenne une tige, & l'aille vendre, mais non moins de cent mille écus. Sa propriété ſera de ſauter à la femme qui marquera la premiere ſon admiration en la voyant & de lui procurer des plaiſirs indicibles : elle ne s'arrêtera qu'au ſeul mot *Parapilla*. Rodric trouve bientôt marchande ; une Madame *Capponi*, ayant éprouvé la vertu du bijou l'achette ; ce qui fournit la matiere du 2e. chant, terminé par l'épiſode de ſa ſœur l'Abbeſſe, qu'elle inſtruit de ſa découverte, & qui deſire y prendre part. Les ravages de cette racine merveilleuſe dans le couvent, ſont peints au troiſieme chant avec un pinceau léger, vif, volup-

tueux ; mais un laquais de la maîtresse impatiente vient reprendre le bijou au grand regret des Nonains : il étoit tard , il le rapportoit dans la nuit ; il est arrêté par la garde. Le prevôt se saisit d'une cassette que le fuyard abandonne. Ni l'un ni l'autre n'en connoissent le mérite. Le dernier marioit sa fille le lendemain ; par hazard elle trouve la boëte , l'ouvre , & éprouve la vertu de l'instrument , qui épargne bien des peines au mari ; elle le conserve quelque tems , jusqu'à ce que la suivante de Madame Capponi, instruite qui possédoit le trésor , & aux aguèts , trouve le moyen d'en devenir propriétaire. Tout cela occupe le quatrieme chant. Enfin la suivante chassée au cinquieme chant , de chez Madame Capponi , parce qu'elle néglige tout son service pour s'entretenir avec le bijou , mourante de faim , & n'ayant pas d'autre ressource le vend à une femme courtisanne , maîtresse du St. Pere. Celle-ci le préfere , comme de raison à S. S. ; elle s'en amuse , persifle le vieux Pontife , qui invoque le secours de St. Pierre pour être débarrassé d'un rival aussi incommode ; on l'exauce , on apothéose le bijou, il est placé au ciel.

Rien de plus gai , de plus lestement écrit que ce petit poëme , d'un genre fol & d'un goût exquis.

11 *Juillet* 1776. M. de Voltaire , accusé de tourner à tout vent , & d'oublier facilement ses bienfaiteurs disgraciés , a voulu prouver le contraire , ou du moins se corriger : il vient d'adresser une Epitre à M. Turgot, dont on parle avec beaucoup d'éloge.

12 *Juillet.* *Lettre d'un Cultivateur de*

Province à un Citoyen de Paris. Tel eft le titre d'une petite Brochure datée du 29 Avril 1776, où l'on fait l'apologie des opérations de M. Turgot & de celles du Comte de Saint Germain. On ne peut qu'applaudir au zele de l'écrivain très-judicieux dans fes raifonnemens & très-modéré dans fon ftyle.

12 *Juillet* 1776. Depuis long-tems on s'étonnoit que les Anglois fi curieux des papiers publics de toute efpece n'euffent pas, à l'exemple des autres nations étrangeres, une Gazette écrite en François, qui s'imprimât à Londres, à l'inftar de celles de Hollande, d'Allemagne, &c. Ce projet fe réalife aujourd'hui : on annonce une feuille périodique, y prenant naiffance fous le titre de *Courier de l'Europe*. Elle eft en grand papier, ainfi que les autres gazettes An-gloifes, caractere fin & ferré, traitant de toutes fortes de matieres : elle paroîtra deux fois par femaine. Il faut convenir que l'effai n'eft pas piquant, &, quo'qu'on la prétende compofée par une fociété de gens de Lettres, elle eft peu littéraire, d'un très-médiocre ftyle & d'un mauvais goût. Il faut, pour l'avoir, s'adreffer à Londres chez *E. Cox*, *Printer*, *Nº.* 73, *Great Queen Street*, *Lincoln's-inn-fields*. Le prix eft de fix fols monnoye de France, par nombre ou numéro.

13 *Juillet*. Suivant la brochure annoncée juf-tificative des Opérations de M. Turgot, & mé-me de quelques-unes du Comte de St. Germain, on ne peut réparer la fituation d'un Etat oberé que de trois manieres, ou en augmentant la recette, ou en diminuant la dépenfe, ou en ceffant les payemens, pour fe mettre au pair.

La Recette peut s'augmenter de trois manieres, ou en mettant de nouveaux impôts, ou
en fimplifiant & diminuant les frais de percep-
tjon, ou en créant quelque branche de revenu
public qui ne foit pas un impôt, ou en amé-
liorant un objet de revenu déja exiftant.

Le Gouvernement actuel n'a point voulu de
la premiere méthode. M. Turgot a employé
la feconde par la réunion des deux charges de
Receveur des Tailles en une, & il pouvoit
encore mieux l'appliquer par la fuppreffion des
Receveurs Généraux des Finances, & par la
réduction des Fermiers Généraux & de leur
fequelle, de leurs Commis, &c.

La nouvelle Régie des meffageries doit être
comprife dans la troifieme méthode, ainfi que
l'encouragement de l'Agriculture & fes défri-
chemens, & l'amélioration des Domaines &
Bois du Roi, ainfi que des reviremens faits,
des commutations à l'égard de certains excé-
dens d'impôt, moins génans, moins difpen-
dieux &c.

La dépenfe fe diminue 1°. en réglant le nombre des agens qu'on croit néceffaire d'employer :
2°. en ne les payant qu'avec juftice, fans mef-
quinerie & fans profufion.

La réduction du nombre des grades de la
maifon du Roi eft de la premiere efpece, ainfi
que la fuppreffion de quantité de Gouvernemens, &c. La réduction des appointemens de
certaines places eft de l'autre. Tout cela eft du
Miniftre de la guerre, de même que la nouvelle forme donnée à l'établiffement de l'Ecole
Militaire, d'où réfulte une grande économie,
& la nouvelle Régie des vivres, &c.

Quant à la ceſſation de payement, c'eſt une reſſource extrême, par laquelle on ſe *remet au courant*, comme diſoit le Cardinal Dubois : elle deviendra néceſſaire ſi l'on ne ſoutient pas les premieres opérations du Regne, ſi l'on n'en fait pas de ſemblables : l'auteur, en conſéquence, donne déjà un modele d'Edit effrayant & bien propre à faire rentrer en eux-mêmes ceux qui crient contre la beſogne des deux Miniſtres.

Cette brochure, ſimplement, clairement écrite, très-propre à faire toucher au doigt & à l'œil, la bonté de toutes les opérations qui ont eu lieu depuis quelque tems, contient une anecdote difficile à croire. L'auteur prétend que le peuple Anglois a été ſi enchanté de ce qu'il a appris de nos derniers Edits & de nos nouvelles Ordonnances, qu'il a fallu les lui traduire & qu'il y en a eu cinq ou ſix éditions ; que dans pluſieurs villes principales, à Briſtol ſurtout, on a bu des *toſtes*, on a fait des danſes, on a célébré des fêtes en l'honneur de notre jeune Roi & de ſon Miniſtere.

15 *Juillet* 1776. L'ouvrage qui occupe beaucoup la Faculté de Médecine & l'agite, a pour titre : *L'Art Yatrique, poëme en quatre chants, ouvrage poſthume de M. L. H. B. L. J. Docteur régent de la Faculté de Médecine en l'Univerſité de Paris ; recueilli & publié par M. de L. membre de pluſieurs académies.* Il eſt précédé d'un Avertiſſement, où l'on annonce que l'auteur, M. Bourdelin le jeune, eſt mort : il eſt daté du 30 Septembre 1775, d'Amiens, où l'écrit eſt ſuppoſé imprimé. Mais peu de gens ſont dupes de cette tournure, & l'attribuent plutôt

au Docteur le Preux : en général il est méchant, mais les portraits en sont vrais , bien frappés : cette satyre n'est point sans sel & sans mérite.

15 *Juillet* 1776. L'affaire du Colysée se continue par-devant le Lieutenant de Police , elle a déja occasionné une multitude de Mémoires immense.

16 *Juillet*. L'Abbé Beaudeau a commencé à plaider sa cause au Châtelet contre les Fermiers de la Caisse de Poissy. Il y a eu vendredi & samedi un concours prodigieux de spectateurs. L'orateur a été extrêmement applaudi. C'est Gerbier qui est pour les parties adverses, il n'a pas réussi dans son attaque; il a encore la Replique.

17 *Juillet*. On prétend que la place devant le Palais Royal , au moyen de l'étendue qu'on vient de lui donner par la démolition de beaucoup de maisons sur la droite, & le reculement projetté du château d'eau , aura le double de la surface qu'elle avoit : en conséquence on doit ouvrir une rue perpendiculaire à la grande porte du château; des arcades masqueront les rues Froidmanteau & Saint Thomas du Louvre, & il regnera ainsi une colonnade sur toute la façade , qui répondra à celle du palais : mais il faut beaucoup d'argent pour ces embellissemens, & il n'y a pas d'apparence qu'on y travaille de plusieurs années.

17 *Juillet*. Mlle. Sainval la jeune, n'a pas eu plus de succès les jours suivans de son début, que la premiere fois, & l'on décide de plus en plus qu'elle ne sera jamais qu'un pauvre sujet.

Le Sr. le Kain vient de partir pour aller à

Genève & prendre ſes vacances ordinaires.
Cette fois-ci les Gentilhommes de la chambre
avoient eu le courage de lui refuſer ce congé :
mais la Reine , enchantée de cet hiſtrion dans
la tragédie de *Tancrede* , n'a pu lui réſiſter , &
a ordonné qu'il fût maître d'aller où il voudroit.

18 *Juillet* 1776. Le poëme de *l'Art Jatrique* ,
eſt précédé *d'une Epitre à ma tante* , ſervant
comme d'introduction. L'auteur lui demande
pardon d'avoir refuſé juſques ici ſes conſeils ,
de s'être imaginé que la ſcience & la probité
ſeules devoient être les moyens du Médecin
pour arriver à la fortune & à la célébrité. Il en
va prendre de meilleurs , il deviendra courtiſan
des belles & des grands , faux , méchant ,
impoſteur , intriguant ſurtout , & il eſpere
réuſſir ainſi comme tant d'autres. Ce premier
eſſai , en vers de dix ſyllabes , eſt foible , pro-
ſaïque , à quelques endroits près , où il y a
des images & des expreſſions poétiques &
heureuſes.

Ce n'eſt point une fiction qui fait la baſe
du poëme , il n'y en a aucune. Il n'eſt pas
non plus didactique : ce ne ſont pas des préceptes monotones & arides. Le but du poëte
eſt de décrire les travers , les ridicules & les
vices de nos modernes diſciples d'Hypocrate.
Il en fournit des exemples dans chaque genre , & prend tous ſes modeles dans la Faculté , ſans nommer perſonne ; en un mot ,
c'eſt un code , un manuel de conduite à
l'uſage des jeunes Médecins. Il y a cependant
un enſemble , un plan ſous lequel il réunit
ſes portraits.

Dans le premier chant il montre l'excellen-

ce de la Médecine , malgré tout ce qu'on a
dit & écrit contr'elle ; il s'éleve contre l'audace des Chirurgiens & des Apothicaires,
qui voudroient s'égaler aux difciples d'Hypocrate : il détruit les prétentions des autres
Facultés de Droit, des Arts, de la Théologie. Defcription des honneurs rendus à Efcu-
lape dans Epidaure. Paris, rivale de cette
ville à cet égard , offre auffi la même vénération pour la Médecine & une école florif-
fante en ce genre. C'eft-là que l'auteur fe
propofe de choifir fes héros.

Le fecond chant eft rempli des principes
que doit fe faire un jeune Médecin pour parvenir. L'égoïfme eft l'unique ; il ne doit s'occuper que de lui , & ne fe faire aucun fcru-
pule de décrier fes confreres pour s'exalter
fur eux , foit par des remedes exclufifs , foit
par des méthodes nouvelles , ou par des découvertes prétendues.

Les mœurs occupent le troifieme chant :
l'ambition , la luxure , l'hypocrifie doivent
être les paffions du Docteur candidat , & il
les mettra en œuvre fuivant que les circonftances l'exigeront ou que fon caractere le lui
permettra.

Les rufes , les tours , l'adreffe , les artifi-
ces , les preftiges des grands maîtres d'aujourd'hui occupent & égaient le 4e. & dernier chant.

Telle eft l'efquiffe du poëme affez long ,
d'environ 2400 vers. L'auteur annonce du talent , quoique fans beaucoup d'imagination ;
mais il a le pinceau fûr & fidele ; il a des
tournures ingénieufes , & cette caufticité ,

qui fait l'ame de la fatyre & réuffit toujours
lorfqu'elle eft appliquée adroitement & avec
juftesse. Au ftyle, où les expreffions fcienti-
fiques font prodiguées à propos & dans la
plus grande énergie, & furtout à une foule
de détails concernant la vie intérieure des
Médecins de Paris, on juge impoffible que
l'ouvrage ne foit pas d'un de leurs confreres.

Les Docteurs Bouvard, Le Thieullier,
Gardanne, Vallin, Guilbert de Preval, Poif-
fonnier, Bordeu, Lory, Petit, font les plus
maltraités. Les gens au fait de ce qui concerne
la Faculté les reconnoiffent aifément, mais
non beaucoup d'autres, trop obfcurs pour
faire fenfation.

19 *Juillet* 1776. C'eft un M. André qui a
cette année le prix de l'Académie Françoife:
fon fujet eft *les adieux d'Hector & d'Andromaque*. Il eft fort lié avec M. de la Harpe,
& celui-ci ayant déclaré l'année derniere
qu'il ne concourroit plus, il y a apparence
que ce nouvel intriguant va lui fuccéder aux
palmes littéraires. M. Doigny du Ponceau a
un *Acceffit*.

M. l'abbé Beaudeau écrafe abfolument
Gerbier, au point que celui-ci eft hué dès
qu'il ouvre la bouche. Il eft vrai qu'il a le
beau rôle : il fait des explofions terribles
contre les financiers, & l'on juge combien
il doit être applaudi. Il fe permet des décla-
mations très-fortes contre les Miniftres précédens, & furtout contre Colbert ; il exalte
M. Turgot, & à fon occafion il difoit ces
jours derniers qu'on étoit trop heureux d'avoir
un Miniftre honnête homme dans un fiecle :

les

les plaidoyers font tant de senfation qu'il y
a défenfe chez les imprimeurs de rien imprimer pour cet abbé, ce qui paroît d'autant
plus injufte que le mémoire de fes adverfaires
eft publié depuis trois mois.

20 *Juillet* 1776. C'eft pour l'ouverture du
nouveau théatre que M. de Voltaire a fait
conftruire à Ferney que le Kain eft parti. Il
doit être un des acteurs concourant à l'inauguration du fpectacle.

21 *Juillet.* Les promenades nocturnes du
palais royal recommencent, mais elles dégénerent fouvent en bachanales & il en réfulte
des rixes & querelles qui forceront M. le Duc
d'Orléans à les interdire. Une de ces nuits
un auteur s'étant permis en ce lieu des plaifanteries contre des perfonnes qui s'en font
trouvé offenfées, a été bâtonné très-cruellement : par bonheur il a tourné la chofe en
plaifanterie, il s'en eft vengé par un petit
poëme adreffé à l'Académie des Arcades de
Rome, dont il eft membre depuis peu. Il y
fait récit de fon aventure, avec des acceffoires très-piquans fur des anecdotes du jour
& qui font vaudeville pour le moment. Ce
poëte eft l'auteur du drame dont on a parlé,
ayant pour titre *le Prifonnier.* Il a fait depuis
une petite Comédie, ayant pour titre *la
Courfe* ; elle eft relative aux courfes des chevaux à la mode depuis quelque tems.

22 *Juillet.* L'affaire du Sr. Luneau contre
les Libraires Imprimeurs de l'Encyclopédie,
reprend vigueur ; il faut fe rappeler qu'elle
a été appointée fous le tripot Maupeou ; elle

est portée à la Grand'Chambre qui s'en occupe.

La piece de M. de Voltaire à M. Turgot,
est intitulée *Epitre à un Homme*. Elle n'a de
rare que la singularité du Philosophe encen-
sant un Ministre disgracié, même deux, car
il dit des douceurs à M. de Malesherbes. Du
reste, une déclamation cent fois répétée contre la légereté, l'oisiveté, l'incurie des habitans de Paris, & un égoïsme non moins
fréquent qui manifeste l'amour-propre de l'auteur, toujours chagrin qu'on ne s'occupe
pas de lui autant qu'il le desireroit, sont ce
qu'on y remarque. Malgré ces retours fasti-
dieux on lit & l'on veut lire tout ce qui
vient de ce vieillard bavard, & dont on préfere les vers à ceux de nos petits poëtereaux.

23 *Juillet* 1776. M. l'abbé Beaudeau ne
pouvant, à raison des défenses dont on a
parlé, répandre ses plaidoyers imprimés, a
été obligé de se contenter d'un bout de
Consultation qu'il distribue aujourd'hui. Elle
est datée du 16 Juillet & signée de la Croix,
appuyée par Elie de Beaumont, Target,
Charpentier de Beaumont, Ader, Jabineau,
tous Avocats hommes de Lettres, qui décident les adversaires de l'Economiste non re-
cevables à former la demande intentée contre
lui.

24 *Juillet*. Mr. Rimbert est un jeune Avocat de mérite, mais qui a travaillé avec ardeur sous le tripot. Cette conduite l'a rendu peu agréable aux Magistrats, & il en a
essuyé des mortifications en plusieurs cas. De
son côté, il a conçu la plus belle haine con-

tr'eux , & même contre fes confreres , dont
le zele trop auftere à fe conformer aux grands
principes étoit une cenfure indirecte de fa
défection. Samedi dernier , comme il plaidoît
à la Grand-Chambre à l'audience de fept heures , il a trouvé occafion de glisser une phrafe
relative aux circonftances d'alors , de louer
fes confreres qui s'y font affujettis & d'im-
prouver hautement les autres ; il a même dit
des chofes injurieufes au Parlement. Il en a
réfulté une grande chaleur parmi les Magiftrats ; M. Pafquier vouloit qu'on rendit Arrêt
fur le champ pour interdire cet audacieux :
M. de Challerange a paré le coup & a prétendu qu'il falloit laisser à l'Ordre la liberté
de les venger. Ce dernier avis a été fuivi ; il
y a eu deja quelques mouvemens de la part
du Bâtonnier & des anciens , des conférences avec l'Avocat Général : on efpere cependant que M. Rimbert trouvera quelque tournure pour fe difculper , fon difcours n'étant
pas écrit.

25 *Juillet* 1776. Le Gouvernement mécontent des plaidoyers de l'abbé Beaudeau , trop
critiques du miniftere & faifant un éclat fingulier , en a non feulement arrêté la publicité par l'impreffion , mais M. le Garde des
Sceaux a écrit de la part du Roi une Lettre
au Châtelet , pour qu'on terminât promte-
ment le procès : en conféquence le jugement
a eu lieu mardi. Les deux contendans ont
parlé pour la derniere fois , mais Gerbier a
été hué continuellement & ne pouvoit pas
fe faire entendre ; fon adverfaire , au contraire , a reçu de nouveaux applaudiffemens.

H 2

Enfin le prononcé de la fentence porte, qu'il fera donné acte à l'abbé Beaudeau de la déclaration par lui faite qu'il n'avoit point entendu attaquer les Fermiers de la Caiffe de Poiffy, & qu'il les reconnoiffoit pour gens d'honneur ; fur le refte, les parties ont été mifes hors de cour, & dépens compenfés.

L'Abbé a déclaré dans fon Plaidoyer dernier, que pour ne pas fuccomber au crédit de fes ennemis qui le noirciffoient dans l'efprit du gouvernement & mettoient continuellement fa liberté en péril, il alloit s'expatrier & fe retirer en Pologne ; ce qui a caufé une fcene pathétique de fa part, & un grand attendriffement de celle des fpectateurs.

26 *Juillet* 1776. Il paroît un *Commentaire fur la Bible*, qui ne reffemble point à ceux qu'on connoît jufqu'à préfent. On l'attribue à M. de Voltaire. Malheureufement cette matiere eft épuifée, le procès eft jugé pour ceux qui veulent fe fervir de leur raifon & de leurs lumieres, & les autres ne liront pas plus ce Commentaire que le refte.

27 *Juillet*. La Gazette Françoife imprimée à Londres, dont on a annoncé le premier Numéro, eft déja profcrite ici. Dès le fecond on a trouvé qu'elle faifoit des critiques indécentes, infolentes même de notre Miniftere, qu'on n'y épargnoit ni la Reine, ni fon augufte époux. La police a fait retirer ce papier de tous les lieux publics où il étoit, & vraifemblablement il y a eu ordre à la pofte de n'en plus permettre l'introduction.

27 *Juillet*. Il paroît une nouvelle *Requête*,

présentée au Roi & à nos Seigneurs de son Conseil pour les Sieurs Nouel pere & fils, Négocians à Angoulême & associés, contenant de plus amples moyens sur l'opposition qu'ils ont formée à l'Arrêt du Conseil surpris le 16 Janvier 1776 par les héritiers de feu Cheneusac, & de respectueuses Représentations au Roi sur l'Arrêt du Conseil du premier Avril suivant, qui casse les plaintes rendues en usure par les Sieurs Nouel, contre les Sieurs Marot, Robin & Desessart, tant par devant Me. Michel, Commissaire au Châtelet de Paris, qu'en la Sénéchaussée d'Angoulême & la Tournelle du Parlement de Paris, ensemble l'Arrêt intervenu en ladite Tournelle le 23 Mars précédent. Tel est l'énoncé de cette nouvelle Requéte dans l'affaire d'usure dont on a parlé, & qui vraisemblablement va prendre une tournure plus favorable depuis la disgrace de M. le Contrôleur Général, dont elle compromettoit le système & les décisions.

27 Juillet 1776. Depuis peu M. de Maurepas a fait savoir au Prieur des Chartreux que S. M. desiroit faire l'acquisition des tableaux de la vie de St. Bruno, qui décorent leur cloître. On sait que ces chef-d'œuvres sont du fameux le Sueur. Le Ministre engageoit en même tems le Supérieur à prendre le vœu de sa Communauté & à venir lui en rendre compte. Le Religieux s'est rendu à Versailles, a vu M. de Maurepas, & lui a fait part des dispositions où étoit la maison de faire au Roi le sacrifice qu'il exigeoit. Les conventions ont été que S. M. payeroit chaque tableau sur le pied de 6000 livres. Il y en a vingt-

H 3

deux, ce qui fait 132000 livres. En outre, elle s'est engagée à leur laisser des copies des originaux : ce travail a été estimé à raison de 2000 livres chaque copie; ce qui forme encore un objet de 44000 livres. On est convenu décidément de ce dernier point. Quant au surplus, sur ce que le Comte a paru désirer savoir quel emploi les Chartreux feroient de la somme accordée, le Prieur a déclaré que si le Roi vouloit se charger des réparations assez considérables à faire à leur église, la communauté consentoit à ne rien toucher, & qu'il en coûteroit moins à S. M. Cette demande a été accordée. Reste à savoir ce qu'on veut faire des peintures, c'est encore un mystere.

28 *Juillet* 1776. L'Académie Royale de Musique annonce pour vendredi *les Romans*, en trois actes, de la Bergerie, de la Chevalerie, & de la Féerie.

29 *Juillet.* On parle d'un almanach particulier, où l'on a mis des notes à côté des noms de ceux qui y figurent, à commencer par les têtes couronnées. On sent bien qu'une pareille production ne peut être qu'infernale; cependant elle doit être fastidieuse en grande partie, nombre de ceux qui y figurent étant des êtres obscurs, indifférens ou méritant peu qu'on s'en occupe.

30 *Juillet.* La licence d'écrire augmente journellement, & l'on abuse de la douceur du nouveau gouvernement à tel point, qu'il sera peut-être forcé d'employer toute l'inquisition de la fin du regne de Louis XV. On voit ici quelques exemplaires d'un ou-

vrage , dit-on , plus obſcene que *le Portier des Chartreux* ; il s'annonce dès ſon titre infâme , *la Foutromanie*. C'eſt un poëme en pluſieurs chants & en vers contre des Princeſſes & autres femmes renommées , juſtement ou injuſtement , par leur impudicité. On dit qu'il y a déja deux éditions de cette brochure , dont on fait les perquiſitions les plus rigoureuſes , tant en France qu'en Hollande ; elle eſt fort chere.

L'exiſtence de l'almanach royal commenté ſe conſtate. On le dit en deux volumes in 8°. & ſe vend 96 Livres.

On parle enfin d'un Pamphlet contenant des *Anecdotes ſur le nouveau Contrôleur Général* , qui ne ſont à coup ſûr pas édifiantes.

On penſe bien qu'on ne connoît pas les auteurs de ces livres exécrables , & on les pourſuit avec ſoin , non-ſeulement ici , mais en Hollande & autres pays étrangers. On arrête force colporteurs , & la Reine écrit lettre ſur lettre à M. le Noir , pour exciter ſon zele & lui reprocher de ne faire aucune découverte à cet égard.

31 *Juillet* 1776. On connoît déja l'affaire d'uſure d'Angoulême, & la nouvelle requête de Me. Drou ne fait qu'en développer des circonſtances qui rendent le crime des accuſés plus odieux & plus manifeſte. On y trouve cependant un paſſage remarquable concernant M. Turgot, qui en ſa qualité d'Intendant de Limoges devant lequel avoit été renvoyée la connoiſſance de l'affaire , avoit donné un avis favorable aux uſuriers. L'on donne pour raiſon des motifs d'inaction dans laquelle ſont reſtés

H 4

les plaignans pendant le terme fatal qui fem-
bleroit devoir exclure l'admiffion de leur requête
en caffation au confeil, que ce même intendant
de Limoges étoit alors Contrôleur Général &
leur partie en quelque forte. Voici comme il
eft peint par l'orateur.

» Les fupplians rendront toujours hommage
» à la pureté de fes vues, à l'étendue de fes
» lumieres, à fon zele pour le bien public &
» pour le fervice de V. M., à ce défintéreffe-
» ment parfait & cette auftere probité qui le
» caractérifent. Mais, malgré tout le refpect
» dont ils font pénétrés pour fa perfonne, les
» fupplians font forcés de lui appliquer ce que
» M. le Chancelier d'Agueffeau difoit de quel-
» ques Magiftrats : *vous aimez la vérité & vous*
» *haïffez le menfonge. Mais la prévention ne*
» *vous les fait-elles jamais confondre ? Juftes*
» *par la droiture des intentions, êtes-vous*
» *toujours exempts de l'injuftice des préjugés !*
» *& n'eft-ce pas cette efpece d'injuftice que nous*
» *pouvons appeler l'erreur de la vertu, & fi*
» *nous ofons le dire, le crime des gens de*
» *bien* » ?

31 Juillet 1776. On a donné hier pour la derniere
fois *Alcefte*. Le vœu du public s'y eft manifefté
d'une maniere bien glorieufe pour l'auteur ; à
la fin on a redemandé cet opéra avec des inf-
tances & des acclamations foutenues pendant
plus d'un demi-quart d'heure. Ce qui eft contre
l'ufage de ce Spectacle où le parterre ne s'exprime jamais auffi expreffément.

1 *Août*. Comme M. l'Abbé Beaudeau
dans fes *Ephémérides* arrêtées fe permettoit
beaucoup d'écarts contre les Financiers, &

qu'il fe livroit d'autant plus volontiers à fa mau‑
vaife humeur contr'eux qu'il croyoit ainfi faire
fa cour à M. Turgot, qui les détefte cordiale‑
ment, qu'il ne mefuroit pas conféquemment
fes expreffions, ils font furieux contre lui, &
cherchent à faire corps pour l'entreprendre en
détail & le fatiguer par des pourfuites. On affure
que la Compagnie des Vivres veut le prendre
à partie fur ce qu'il a dit de leur adminiftration,
en ce qu'il l'a taxée de très-vicieufe & qu'il la
prétend avoir été fort abufive.

1 *Août* 1776. La Reine & *Monfieur* font ve‑
nus hier au fpectacle & fe font de-là rendus au
Colyfée dans l'appareil le plus fimple. S. M.
n'avoit ni diamans, ni plumes, ni coëffure hau‑
te; elle étoit mife bourgeoifement, fa robe dans
fes poches, & donnoit le bras au Prince, fe
laiffant approcher de tout le monde : cette
popularité a enchanté le public & rendu cette
Princeffe encore plus adorable. Malheureufe‑
ment il y avoit très-peu de monde. On avoit
annoncé S. M. depuis plufieurs ouvertures, on
lui avoit préparé un dais, & comme l'on n'étoit
pas prévenu, on ne s'y eft pas porté en
foule, ainfi qu'on avoit fait quelques jours au‑
paravant.

1 *Août*. Mercredi 24 M. l'Abbé de
Bourbon a foutenu à St. Magloire un exercice
en préfence de plufieurs Cardinaux & de vingt
Evêques. Ce jeune Candidat, âgé de 13 à 14
ans, s'y eft fingulierement diftingué. Sa mere,
Madame de Caveirac, y étoit & a joui de toute
la gloire de fon fils. Il eft à merveille de figu‑
re; c'eft le vivant portrait du feu Roi, il a
d'ailleurs une taille fvelte & il eft très-bien fait.

Il a sa maison dans le Séminaire & son entrée
par dehors ; il tient déja un état de maison
considérable pour son âge , & n'a aucune communication avec les Séminaristes.

2 *Août* 1776. Enfin les arrangemens concernant la Librairie sont faits , & c'est décidément
M. le Camus de Néville à qui M. le Noir l'a
remise hier. Il a présenté les Censeurs Royaux
à ce nouveau Chef , & a fait reconnoître d'eux
celui-ci. C'est un jeune Maître des Requêtes ,
ci-devant Conseiller au Parlement de Rouen ,
très-renommé par son zele patriotique & sa
fermeté. On peut se rappeler sa réponse au
Chancelier qui vouloit l'intimider , & tout le
monde a dû lire sa lettre inférée dans les papiers
publics , lorsqu'il fut expatrié pour se soustraire
aux persécutions dont il étoit ménacé.

2 *Août*. Le bruit court que le Journal de
Me. Linguet est supprimé. On attribue cette
disgrace littéraire à la maniere injurieuse dont
il a parlé dans sa derniere feuille de M. de la
Harpe & de l'Académie.

2 *Août*. Il paroît un écrit concernant
la caisse d'escompte ; c'est un *Discours d'un*
Actionnaire à la premiere assemblée générale
des intéressés à la caisse d'escompte, le 26 Juin
1776 , imprimé conformément à la délibération
de la Compagnie. Rien de plus plat que cet
écrit, qui ne séduira personne , ni par le style
ni par les raisonnemens.

M. Luneau rentre effectivement en lice &
répand un Mémoire contre le Sr. Le Breton,
Imprimeur de l'Encyclopédie , & les héritiers
des feu Sieurs Briasson , David & Durand,
Libraires associés à l'entreprise.

3 *Août* 1776. Malgré les recherches de la police & la sévérité exercée contre le colporteur *Prot*, ses confreres ne sont point intimidés & il perce des exemplaires de *la Foutromanie*. Ils ne se vendent pas même à un prix proportionné aux risques que courent les marchands, puisqu'ils sont de 12 à 9 Livres seulement. Le plus grand mérite de cet ouvrage, c'est d'être rare : c'est un poëme en six chants, où l'auteur a commenté fort au long la fameuse *Ode à Priape*. Il y a quelques tirades de force, mais en petit nombre ; on ne peut refuser du talent au poëte & sur-tout de la facilité. Il auroit tiré un meilleur parti de son plan, s'il l'eût enrichi & égayé d'une multitude d'anecdotes relatives aux courtisanes du jour. On voit qu'il est peu au fait du courant. Le reproche qu'il mérite plus essentiellement, c'est d'avoir osé mettre en scene deux illustres Souveraines, d'avoir levé le voile sur leurs plaisirs secrets, d'avoir ignoré, enfin, que pour peindre dignement les amours de Jupiter & de Junon, il faut le pinceau chaste & sublime d'Homere.

4 *Août*. *Les Romans*, Ballet héroïque en trois entrées, composées des actes de *la Bergerie*, de *la Chevalerie*, & de *la Féerie*, ont été joués avant-hier, malgré les réclamations du public pour avoir encore *Alceste* : aussi n'ont-ils pas eu de succès. L'Opéra a commencé fort tard à cause de la Reine qu'on attendoit, & qui n'a fait savoir qu'à six heures qu'elle ne viendroit pas. Ce premier contretems avoit déja donné de l'humeur au parterre ; elle a de beaucoup augmenté par la représentation. Chaque acte est mortellement long, il dure une heure. Les

paroles font d'un M. Bonneval , défunt & ancien Intendant des Menus. On a déja annonncé
que la mufique étoit du Sr. Cambini , bon pour
les Symphonies , les Oratorio , mais point affez
fort pour le genre lyrique.

4 Août 1776. Il eft décidé qu'on a ôté à Me.
Linguet fon Journal : c'eft-à-dire que l'ouvrage n'eft point fupprimé , mais donné à un
autre rédacteur.

5 Août. La Finance eft furieufe contre M.
Saurin à l'occafion de fon *Epitre à M. Turgot*,
où elle eft fort maltraitée. Pour bien entendre
l'ouvrage , il faut fe rappeler ce que le poëte
adreffa à ce Miniftre lors de fon avénement au
Miniftere : il y avoit déjà beaucoup de fombre ;
mais celle-ci eft infiniment plus amere. En
général , l'Académicien fait des ouvrages triftes , comme fa figure ; mais il a du nerf , des
images & eft vigoureux colorifte.

6 Août. Ce qui a fort déplu de la part de M.
l'abbé Beaudeau & occafionné la fuppreffion de
fes *Ephémérides* , c'eft un Mémoire fur les affaires extraordinaires de finances , faites en
France pendant la derniere guerre , depuis 1756
jufqu'en 1763 , par lequel il confte que S. M.
pour fuppléer à l'infuffifance de fes revenus
durant ces fept années , a touché au-delà la
fomme d'un milliard cent cinq millions deux cent
vingt-fept mille fept cent foixante-une livres.
Ce qui monte de 157 à 158 millions de plus
par an. On voit par le relevé des divers objets
formant ces levées de deniers d'augmentation ,
qu'ils fubfiftent prefque tous en tout ou en
partie à la charge des fujets. Le gouvernement
a trouvé très-mauvais qu'un Journalifte révélât

auffi publiquement les fecrets du Miniftere. Cet article eft inféré au volume de Juillet N. 2, & le rend très recherché.

6 Août 1776. Le Roi a été fi content de la parodie d'*Alcefte* le jour où la Reine l'a fait jouer devant S. M. à Trianon, qu'il a chargé le Sr. de Laferté, Intendans des Menus, d'en témoigner fa fatisfaction aux trois auteurs, les Srs. *Augufte*, *Defprès* & *Grenier* & de les inviter à continuer de s'occuper d'un pareil genre. Ce qui contrarie les Comédiens Italiens, qui, au contraire, avoient déterminé de ne plus donner d'ouvrages femblables.

6 Août. On s'entretient beaucoup de la mort du Prince de Conti, qui, par fon patriotifme généreux avoit mérité l'affection dès François : il a fini avec la même fermeté qu'il avoit montrée dans toutes les circonftances critiques de fa vie. Quoique fûr de ne pouvoir guérir de la maladie qui le confommoit, il n'a point perdu fa gaîté & fa préfence d'efprit. Dans fon dernier voyage à l'Ifle-Adam, il a fait faire fon cercueil de plomb, dans lequel il s'eft mis & a plaifanté fur la gêne qu'il y éprouvoit. Une autre fois voyant fe promener enfemble fon tréforier & fon aumônier : *Voilà*, dit-il, en riant, *les deux hommes les plus inutiles de ma maifon.*

Malgré la variété des rapports concernant les derniers actes de fa vie, le plus certain eft qu'il a reçu très-honnêtement l'Archevêque de Paris, lui a témoigné une forte d'eftime relativement à la pureté de fes mœurs, quoique différent de lui dans fa façon de penfer, foit en matiere politique, foit en matiere religieufe. A l'égard de ce dernier objet, on assure qu'il a supplié le Prélat de ne point lui en parler, parce qu'il avoit mûrement examiné la chose & savoit à quoi s'en tenir.

Les prêtres, piqués de voir ce Prince leur échapper & témoigner ouvertement une façon de penser qui pouvoit faire exemple, ont cherché à sauver l'extérieur en ce qu'ils ont pu : en conséquence, de concert avec des gens de sa maison qui prétendoient prévenir le scandale, on a supposé que S. A. avoit au moins recu les saintes huiles. Le vrai est qu'elles ont été portées effectivement à l'hôtel du Temple, mais qu'elles sont entrées par une porte, & sorties par l'autre pour la forme ; ou que, si le malade a été oint, ce n'a été qu'après sa mort.

7 Août 1776. Les Romans ont été donnés pour la premiere fois en 1736. Quoiqu'on en attribuât assez généralement les paroles à M. de Bonneval, l'auteur du *Calendrier des Théâtres* veut qu'elles soient réellement de M. de Monsemi, mort Conseiller au Parlement. L'ancienne musique étoit d'un nommé Niel. Dans le principe ce ballet étoit composé de quatre entrées, avec un prologue.

L'acte de *la Bergerie* offre un berger indifférent, ainsi que la bergere ; ce qui sans doute est une idée trop bizarre ; ils aiment sans amour, sans que le premier même cherche à obtenir le prix heureux d'une intimité entre les deux sexes. L'amour en est furieux, il se déguise en enfant & tout en pleurs vient implorer le secours de ses deux ennemis : ceux-ci lui offrent leur asyle, & sans leur rendre aucun compte du sujet de ses peines, le nouveau-

venu s'endort. Il a son arc & des fleches : ils
en veulent essayer une , qui les perce tous
deux : ils en ressentent l'effet funeste, qui
consiste en des ardeurs qu'ils ne connoissent
point : l'enfant se réveille aux accens de leur
douleur ; il leur apprend qu'il est l'Amour ,
& qu'il se venge en voulant faire leur
bonheur.

Au second acte , une héroïne veut éprouver
si son amant a pour elle la passion qu'il témoigne, s'il est capable des efforts généreux
qu'elle doit inspirer : elle se déguise en un
Prince rival qui vient lui disputer sa conquête ;
elle l'oblige à la mériter par la victoire, mais
il est vaincu & son désespoir est extrême ; il
se change en joie, lorsqu'il voit qu'il n'a suc-
combé que sous les coups de son amante qui
vouloit l'éprouver.

L'acte de *la Féerie* est plus trivial, quoique
roulant sur le même fond. Un Génie veut
connoître si une jeune Princesse élevée parmi
les Fées, & sensible à ses charmes, parce qu'elle
n'a point encore vu de rival, persistera dans sa
passion. La premiere Fée , d'intelligence avec
lui , au moment où sous une forme ordinaire
il a surpris sa tendresse , arrive avec une fureur
feinte contre le téméraire qui ose porter un
œil audacieux sur son éleve réservée pour un
amant puissant, épris de celle - ci ; mais la
colere de la Fée ne porte que sur l'inconnu. La
fidélité de la Princesse n'est point ébranlée,
& il se trouve enfin que l'humble amoureux ,
& le Génie magnifique ne font qu'un.

18 *Août* 1776. Me. Linguet averti par M. le
Noir de l'orage qui se formoit contre lui, est allé

de lui-même remettre au nouveau Chef de la Librairie sa convention avec le Sr. Pankouke & abdiquer sa qualité de journaliste. Ce qui a donné lieu à cette nouvelle animadversion du gouvernement, c'est le N°. du 25 Juillet, où il rend compte de la réception de M. de la Harpe à l'Académie & injurie à la fois le nouveau membre & tout le corps. M. le Duc de Nivernois, assisté du Maréchal Duc de Duras, est allé lui-même un jour qu'il dînoit chez M. le Garde des Sceaux lui porter la feuille, lui faire lire l'article, & demander satisfaction pour sa compagnie outragée. M. de Miromesnil n'a pas été fâché de trouver cette occasion de punir sous ce prétexte, étranger en apparence, l'audace & l'insolence avec laquelle Me. Linguet a manqué si souvent à l'Ordre des Avocats, au Parlement & au Conseil, par son affection à se plaindre sans relâche des persécutions qu'il avoit essuyées, & qu'il ramene encore dans le morceau littéraire en question.

9 *Août* 1776. S. M. a été si fâchée contre l'audace des auteurs de la nouvelle Gazette Françoise instituée à Londres, que non-seulement elle a ordonné au Sr. Doigny d'en empêcher l'introduction par la poste, mais qu'elle a défendu à ses Ministres d'en recevoir aucun exemplaire; en sorte que la curiosité est en défaut & que personne ne peut savoir sur quel ton sont montés les numéros suivans.

10 *Août.* Quoique le Ballet des *Romans* déplaise singulierement aux grands amateurs de musique, il y a quelques parties propres à lui concilier ceux qui n'y sont pas

décidément attachés. Il préfente beaucoup de
fpectacle , un décore brillant , de la richeffe
dans les habillemens , des danfes ingénieufes
& agréables. Il y a dans le premier acte quelques
airs agréables chantés par Mlle. la Guerre ,
mais furtout une pantomime faite pour plaire
aux plus difficiles. La Fortune paroît avec
une fuite magnifique , elle cherche à éblouir
les bergers ; une feule bergere fe laiffe féduire :
fon amant en eft furieux , il employe tout
pour la ramener ; mais elle le dédaigne : il fort
défefperé. Les bergers reprochent à la bergere
fon inconftance , & fe rient de fes riches or-
nemens : elle eft honteufe à leur vue ; & s'ap-
percevant que les richeffes ne font pas le
bonheur , elle jette fes parures avec mépris &
fe réunit aux bergers, qui en montrent la plus
grande joie. Son amant revient & lui pardonne : la Fortune , irritée de fon peu de
fuccès , s'enfuit : danfe générale , en réjouif-
fance de ce triomphe. La Déeffe eft repréfentée par Mlle. Felmée , la plus belle créature
de l'Opéra. La Dlle. Allard joue le rôle de la
bergere , éblouïe de l'or & des diamans que
lui offre un fuivant de la Fortune , qui eft le
Sr. Gardel le jeune ; elle y met beaucoup de
naturel, d'expreffion & de gaîté.

Au fecond acte, on remarque Mlle. Duplan,
déguifée en homme fous les traits de *Ferragus*,
Prince de Caftille , & elle remplit à merveille
ce rôle fier & vigoureux ; elle chante un *duo*
avec le Sr. Larrivée , qui a été fort applaudi.
Le ballet rappelant les anciens tournois s'exé-
cute avec beaucoup d'apareil & de pompe ,
mais n'eft pas affez dans le coftume.

On ne trouve rien de saillant dans le poëme, ni dans le chant, ni dans les danses, ni dans le spectacle du troisieme acte, où la Demoiselle Beaumesnil & le Sr. le Gros jouent & chantent avec peu de succès.

10 *Août* 1776. L'exemple de M. le Prince de Conti consumé peu à peu d'une maladie de langueur, conservant sa tête jusqu'au dernier moment, mourant dans l'impénitence finale & refusant constamment de recevoir les secours de l'église, est le premier qu'on cite d'un Prince de la maison de Bourbon, toujours très édifiante dans ses derniers momens. En conséquence les incrédules ont voulu tirer parfaitement au clair les circonstances de cet événement. Tout le monde s'accorde à convenir d'une conversation à peu près telle qu'on l'a rapportée entre le malade & l'Archevêque de Paris; elle a eu lieu le jour de la premiere visite du Prélat; depuis il a été refusé deux fois par le Suisse à la porte de la rue, sans être descendu du carrosse & en présence d'un peuple immense. Les gens du métier reprochent à M. de Beaumont de n'avoir pas sauvé ce scandale, en mettant un peu d'astuce, en descendant, en entrant dans la cour, & se tenant en quelqu'endroit pour en imposer au moins aux spectateurs, & qu'on crût qu'il avoit été admis auprès de Son Altesse.

11 *Août*. Il est bien singulier qu'au centre de la monarchie la plus absolue, il se conserve des especes de droits abusifs dignes de toute la licence de la barbarie & de l'anarchie. Dans une petite ville de Brie qu'on appelle Lagny, on en trouve un prétendu que

la justice n'a point encore réprimé. Cette ville
dans des tems de trouble ayant pris part à la
défection des autres , fut si cruellement châtiée
par un *Delorge* , que depuis ce tems ce nom
est devenu odieux aux habitans , & , comme
c'est un gros marché de grains , que par un jeu
de mots des plaisans demandoient pour les
piquer *combien vaut l'orge ?* ils se sont habi-
tués tellement à regarder cette question comme
une injure , à moins qu'on n'ait effectivement
la main dans un sac de ce grain , que quiconque le fait , est aussitôt appréhendé au
corps & plongé dans une fontaine de la ville
à plusieurs reprises , sans aucune pitié. Il est
arrivé plusieurs fois que les victimes de cette
vengeance en sont mortes , impunément pour
les coupables. Tout recemment ce malheur
vient d'arriver : mais on assure qu'aujour-
d'hui le Procureur-Général informé du fait
doit faire un requisitoire au Parlement &
demander abolition de cet affreux usage.

12 *Août* 1776. On a parlé , il y a plusieurs
années , de la douleur immodérée de Madame la Comtesse d'Harcourt , désolée de la
mort de son époux ; elle en est encore aussi
affectée que le premier jour , & elle en a
contracté un état vaporeux qui tient de la
folie : elle avoit chargé le fameux Pigalle de
composer un mausolée pour le défunt , elle
harceloit sans cesse cet artiste , & l'on commence à visiter le monument à Notre Dame
dans la chapelle de la Comtesse. L'idée en
est assez triviale & très-ressemblante à celle
du mausolée du Maréchal de Saxe. On voit
la figure du Comte , dont la moitié du corps

eft déja dans le cercueil ; il eft entr'ouvert par un Génie en pleurs, qui eft à la gauche ; à la droite eft la Mort, qui montre le fable au Comte. Du côté oppofé eft à genoux la Comteffe, avec l'air fuppliant & en pleurs. Comme la figure de celle-ci eft encore en plâtre, il faut attendre que l'ouvrage foit parfait pour en parler plus pertinemment. On peut affurer d'avance que s'il n'y a pas de génie dans la compofition de l'ouvrage, l'exécution en eft très-belle, quoique fujette à beaucoup de critiques, comme tout ce qui fort des mains les plus habiles.

13 *Août* 1776. L'Abbé Baudeau n'a pu réfifter aux cabales des financiers ligués contre lui ; on a aigri le Miniftere actuel qu'il fembloit inculper indirectement dans fes plaidoyers par un éloge trop outré de M. Turgot, par l'affertion injurieufe qu'un royaume devoit s'eftimer trop heureux de trouver un Miniftre honnête homme dans un fiecle. Ces griefs, joints à celui dont on a parlé, du mémoire inféré dans fes *Ephémérides* concernant les affaires extraordinaires faites en France, depuis 1756 jufqu'en 1763 compris, ont provoqué non-feulement la fuppreffion de fon journal, mais fon exil en Auvergne. On a profité de la même occafion pour envelopper dans cette difgrace l'abbé Roubaud, fon ami, qui dans fa *Gazette du Commerce, des Arts & de l'Agriculture*, fe permettoit les mêmes écarts contre les traitans & financiers ; il eft auffi exilé.

14 *Août*. Les directeurs de l'Opéra ont été obligés de retirer *Les Romans* après quatre re-

préfentations ; dès la feconde on ne comptoit pas quatre cens perfonnes dans la falle ; il étoit revenu du monde à la troifieme. Enfin on a commencé par remettre le onze *Alcefte*, qu'on doit donner alternativement encore avec *l'Union de l'Amour & des Arts*.

Il vient, au furplus, d'ariiver un renfort à ce fpectacle, qui pourra lui être d'une grande utilité ; c'eft le fameux *Noverre*. Tout le monde connoît les talens de ce maître des Ballets pour la pantomime ; on cherche à le fixer à Paris : il eft actuellement attaché à la cour de Vienne, où il a le plus grand fuccès & il paroît difficile de le lui enlever.

14 *Août* 1776. C'eft aujourd'hui qu'a lieu la premiere repréfentation de *C. Marcius Coriolan*, tragédie en quatre actes. Ce fujet traité déja onze à douze fois n'a jamais réuffi. M. Gudin a cru pouvoir être plus heureux. Les Comédiens n'en penfent pas de même & annoncent d'avance la chûte de fa piece : on prétend que ce font eux qui l'ont forcé à la reduire de cinq actes en quatre. M. Gudin n'eft encore connu que par une tragédie imprimée, intitulée *le Royaume de France mis en interdit*. A cet énoncé feul on fent que l'ouvrage n'étoit point jouable fur notre théatre. Il a fait en outre un poëme dans le goût de la *Pucelle*, ayant pour titre *la Conquête du Royaume de Naples* : on le dit très-plaifant, mais comme il n'eft que manufcrit, qu'on ne le connoît que par des lectures & des applaudiffemens de fociété, on ne peut rien ftatuer à cet égard.

15 *Août.* On prétend aujourd'hui que

M. Pankouke confervera le privilege du *Journal de Politique & de Littérature*, mais qu'il
fera rédigé par Mrs. Suard & de la Harpe, tous
deux Académiciens. Comme le premier eft
beau-frere du libraire, cette nouvelle eft très-
vraifemblable à fon égard : le numéro du 5 a
paru fans aucun changement ni annonce.

15 *Août* 1776. Le Sr. de Beaumarchais s'eft
retourné encore une fois dans fon affaire, il a
obtenu des lettres patentes pour fe pourvoir par
requête civile au Parlement contre le jugement
qui le blâme : elles portent que n'ayant pu procéder dans le tems prefcrit par l'Ordonnance
contre ce jugement, le Roi le releve du laps de
tems & avec d'autant plus de juftice qu'il étoit
employé alors pour le fervice de S. M. En effet, cet avanturier montre des titres de fa
miffion, avec une efpece de lettre de créance,
où S. M. le qualifie de Miniftre.

15 *Août.* Le *Cariolan* moderne n'a pas
eu plus de fuccès que les précédens. Cette tragédie ne mérite aucun détail : la fcene même
de la mere, la feule vraiment belle, à laquelle
prête le fujet, eft abfolument ratée par l'introduction à la fin d'un perfonage étranger qui
en affoiblit l'intérêt. Nulle invention dans l'ouvrage, nul trait de génie, une mauvaife verfi-
fication, des longueurs effroyables, des lieux
communs ramenés jufqu'à la fatiété : tels font
les principaux défauts qu'on y remarque.

16 *Août.* La Dame Briaffon, libraire, & le
Sieur Le Breton, premier imprimeur du Roi,
ayant diftribué le 24 Juillet dernier un *Précis*
dans l'affaire de l'Encyclopédie, M. Luneau de
Boisjermain n'eft pas refté court & leur a fait

Signifier une réponse, où il refute leurs obfervations par ordre & pied à pied, où il démontre
fur-tout que ce font les Libraires qui font
agreffeurs, puifqu'ils l'ont accufé d'être un
calomniateur, ce qui l'a mis dans l'obligation
de défendre fes affertions.

17 *Août* 1776. Les couliffés de l'Opéra font
fort en rumeur à l'occafion d'une lettre de cachet qu'a fait décerner contre la Demoifelle
Dorival, une des premieres danfeufes, le Sr.
Veftris, maître des ballets, ayant compofé ceux
des *Romans*. Il a prétendu que cette fubalterne
lui avoit manqué, & méritoit correction. Mlle.
Dorival n'a pas voulu reconnoître fa faute,
elle s'eft cachée pour fe fouftraire à l'enleve-
ment & par le confeil de fes gens d'affaires a
procédé contre le defpotifme du *Diou de la
Danfe* : c'eft ainfi qu'on appelle à l'opéra le
Sieur Veftris, par dérifion d'un de fes freres
qui l'a qualifié tel.... On dit aujourd'hui qu'elle
s'eft rendue au Fort-l'Evêque, laffe de fon incognito, mais qu'étant par fon action intentée
fous la main de la juftice, elle compte bien attaquer fon perfécuteur & l'expofer aux farcaf-
mes du public par quelque mémoire. En attendant ce public indigné a témoigné l'autre jour
fon mécontentement au Sr. Veftris, en le
huant.

18 *Août*. On attend à l'Opéra *l'Olym-
piade del Signor Sacchini*, qui va, dit-on,
venir à Paris, ainfi que le célebre *Piccini*.

18 *Août*. Plufieurs acteurs de l'Opéra,
plufieurs muficiens célébres & autres gens à
talens fe font cottifés pour faire faire en marbre
le bufte de M. le Chevalier Gluk ; c'eft à M.

Houdon qu'est confiée l'exécution de ce monument. Les souscripteurs les plus connus sont M. M. le Berton, le Gros, Gelin, Larrivée, Gossec, le Duc, Langlé, Rollan, &c. Ils se sont engagés par acte passé par devant Me. Lemoine, Notaire, le 14 Juillet dernier.

18 *Août* 1776. Les Régisseurs du Colysée viennent d'employer encore une nouvelle ressource pour attirer le public chez eux. Le Sr. Duchesne, l'un d'eux, a fait disposer au-dessus du vestibule de l'entrée principale de ce spectacle un salon, où l'on expose les ouvrages nouveaux de Peinture, Sculpture, Architecture, Gravure & dessin de tout genre, ouvrages de Méchanique &c. Il faut voir comment ce projet est exécuté pour en juger pertinemment.

Ces régisseurs s'imaginant que cette amorce pouvoit leur concilier même les gens austeres & les dévots, ont écrit une lettre circulaire à tous les curés de Paris & aux supérieurs de communauté pour les prévenir de cette institution, & les avertir qu'afin qu'ils ne fussent pas confondus avec les profanes & les indévots, il y auroit des jours particuliers où ils pourroient aller voir ces productions.

18 *Août*. On voit une *Lettre circulaire des Comédiens François ordinaires du Roi & de Monsieur à quelques Auteurs*, pour leur annoncer que par des arrangemens pris avec leurs supérieurs, sous les auspices de la Reine, ils vont être incessamment en état de les satisfaire sur leur juste impatience de voir jouer leurs pieces : qu'en conséquence, à commencer du voyage de Fontainebleau prochain, il y en a neuf

neuf qui doivent y être repréſentées, à raiſon
de trois par colonne, c'eſt-à-dire trois tragédies, trois grandes comédies ou drames & trois
petites comédies. Elles viendront enſuite promptement à Paris à tour de rôle. Cette Lettre,
fort platte, fort mal écrite, & remplie d'une
dignité ridicule, eſt ſignée du Sr. *Molé*.

On remarquera que ces hiſtrions piqués du
projet annoncé d'établir une nouvelle troupe
pour exciter l'émulation de celle-ci, troupe
qu'on vouloit mettre ſous la protection de *Monſieur*, ont ſi bien cabalé qu'afin d'ôter à leurs
adverſaires tout eſpoir de réuſſir, ils ſe ſont fait
déférer ce titre: mais qui empêcheroit alors de
former le nouvel établiſſement ſous le nom du
Comte d'Artois ?

18 *Août* 1776. On parle d'un *Dialogue entre
Louis XV & le Prince de Conti*. On aſſure que
c'eſt un ouvrage très-piquant, où il y a des
portraits parfaitement bien frappés, & des ſarcaſmes fins & juſtes. On ſent combien ce cadre
doit prêter.

19 *Août*. La fameuſe *Gourdan*, dont
on a parlé il y a un an & depuis, à raiſon de
Madame d'Oppis, dont on l'accuſe d'avoir fa-
voriſé le libertinage, condamnée en conſéquence par contumace, dont les biens avoient
été ſaiſis & annotés, vient, dit-on, de ſe conſ-
tituer priſonniere & veut être jugée. On ne
doute pas que les protections puiſſantes que
lui a procuré ſon métier infâme, mais précieux
aux paillards du plus haut parage, ne lui
méritent une grace abſolue & peut-être le
triomphe.

19 *Août*. Le Cenſeur de Linguet eſt

Tome IX.　　　　　　　　　I

suffi *in reatu*. Quant à celui – ci , on prétend que des protecteurs puissans s'entremettent en fa faveur : on assure que la Reine même s'y intéresse. Quoi qu'il en soit , les numéros ont paru à leur date , & tant qu'il n'y aura pas d'avertissement , les amis de ce Journaliste ne désesperent pas qu'il ne puisse donner un nouveau cours à ses sarcasmes & à sa bile.

19 *Août*. Le sieur le Fuel de Méricourt , rédacteur de la rapsodie intitulée *Journal de Théâère* , &c. a beaucoup de peine à lutter contre le crédit des Comédiens , qui voudroient le faire supprimer. Le bruit a déja couru plusieurs fois que son ouvrage étoit arrêté ; il a été obligé de rassurer le public dans sa feuille du 15 Juillet. Cependant il a reçu deux échecs , l'un d'avoir perdu son Censeur , le Sr. de Crebillon , & de s'en voir substitué un nouveau aux ordres des histrions ; l'autre d'avoir reçu ordre de respecter M. de la Harpe , depuis qu'il est membre de l'Académie Françoise , & de n'en plus parler au moins en mal.

20 *Août* 1776. Les Comédiens Italiens doivent donner ces jours – ci la premiere représentation de *Fleur – d'épine* , Opéra – comique en deux actes mêlés d'Ariettes. On dit que c'est une œuvre posthume de l'abbé de Voisenon ; qu'il n'a jamais voulu la laisser jouer de son vivant.

21 *Août*. Mlle. Dorival n'a été que deux heures au Fort-l'Evêque : elle a dansé le dimanche 18 avec des applaudissemens plus considérables encore que de coutume : au contraire, le Sr. Vestris a été hué ; heureusement l'impudence

de ce danfeur l'a foutenu & ne l'a pas empêché de danfer comme un Diou.

On a enfin déterminé le Sr. Noverre à s'attacher à l'Opéra , & l'on lui a fait un pont d'or pour l'engager à quitter Vienne. On eſt convenu de lui donner 20,000 Livres d'appointemens , ce qui fans doute eſt exceſſif.

22 Août. Fleur-d'épine eſt en effet de l'abbé de Voifenon. Cet Académicien fort lié à fa mort avec Madame la Comteſſe de Turpin qui donne dans le bel efprit , l'avoit inſtituée fa légataire univerfelle pour fes manufcrits & productions Littéraires. L'Opéra-comique en queſtion s'y eſt trouvé. Madame Turpin a propoſé à une Madame Louis , femme d'un Architecte , d'en faire la mufique , & par fon crédit la premiere vient d'obtenir qu'on fît paſſer la piece fur beaucoup d'autres reçues avant.

22 Août 1776. La Dame Gourdan, ainfi qu'on l'avoit prévu, a été élargie & miſe hors de cour le 19 de ce mois : fon livre a été jugé très en regle ; c'eſt un catalogue de tous ceux qui alloient chez elle , avec des notes y relatives. Le Préſident de Tournelle, M. de Gourges, l'a trouvé fi curieux qu'il fe l'eſt approprié.

23 Août. Fleur-d'épine a été fort bien accueillie hier. C'eſt une féerie , dont le commencement eſt froid & fans aucun fel ; on ne retrouvoit point d'abord l'Abbé de Voifenon : la fin du premier acte eſt devenue meilleure , & le fecond charmant , plein de jolies choſes & de faillies. Il y a un fpectacle prodigieux : les Comédiens ont fait beaucoup de dépenfes pour cette piece. La Mufique , peu forte , eſt agréable.

I 2

24 *Août* 1776. Le Prix de l'Académie Françoife, qui doit fe donner demain, jour de la diftribution, eft décidément partagé entre un M.
Gruet, jeune éleve de l'abbé de Lille, & M.
André de Murville, ami de M. de la Harpe &
qui lui a dédié une de fes pieces, ayant autrefois concouru avec celle de ce vainqueur. M.
Doigny du Ponceau a auffi mérité une mention
honorable, ainfi qu'un M. de St. Ange. Il faut
fe rappeller que le fujet étoit un morceau d'Homere à traduire au choix des candidats.

Il eft fort queftion d'une lettre de M. de Voltaire, addreffée à Mrs. de l'Académie Françoife,
concernant une nouvelle traduction de Shakef-
pear, annoncée depuis quelque tems par M,
le Tourneur & Compagnie. L'objet du Philofophe de Ferney eft de tourner les modernes traducteurs en ridicule, ainfi que leur
héros, pour n'avoir pas fait de M. de Voltaire une mention affez honorable dans leur
ouvrage. On dit fa critique très-plaifante &
l'on veut immoler les victimes à la rifée publique, en lifant la Diatribe en queftion le
jour de la St. Louis.

24 *Août.* On critique beaucoup le nouvel arrangement de la foire St. Ovide. Au
moyen des gazons que M. le Comte de la
Billarderie d'Angiviller a fait mettre aux coins
de la place de Louis XV, il en a tellement
retréci l'enceinte, que les boutiques ne laiffent plus qu'un efpace trop étroit pour la
circulation des voitures. On eft ainfi tombé
d'une extrémité dans l'autre, car autrefois
cet emplacement étoit trop vafte, & les plaifans, au-lieu de dire *la place*, difoient *la*

plaine de Louis XV, pour en exprimer le
nud & l'immensité disproportionnée à la Statue & aux bâtimens.

25 *Août* 1776. Le Prince de Conti étant à
distinguer des autres par la singularité de son
caractere & de sa conduite, on s'en occupe, quoiqu'il soit mort. On remarque dans
son mobilier immense une quantité de bagues,
qu'on fait monter à plusieurs milliers. On assure que sa manie étoit de constater chacune
de ses conquêtes amoureuses par cette légere
dépouille. Il falloit que la femme avec laquelle
il couchoit, lui donnât sa bague ou son an-
neau, qu'il payoit bien sans doute, & sur le
champ il étiquettoit cette acquisition du nom
de l'ancienne propriétaire. S. A. avoit une telle
ardeur pour le sexe, que dans l'état des dépenses secretes qu'on représente, il se trouve
des soupers de filles habituels qu'il faisoit encore au mois de Juin dernier. Il n'est aucune fille
d'Opéra qui n'ait une pension de lui, sans
compter les autres : c'est cette générosité immense qui fait qu'en ce moment la recette
dans les biens de sa succession égale à peine
la dépense. Il confesse par son testament deux
bâtards, qu'il a chargé son fils de recomman-
der au Roi, & auxquels il fait un sort distingué. On voit par ce détail qu'entre les
Princes galans de la maison de Bourbon, le
défunt méritoit la premiere place.

On compte aussi dans son mobilier huit cens
tabatieres.

26 *Août*. Il paroît un *Résumé* de l'affaire
intentée aux Sieurs de Bellegarde & de Mon-
thieu sur la réforme d'armes faite dans les ar-

I 3

ſenaux en 1767 , 68 , 69 & 70. Il eſt de 40
pages d'impreſſion & remet ſous les yeux
du lecteur tout ce qu'on a lu ſur cette matiere
importante dans les divers Mémoires des accuſés. On ne peut aſſez s'étonner qu'on refuſe ſi conſtamment d'admettre la reviſion de
leur procès d'après les titres qu'ils ont pour
la demander. Ce qu'on y trouve de plus nouveau , c'eſt une ſortie encore plus vigoureuſe
contre les accuſateurs de ces Meſſieurs. On
y dénonce à l'indignation publique les auteurs , coopérateurs & fauteurs de la calomnie. C'eſt ſans doute cette diatribe violente
qui a empêché de paroître cet écrit , fait , il
y a deux ans , & publié depuis peu ſeulement. M. de Saint Auban y eſt ſur-tout très-
maltraité , & l'on ne ſait comment cet officier général d'artillerie s'en tirera.

26 *Août* 1776. La nouvelle piece du feu
Abbé de Voiſenon prend à merveille. C'eſt,
ainſi qu'on l'a dit , une féerie, où il y a
beaucoup d'imagination , ſi elle eſt toute entiere de l'auteur , mais plus dans les détails
que dans le fond , très-ſimple. Le ſujet eſt
une méchante Fée , ayant en ſa puiſſance
une jeune Princeſſe qu'elle deſtine à ſon fils ,
fort ſot & très-niais. Celle-ci eſt amoureuſe
d'un Prince aimable que voudroit s'appro-
prier la Divinité malfaiſante & laide. Répugnance de l'amant , mais qu'il n'oſe témoigner ouvertement ; il eſt même obligé de
diſſimuler au point de lui laiſſer accroire qu'il
répond à ſa paſſion , juſqu'à ce que par l'in-
tervention d'une Fée bienfaiſante , il triomphe des obſtacles & les enchantemens de l'au-

tre restent sans effet. Il y a sur-tout dans le second acte une scene d'écho piquante & neuve au théatre. L'assemblée de parens de la Fée malfaisante, composée des figures les plus hideuses & les plus bizarres, offre un spectacle risible qu'on ne peut rendre. Le tout a été & est fort bien exécuté. La Dame Trial chante délicieusement & déploye toute la vigueur & la gentillesse de son organe. Le Sr. Michu, habillé en femme, rend à merveille le rôle de la mauvaise Fée. Le Sr. Trial, admirable pour les rôles de niais, exprime dans la plus grande vérité le sien calqué sur tant de modeles qu'il est aisé d'en comparer la ressemblance. Le Sieur Julien fait l'amoureux & se signale principalement dans la scene de l'écho. Enfin Madame Moulinghem, après s'être acquitté du rôle pénible & forcé d'une vieille mendiante, déploye la noblesse convenable lorsqu'elle a repris sa dignité.

26 *Août* 1776. Le *Dialogue entre Louis XV & le Prince de Conti* est toujours très-rare. Indépendamment de la politique qu'il embrasse, il roule aussi sur la galanterie, & l'on conçoit combien ces augustes paillards doivent en dire de bonnes.

27 *Août*. Extrait d'une Lettre de Lyon.... Me. Linguet a passé par ici tout récemment, on croit qu'il va à Geneve, ou en Suisse, vuider son porte-feuille. Il a été fêté par les Libraires de cette ville avec beaucoup d'indécence ; un jour il dînoit chez un, il entra & ressortit plusieurs ballots d'un livre de sa Minerve, intitulé *Essai sur le Monachisme*. La Police, aux affuts apparemment, étant venu

faire des recherches n'en trouva plus qu'un.

27 *Août* 1776. Le Sr. Clairval, le coryphée de la Comédie Italienne pour la haute-contre, a un très-grand crédit dans le comité des hiftrions & influe beaucoup fur l'acceptation ou le renvoi des pieces. M. Guichard ayant préfenté à ces Mrs. un opéra-comique qu'ils ont rejetté, a attribué cette difgrace à l'animofité du Sr. Clairval. Il en a été fi piqué qu'ayant trouvé le portrait de cet acteur, il a écrit au bas ces deux vers relatifs au jeu de l'acteur très-maniéré, à fon organe très-foible, & à fon ancienne profeffion de Perruquier, qu'il a quittée pour fe faire Comédien, mais fur-tout à fon defpotifme envers les Auteurs :

Cet Acteur minaudier & ce Chanteur fans voix
Ecorche les Auteurs qu'il rafoit autrefois.

27 *Août.* On continue à parler de l'Almanach Royal commenté & des Anecdotes fur M. de Clugny, comme de deux livres exiftans, mais en très-petit nombre d'exemplaires, graces aux foins & à la vigilance de la Police ! Elle a éventé plufieurs imprimeries fecretes, entre autres une qui étoit fous une écurie, dont la manutention étoit conduite par des compagnons Imprimeurs qui s'étoient faits palfreniers. On veut abfolument faire des exemples & l'on parle d'un colporteur nommé *Prot*, fur lequel doit s'appéfantir le bras du gouvernement ; il étoit affocié, dit-on, avec le Secrétaire du Maréchal de Duras, qui eft en fuite.

28 *Août.* Tandis que M. Floquet partage ici la fcene Lyrique avec le Chevalier

Gluck, on écrit d'Italie qu'il y jouit du plus grand fuccès : que le cinq Juillet dernier ayant fait exécuter à Naples un *Te Deum* de fa compofition devant une affemblée très-brillante, il a reçu des applaudiffemens unanimes ; que le Prince d'Ardore, grand clavecinifte, lui a dit des chofes tout-à-fait flatteufes ; mais que ce qui l'a le plus ravi, ç'a été de s'entendre louer des plus habiles Profeffeurs de l'Ecole de cette ville, tels que les Sieurs *Afdrile*, *Duamicis* & *Sala*. Une belle & fublime invention, fi l'on en croit le rapport des connoiffeurs, caractérife fur-tout cette nouveauté, où la mufique imitative eft d'ailleurs pouffée à une expreffion finguliere, multipliée & variée à l'infini. Du refte, une fécondité étonnante, beaucoup de naturel, une nobleffe foutenue, & quantité de chant confirment & décident un talent fupérieur dans l'auteur.

29 *Août* 1776. On a formé le répertoire des pieces qui feront jouées à Fontainebleau devant leurs Majeftés durant le voyage, depuis le jeudi 10 Octobre, jufques au famedi 23 Novembre compris.

30 *Août*. Il eft queftion du mariage d'un Philofophe faifant beaucoup de bruit. C'eft celui de M. de Lalande, Aftronome, membre de l'Académie des Sciences, parti depuis quelque tems pour Briançon, où il devoit s'unir à une jeune perfonne & faire un hymen très-fortable. On veut qu'une gouvernante avec laquelle il couchoit ici & qui s'étoit flattée d'être toujours fa maîtreffe, en apprenant la nouvelle de cet hymen futur foit partie en diligence, fe foit rendue au lieu où fe paffoit le contrat de

I 5

mariage, & dans sa fureur ait poignardé son maître & elle aussi. Telles sont les premieres nouvelles de ce tragique événement, qui mérite confirmation.

31 *Août* 1776. Beaucoup de gens sont à l'affut de la place d'Historiographe de l'ordre du St. Esprit, vacante par la mort de M. de St. Foix, & l'on ne sait encore qui l'aura. Quant au défunt, il est peu regretté ; il étoit d'un commerce dur & insociable, & la maladie qui le minoit depuis long - tems n'avoit contribué qu'à le rendre plus morose & plus brusque. Ses comédies sont ce qu'il a fait de mieux : elles portent un caractere d'originalité d'autant plus grand qu'elles sont tout-à-fait opposées au sien : elles sont pleines de graces, d'aménité & de délicatesse. Ses *Essais Historiques sur Paris*, assez piquans dans certains détails, sont incomplets & ne sont qu'en extrait, fait avec goût, d'une multitude d'ouvrages sur cette matiere. Quant à ses *Vies des Chevaliers*, elles sont dans le même genre de compilation ; du reste, fort écourtées & souvent trop louangeuses.

31 *Août.* Un nommé *Roland*, frere d'un maître à écrire de ce nom, pauvre diable pendant long-tems, mais devenu enfin Caissier de M. Watelet, a si bien mis la main à la pâte qu'il est aujourd'hui riche financier & fait parler de lui. On s'entretient d'une fête qu'il a donnée à Neuilly, où il a une maison de plaisance. Sa femme jeune & jolie en étoit l'objet, se nommant *Louise*. On y a exécuté entre autres divertissemens accessoires un Drame intitulé *la Course*. On le dit très-piquant, & comme il n'a encore été joué sur aucun Théâtre, il

a attiré beaucoup de spectateurs. Cet ouvrage est de M. de Boissy, le fils naturel du poëte de ce nom, auteur du *Prisonnier*, reçu avec emphase par les Comédiens, & d'un poëme dans le goût de l'Arioste, où il plaisante sur les coups de bâton qu'il a reçus au Palais Royal.

1 *Septembre* 1776. Il y aura incessamment des bâteaux insubmergibles, construits dans la méthode de M. de Bernieres, pour aller & revenir de Paris à Saint Clou : mais ceux qui voudront ainsi se mettre à l'abri des craintes d'être noyés dans ce périlleux trajet, payeront cette assurance, qui devient une spéculation d'agiotage ; il en coûtera douze sols, au lieu de cinq, le prix ordinaire.

1 *Septembre*. Un danseur nouveau dans le genre de Vestris, a débuté avant - hier à l'Opéra ; il a été fort applaudi & a donné beaucoup d'émulation à son modele qui s'est surpassé.

2 *Septembre.* La Grand'Chambre & Tournelle ont été assemblées le 28 au matin, pour l'enrégistrement des Lettres patentes du Sr. Caron de Beaumarchais, qui le relevent du laps de tems aux fins de se pourvoir par requête civile contre le jugement de Blâme rendu contre lui par le Parlement Maupeou. Il a paru très - difficile de concilier cette forme insolite avec les regles ordinaires. La Loi veut que la Requête Civile soit présentée au même tribunal qui a jugé ; il auroit donc fallu que le blâmé allât au Grand Conseil. Le Roi a voulu qu'on intervertît pour ce particulier le cours de la justice ordinaire : il en a attribué la connoissance au Parlement. Par un second effet de sa bonté,

I 6

S. M. a defiré qu'il fût jugé avant les Vacances, & le jour eft pris pour mercredi 4. Le Procureur Général donnera fes conclufions, & M. Seguier, Avocat Général, portera la parole. Le S. Caron ne doute pas de fon triomphe, & quoique le Parlement defire que cette fcene n'ait pas une grande publicité, ne regardant pas ce qu'il va faire en cette occafion comme un acte de Magiftrature bien glorieux, le Sr. de Beaumarchais qui aime à faire bruit, le dit à l'oreille de fes amis prétendus, qui le redifent à d'autres ; en forte que le concours fera immenfe.

Le Sr. de Beaumarchais attend ce moment pour commencer avec éclat fes fonctions de Banquier de la cour en ce qui concerne le commerce des piaftres ; il fe difpofe à lever des bureaux & à fe montrer fur le pied d'un gros financier. Depuis peu il porte à fon doigt un diamant de la plus grande beauté, qui naturellement ne peut aller qu'à un Souverain : il excufe cette infolence fur ce que c'eft un diamant qui lui a été donné par l'Impératrice Reine : lors de fa miffion vers elle, il refufa toute récompenfe pécuniaire, dit-il, & cette Majefté le gratifia de ce beau préfent, le moyen qu'il le vende & ne s'en pare pas !

2 *Septembre* 1776. M. de la Martiniere, le premier Chirurgien du Roi, regardé comme le fondateur des nouvelles Ecoles de Chirurgie & ayant le plus grand zele pour l'illuftration de ce monument, a voulu que la premiere thefe qui s'y foutiendroit, reçût tout l'éclat poffible ; ce qui a eu lieu le 31 Août. Ce qui a rendu la cérémonie plus remarquable, c'eft la diftinction

du sujet, M. Desault, déja désigné Professeur
de Chirurgie & d'Anatomie dans l'Ecole Pratique. Comme il n'avoit pas de quoi fournir aux
frais, l'Académie Royale de Chirurgie a décidé
qu'il seroit reçu gratuitement, mais par provi-
sion seulement & à la charge par lui de s'ac-
quitter des avances que feroit la Compagnie,
lorsqu'il se trouveroit en état. Son sujet étoit
*de calculo vesicæ urinariæ, eoque extrahendo,
prævia sectione ope instrumenti Hawkinsiani emen-
dati.* Le Doyen de la faculté de Médecine &
deux Médecins Professeurs en Chirurgie pré-
sidoient, suivant l'usage, & ont interrogé le
candidat.

3 *Septembre* 1776. M. de Voltaire sentant
que sa carriere s'avance & que ses ennemis n'at-
tendent que le moment où il aura les yeux clos
pour donner les prétendus Mémoires de sa vie,
a cru devoir gagner les devants : il les a lui-
même composés en bref & les répand depuis
peu sous le titre de *Commentaire historique sur
les œuvres de l'auteur de la Henriade, &c.*
avec les pieces originales & les preuves. C'est
un tiers qui est censé parler ; mais au style &
à la maniere favorable dont tous les faits sont
présentés, d'ailleurs à une multitude de détails secrets & particuliers, on ne peut douter
qu'il n'ait fourni les matériaux & mis le coloris.

4 *Septembre.* L'affaire du Sr. Caron de Beaumarchais qui devoit s'agiter au Palais aujour-
d'hui, n'a pas eu lieu & est remise à vendredi :
on ne doute pas que cet homme affamé de renommée, bonne ou mauvaise, n'ait contribué

à ce renvoi, pour attirer plus de monde &
faire plus de bruit.

5 *Septembre* 1776. Madame Denis, la niece
de M. de Voltaire arrive cette semaine à Paris ;
elle y vient sous prétexte de consulter M.
Tronchin. On voit que tout cela n'est qu'un
jeu concerté entre les amis & protecteurs de
M. de Voltaire, qui desireroit fort revoir encore une fois Paris, & y recueillir les couron-
nes de toute espece qu'on lui prodigueroit. On
a pu remarquer que M. de la Harpe a donné
un avant-goût de ce triomphe à la fin de son
discours de réception, l'affectation du vieux
Patriarche de la Littérature de faire lire en
pleine Académie une de ses Lettres le jour de
la St. Louis, & celle tout récemment d'amener
assez gauchement l'éloge de la Reine dans de
mauvais vers au S. le Kain, sont autant de
diverses circonstances qui fortifient la conjec-
ture : mais le Clergé se dispose à s'y opposer
vigoureusement.

6 *Septembre*. On ne doute plus enfin que le
Sr. de la Harpe ne soit celui qui remplace Me.
Linguet pour la rédaction du Journal du Libraire
Pankouke : on a été long-tems incertain, parce
qu'aucun avertissement préalable n'annonçoit
ce changement & qu'on ne pouvoit croire que
le nouvel Académicien étant la cause ou le prétexte de la disgrace de Me. Linguet, eût l'infamie de s'enrichir de ses dépouilles au même
instant. Quoi qu'il en soit, il n'a point eu
tant de délicatesse. On ne peut nier qu'il ne
se trouve un changement en pire sensible dans
l'ouvrage ; il est devenu froid, sec, ennuyeux,
& les souscripteurs diminueront sans doute en

grand nombre fi cela continue. Au refte, ce qui prouve combien Me. Linguet eft difficile à vivre, c'eft qu'il paroît conftaté aujourd'hui que le Sr. Pankouke lui-même, excédé de fon humeur, de fon égoïfme & de fon defpotifme, n'a pas peu contribué à fon renvoi. c'eft durant un voyage qu'ils ont fait enfemble à Geneve, qu'ils ont eu une querelle fi vive, que le premier n'a pu y tenir & a réfolu de fe féparer d'un affocié fi utile à fa fortune, mais fi intolérable dans le commerce. C'eft en conféquence de cette mefintelligence particuliere que Me. Linguet fait des répétitions confidérables contre le Libraire, lui demande des indemnités, & l'a fait ou le veut faire affigner.

C'eft un M. de Fontanelle, ci-devant Rédacteur aux Deux-Ponts d'une double Gazette de Politique & de Littérature, qui eft chargé de la partie Politique du Journal du Sr. Pankouke.

6 *Septembre* 1776. L'expofition des Tableaux au Colyfée annoncée, a lieu effectivement : elle fe fait même avec appareil ; il y a un Catalogue en regle contenant plus de 200 Numéros. On fe doute bien cependant qu'il n'y a que des peintres de Saint Luc qui fe foient prêtés à cette charlatanerie des Directeurs du lieu.

7 *Septembre*. La penfion qu'avoit feu M. de St. Foix fur le *Mercure*, paffe à M. de Crebillon. Celui-ci abdique la Cenfure de la Police ; elle eft donnée à un Sr. de Sauvigny, poëte peu connu & dont les fervices & les talens ne fembloient mériter en rien qu'on

lui confiât une place auffi importante dans la
Littérature.

7 Septembre 1776. L'examen de la Requête civile préfentée par le *Sr.* de Beaumarchais aux
Grand - Chambre & Tournelle affemblées,
avoit attiré un monde immenfe au Palais. Cette
audience extraordinaire s'eft ouverte hier par
l'appel de fa caufe contre le Procureur-Général.
Me. Target s'eft levé pour plaider en faveur
de fon client, debout auffi à côté de lui. L'A-
vocat a réfumé en bref tout l'hiftorique de l'affaire & a établi les moyens de nullité prétendus
contre le jugement du Parlement Maupeou. Il
a fait mention de l'intérêt que le Prince de
Conti prenoit à ce Blâmé, & de la protection
que S. M. avoit déployée envers lui par les Lettres patentes de relief de laps de tems qu'elle
lui avoit accordées, déja entérinées par le
Parlement. Il n'a pas oublié de parler vague-
ment de la miffion qu'il avoit reçue du feu Roi
pour l'Angleterre, trois mois après fon Blâme;
ce qui annonçoit combien le Monarque lui-
même faifoit peu de cas d'un pareil jugement;
ainfi que de celles accordées depuis par le Roi
actuel au Sr. de Beaumarchais. Il a cherché à
couvrir de ridicule, autant qu'il a pu, le tribunal contre lequel il s'élevoit, même à exciter l'indignation du Public contre certains membres qu'il a nommés & dont il a fait mention
avec beaucoup de mépris, tels que les Sieurs
Préfidens du Château-Giron & de Nicolaï,
les Confeillers Nau de St. Marc, Gin, &c. Il
a fini par prouver, autant qu'il a pu, l'irré-
gularité, l'inconféquence, l'arbitraire, l'injuftice, l'infamie, l'atrocité du jugement. Comme

cet orateur a dit beaucoup de choses capables
de plaire à Nos Seigneurs du Parlement & aux
suppôts du Palais, il a reçu des applaudissemens de cabale, mais n'a pas eu l'unanimité
de suffrages que pouvoit lui mériter l'intérêt
de la cause qu'il défendoit.

Le plus curieux étoit de voir auprès de lui
le Sr. de Beaumarchais en habit noir, l'air
modeste, les yeux baissés, dans l'attitude de
la componction : ce Comédien a joué son rôle
à merveille & auroit bien voulu le pouvoir
jouer mieux en parlant lui-même ; mais il n'a
pu s'exprimer que par l'éloquence muette de
toute l'habitude de son corps exprimant l'hu-
milité.

L'Avocat-Général Seguier n'a dit qu'un mot,
pour annoncer qu'il n'avoit vu dans toute la
procédure rien qui mît les gens du Roi dans le
cas de s'opposer à ce que la Cour entérinât la
Requête civile de la partie de Me. Target, &
à ce que les parties fussent mises dans l'état
où elles étoient avant le jugement : sur quoi
Arrêt conforme.

Le Sr. de Beaumarchais alors a levé les yeux,
a repris son air de confiance, il a fait jouer son
diamant de 80,000 livres qu'il portoit au doigt
& qui jettoit des feux prodigieux. Ses partisans qu'il avoit amenés avec lui, se sont ac-
quittés de leurs fonctions en l'applaudissant &
en excitant beaucoup de sots & de badauds,
qui ont reconduit à son carosse cet impudent,
comme en triomphe.

8 Septembre 1776. *Le Caffé politique d'Amsterdam, ou Entretiens familiers d'un François,
d'un Anglois, d'un Hollandois & d'un Cosmo-*

polite fur les divers intérêts Economiques & Po-
litiques de la France , de l'Espagne & de l'An-
gleterre , par Charles-Elie Denis Roonptfy ,
Maître du Caffé. Août 1776 , 2 vol. in-8°.
avec des cartes. Tel eft le titre d'un ouvrage
volumineux nouveau & fur lequel on ne peut
prononcer qu'après l'avoir difcuté.

8 *Septembre* 1776. M. Bourdon Defplanches ,
ancien premier Commis de M. Langlois , ancien
Intèndant des finances , a été mis à la Baftille
lundi dernier. Il paroît que c'eft affez légere-
ment , puifqu'on ne lui reproche autre chofe
que d'avoir fait imprimer fans permiffion *un*
projet pour la Réunion des Poftes aux chevaux
aux Meffageries : projet préfenté , il y a très-
longtems , au Contrôleur - Général , qu'il a
voulu faire valoir lorfque M. Turgot a agréé
celui du Sr. Bernard , & qu'il a encore remis
en avant dans la derniere occafion , où l'on
vient de faire de nouveaux changemens en
cette partie. Piqué de voir que dans aucun cas
on n'eût eu égard à fes vues plus étendues ,
plus utiles & moins difpendieufes , fuivant lui ,
il a voulu rendre juge le public impartial. Il
paroît cependant qu'on ne le détient pas avec
beaucoup de rigueur , puifque fa femme a
déja eu la liberté de le voir.

9 *Septembre.* La Lettre de Me. Linguet
au Roi , datée de Bruxelles le 20 Août , fe répand déja imprimée ici : elle roule fpécialement
fur le différend de cet auteur avec le Libraire
Pankouke , & fur l'injuftice qu'il prétend
éprouver de ce dernier , autorifé par un fimple
ordre de M. de Vergennes.

11 *Septembre.* Le Sr. Noverre a excité la ja-

loufie du Sieur Gardel , qui avoit de grandes prétentions à la place de Maître de Ballets du Théâtre lyrique ; il en a réfulté beaucoup de pafquinades contre ce dernier , qui devient la rifée publique.

12 *Sept.* 1776. Il n'eft , fans doute , pas étonnant de voir , comme il arrive tous les jours, de jeunes époux unis feulement par les liens de l'intérêt , par les convenances de leur état , par des vues de fortune & d'ambition , fe dégoûter bientôt reciproquement , fe reprocher mutuellement d'avoir été trompés , fe détefter , en un mot , en venir au moyen violent d'une féparation en juftice ; mais qu'un homme mûr , un Philofophe , un Chef de Secte , prêchant fans ceffe la vertu , l'honneur , l'humanité , la bienfaifance , qu'un Dévot , ayant toujours l'Ecriture Sainte à la bouche , ne parlant que d'Enfer & de Paradis , force une femme après quarante trois ans de mariage à faire enfin retentir les tribunaux de fes gémiffemens , à dévoiler la conduite fcandaleufe , diffipatrice , barbare , tyrannique de ce grave perfonnage , il étoit réfervé à nos jours de préfenter une pareille fcene & c'eft au Marquis de Mirabeau d'en être le héros.

Les reproches de fa femme (Vaffan en fon nom) font articulés dans un Mémoire très-recherché à caufe du perfonnage : elle prétend que ce coryphée des Economiftes lui a communiqué deux fois une maladie honteufe , qui ne provient pas d'un *produit net* , qu'il lui a préfenté fucceffivement trois objets fcandaleux de fes débauches & l'a forcée de vivre avec eux , que depuis quatorze ans il l'a obligée de quitter sa maison, de mener une vie errante & fugitive, qu'il la tient au fond du Limousin, par Lettre de cachet, éloignée de ses proches, sans alimens, sans secours, tandis qu'il jouit paisiblement de 50,000 livres de rentes qu'elle lui a apportées, dont il a cependant dissipé une grande partie & dont il veut avoir la faculté de manger le reste.

13 *Septembre* 1776. Le Colysée s'est distingué cette année par des feux d'artifice charmans & parfaitement bien exécutés. Un M. Duchesne, qui est à la tête de cette direction, annonce beaucoup de goût & d'intelligence. Mercredi 11 il y a eu l'attaque d'un Fort par deux Felouques, ce qui a produit un fort joli coup-d'œil : les mouvemens militaires, consistans en Bombes, Boulets, &c. ont été faits avec beaucoup de célérité ; un feu continuellement roulant de la part des assiégés & des assiégeans, n'a laissé rien à desirer, & le combat n'a fini que par la fin de l'explosion.

La mal-adresse d'un allumeur a pensé produire un incendie plus réel & plus funeste : le feu avoit déja pris aux guirlandes dans le Grand Sallon, & toute la décoration étant de matieres très-combustibles, sans la célérité & la vigilance des Pompiers, le bâtiment auroit été brûlé en entier.

13 *Septembre.* On sait aujourd'hui que la cause de la nouvelle fortune du Sr. de Beaumarchais est le goût qu'a pris pour lui M. le Comte de Maurepas, qu'il a amusé par ses sarcasmes : ce Ministre l'aime singuliérement.

13 *Septembre.* M. le Comte de la Billardérie d'Angiviller, Directeur & Ordonnateur géné-

ral des bâtimens, &c. a un goût particulier
pour les gazons : il en a fait mettre devant le
Louvre, fur l'efplanade entre ce palais & le
cloître de St. Germain l'Auxerois : il en a
fait garnir la place de Louis XV, & en veut
couvrir auffi l'intérieur de la cour du Louvre.
Un quarré eft déja formé en face de la falle
où l'Académie Françoife tient fes affemblées.
Un mauvais plaifant a fait à cette occafion le
quatrain fuivant :

Des favoris de la Mufe Françoife
D'Angiviller a le fort affuré :
Devant leur porte il a fait croître un pré
Pour que chacun y pût paître à fon aife)

14 *Septembre* 1776. Le Sr. Pic eft le premier
danfeur du théatre de Naples, venu dans ce
pays-ci par congé pour y acquérir le goût
François ; il a été invité par les coryphées de
la danfe de fe montrer fur le théatre de l'Opéra. On a fait une entrée pour lui dans *Alcefte*
& une autre dans *l'Union de l'Amour & des
Arts*. Il a enlevé tous les fuffrages : on le regarde pourtant comme plus fort dans la danfe
noble & du terre à terre que dans la danfe
haute & de *faltation*. Il n'eft pas fi grand
que Veftris, mais infiniment plus jeune,
n'ayant pas trente ans ; & par conféquent il
a les mouvemens plus doux, plus fouples,
plus moëlleux. C'eft un éleve du Sr. Noverre,
ce qui lui a valu plus de faveur encore.

Hier la Reine eft venue pour le voir & en
a été extrêmement fatisfaite. On auroit voulu
fe conferver ici, mais il n'y a pas moyen d'y

fonger, puifqu'il gagne 30,000 livres à Naples.

14 *Septembre* 1776. Comme les courfes de chevaux vont recommencer le mois prochain, M. le Comte d'Artois, M. le Duc de Chartres, M. le Duc de Lauzun & autres Seigneurs font dreffer des chevaux pour triompher par leurs poftillons ou *Jacqueis*. Il y a déja des paris fort gros affis fur tel ou tel courfier.

14 *Septembre*. M. Bourdon Defplanches eft toujours à la Baftille. Son grand grief aujourd'hui, dit-on, eft de s'obftiner à ne pas vouloir nommer l'Imprimeur dont il s'eft fervi & l'on ne peut qu'applaudir à fa délicateffe.

15 *Septembre*. M. le Chevalier Gluck, qui avoit été extrêmement fenfible au mépris affecté que les jaloux témoignoient dans les commencemens contre fon *Alcefte*, eft bien dédommagé aujourd'hui par l'empreffement général & foutenu à s'y rendre. Il étoit hier à la trente-huitieme Repréfentation. Jamais muficien n'a produit autant d'argent au théatre Lyrique. L'*Iphigénie* & l'*Orphée* de celui-ci ont déja rendu 334,000 livres, recette inouïe.

Il eft vrai que *l'Union de l'Amour & des Arts* femble partager le triomphe d'*Alcefte*. On joue concurremment ce Ballet & il fe foutient auffi.

Hier, quoique S. M. vînt pour la premiere fois au Spectacle depuis fa maladie, elle n'a pas reçu les applaudiffemens qu'elle avoit droit d'attendre.

15 *Septembre*. Les Italiens annoncent pour demain *le Duel Comique*, Opéra Bouffon en

deux actes mêlés d'ariettes, imitées de l'Italien du Sr. Paesielli.

15 Septembre 1776. L'Anecdote la plus curieuse du Mémoire de Madame la Marquise de Mirabeau contre son mari, c'est qu'elle lui conteste ses productions. Elle prétend que son *Ami des hommes* n'est qu'une amplification du manuscrit d'un Anglois, décédé il y a quarante ans, sur la Population, confié à ce Philosophe & qu'il a commenté à sa maniere & dans son style; ce qu'il est aisé de distinguer. Quant à la *Théorie de l'impôt*, elle confirme le bruit général qui l'attribue au feu Docteur Quesnay. Le premier ouvrage avoit paru en 1757, & la sensation qu'il produisit, se manifesta par le vœu public qui portoit l'auteur à la place de Sous-gouverneur des Enfans de France. Il faut voir comment dans une Lettre du 25 Juin de la même année, il se glorifie de ce bruit. Quoique le second lui eût mérité une détention à Vincennes en 1761, il en tire encore vanité; ayant recouvré sa liberté, à condition d'aller dans sa terre près Nemours, suivant une Lettre il goûte le doux plaisir, que non seulement tout Egreville, mais encore tout Nemours étoit en haie double & triple, aux fenêtres, sur les étaux & partout pour le voir passer. Enfin la Marquise lui ayant obtenu la faculté de revenir à Paris, dans une Lettre du 17 Février 1761 il se plaint d'y être arrivé au milieu de trop d'empressement.

Les citations de Lettres originales de cet écrivain égaient ce Mémoire, fort mal fait en général, sans méthode, sans ordre & sans ſtyle : il eſt bien dommage qu'un meilleur orateur n'ait pas eu cette tâche à remplir. La cauſe prêtoit infiniment aux ſarcaſmes.

15 *Septembre* 1776. Le Sr. le Kain revenu de Ferney a rapporté que Madame Denis n'é-toit point partie & étoit retenue par une in-commodité qui avoit retardé ſon voyage de Paris. Du reſte, cet acteur a reparu hier dans *Andromaque* devant la Reine avec tout le ſuc-cès ordinaire.

16 *Septembre*. Le Sr. Noverre annonce un Ballet de ſa compoſition pour le 1er. Octobre. Ce Ballet n'eſt pas nouveau en Europe, puiſ-qu'il a été déja exécuté en pays étranger ; mais il n'eſt point connu à Paris & l'on eſpere qu'il y produira une grande ſenſation. Le ſujet eſt *Alexandre rendant à Appelles ſa maîtreſſe*.

16 *Septembre*. A la ſuite du *Commentaire hiſtorique ſur les Oeuvres de l'Auteur de la Henriade*, on a imprimé des Lettres à diffé-rens particuliers, dont quelques-unes connues, d'autres plus récentes : on remarque que dans une ent'rautres il s'explique ouvertement ſur le *Siege de Calais* : « le *Siege de Calais*, dit-il, » qui n'eſt plus admiré qu'à Calais. » Dans une autre, il détruit le préjugé de ceux qui attri-buoient à Ganganelli les Lettres données ſous le nom de ce Pape. En général, elle ſont fort ſuperficielles & ne contiennent que de ſes ra-bacheries ordinaires.

17 *Septembre*. Malgré les premieres criti-ques, la Foire St. Ovide eſt très-fréquentée cette année ; le rapprochement des bouti-ques dans un cercle moins vaſte, donne plus de gaîeté au lieu & l'anime davantage par
une

une circulation plus rapide. D'ailleurs, la promenade des Champs Elyſées devenus très-beaux, qui commence à attirer le public, y jette beaucoup de monde au retour. L'eſpoir d'y voir la Reine qui eſt venue pluſieurs fois au Spectacle à Paris depuis ſa convaleſcence, & ſurtout à la Comédie Françoiſe, ne contribue pas peu à exciter les curieux & à augmenter la foule.

17 Septembre 1776. La Lettre de Me. Linguet au Roi eſt encore rare, mais ceux qui l'ont lue y trouvent des choſes ſi hardies, des inculpations ſi graves & ſi directes contre le Miniſtere actuel, qu'on doute que cet Ex-Avocat, cet Ex-Journaliſte, cet Ex-François, oſe reparoître ici dans ce moment. Bien des gens ont cru que la Lettre qu'il rapporte de M. le Comte de Vergennes au Libraire Pankouke, étoit ſuppoſée de la part du plaignant, dont la bonne foi eſt très-ſuſpecte. Cette Lettre en effet eſt peu miniſtérielle ; elle eſt écrite avec tant de cordialité, d'affection, de politeſſe & de conſidération, qu'elle ſort abſolument du protocole ordinaire. On explique cela en diſant que M. de Vergennes l'a écrite lui-même, d'abondance de cœur. Autre ſujet d'étonnement, qui eſt un nouveau problême à réſoudre.

Quoi qu'il en ſoit, la ſeule reſſource actuelle de Me. Linguet eſt dans la Reine, qui a eu la bonté de ſolliciter le Roi en faveur de cet exilé volontaire, qui n'a pas diſſimulé que ce ſatyrique l'amuſoit, & qu'après tout, pourvu qu'il ne s'égayât pas ſur des perſonnages du premier ordre, tels que leurs Ma-

jeſtés, cela étoit égal. On ajoute que le Roi
a fait ſentir à ſon auguſte Compagne que cela
ne ſuffiſoit pas, & que tout particulier avoit
droit à la protection des Loix pour un bien
auſſi précieux que la réputation, ou l'honneur, ce qui eſt la même choſe.

18 *Septembre* 1776. Avant-hier a eu lieu la
première Repréſentation *du Duel Comique*;
elle a été précédée du *Mariage d'Arlequin*.
Le retour de Carlin, qu'une maladie grave
avoit obligé de quitter le théâtre & qu'on
déſeſpéroit de revoir, a produit une ſenſation très-flatteuſe pour cet acteur aimé du
public. Quoiqu'il ne ſoit plus gueres d'âge à
jouer un pareil rôle, qu'il ſoit devenu épais
& matériel en apparence, il a encore de la
ſoupleſſe & de la légereté dans ſes mouvemens, qui font diſparoître ſa corpulence.
Avant la ſeconde piece il eſt venu faire un
petit compliment, pareil à celui qu'il fit l'année derniere, lorſqu'on mit *la Colonie* au
théâtre. Le réſultat a été, comme la derniere
fois, de demander l'indulgence du Parterre
pour la piece en faveur de la muſique. La
traduction de la première très-mauvaiſe eſt
de M. Moline. Quant à la ſeconde, elle a eu
le ſuccès qu'on devoit en attendre.

19 *Septembre*. L'affaire du Sr. Mercier
contre les Comédiens évoquée au Conſeil &
reſtant au croc, ainſi qu'ils en avoient me-
nacé cet auteur, n'a fait qu'accroître l'inſolence
des hiſtrions envers lui. Il a imaginé de prendre
une autre tournure pour mettre de nouveau
en cauſe ſes adverſaires. Il faut ſe rappeller le
refus qu'ils lui ont fait l'année paſſée de lui

conferver fes entrées. Il a pris tous les arrangemens néceffaires pour conftater un fecond
refus ; il s'eft préfenté alors & les a réclamées
une feconde fois , & fur un autre refus il les a
fait affigner au Châtelet , où ils ont été condam-
nés par défaut & à 2000 écus de dommages &
intérêts envers l'auteur. Mais les Comédiens
ont eu recours à leurs Protecteurs & les Gentilshommes de la chambre ont fait invoquer au
Confeil cet autre procès , comme incident &
annexé au premier. Le Sr. Mercier en a du moins
occafion de faire une nouvelle Requête au Roi,
où il pourra s'efcrimer encore contre fes adverfaires & les tourner en ridicule ; mais ils font
accoutumés à tout cela.

20 *Septembre* 1776. Le jour ordinaire de la fête
de Saint Clou , le tems n'ayant pas permis au
public de fe rendre en ce lieu , elle a été re-
mife au dimanche 15 ; quoique le tems ne
fût pas bien favorable , il s'y eft trouvé une
foule immenfe. La Reine y eft venue & s'y
eft promenée en caroffe ; mais ce qui a excité
la curiofité & l'intérêt des Spectateurs , ç'a
été de voir Madame la Ducheffe de Chartres
conduite par fon augufte époux , lui fervant
de cocher : on a admiré les graces & la dex-
térité de cet illuftre *Automedon* , & il paroît
conduire un char autant ou avec plus d'ha-
bileté qu'un vaiffeau ; fans doute quand S. A.
fera plus initiée dans la Marine , elle n'aura
pas moins de talent dans cet autre art.

Le Sr. le Fuel de Méricourt eft défolé
par fon nouveau Cenfeur. Celui-ci , vendu
abfolument aux Comédiens , lui fabre impitoyablement des cahiers entiers de fes feuil-

K 2

les ; enforte qu'un numéro a manqué , l'impitoyable Ariftarque en ayant rayé plus des trois quarts.

21 *Septembre* 1776. On a oublié de configner ici le couplet adreffé à la Reine , le jour qu'elle honora le Colyfée de fa préfence ; quelque médiocre , quelque plat même qu'il foit, comme il fait époque , on va le rapporter. Il faut fe rappeller que c'eft le 14 Août que s'eft paffé cet événement. Le Sr. Duchefne , chargé de la Régie du Spectacle dont il s'agit, profita du court intervalle qui lui reftoit depuis le moment où il fut inftruit du projet de S. M. venue ce jour-là à la premiere repréfentation de *Coriolan* , jufqu'à celui de fon arrivée pour ordonner des additions au feu d'artifice déja difpofé. L'humidité empêcha que ce feu n'eût tout le fuccès defiré ; la Reine parut fatisfaite cependant des effets d'une cafcade de feu Chinois & du dernier coup de feu repréfentant le *Temple de Mars*.

La Reine , après le feu ayant repaffé dans la Rotonde , prit le divertiffement de voir danfer les petits enfans , éleves du Sr. Jolly, Maître des Ballets du Colyfée. Ces enfans alors fe groupperent en attitudes galantes & s'avancerent avec des guirlandes de fleurs qu'ils poferent aux pieds de S. M. La Demoifelle Jolly lui préfenta une couronne de myrthe & de rofes & chanta le couplet fuivant , fur l'air : *Je fens pour l'aimable Lifette.*

> D'un peu d'encens que l'amour donne
> Quelquefois les dieux font flattés ;

Ofons offrir cette couronne,
Tribut de nos cœurs enchantés.
Qu'avec plaifir on rend hommage
    A la beauté,
Qui joint à ce doux avantage
    La bonté.

21 *Septembre* **1776.** L'Opéra Bouffon intitulé le *Duel Comique* eft de beaucoup trop
long. Quant au poëme, il eft chargé d'une
multitude d'incidens qui le rendent fort com-
pliqué ; ce qu'il faut éviter furtout dans une
bagatelle de cette efpece. Enfin il eft rempli de mauvaifes plaifanteries & même de détails plats & miférables, particuliérement au
fecond acte : il a donc fallu une mufique de
la plus grande beauté pour empêcher qu'on
ne s'y ennuyât & qu'on ne fiflât cette malheureufe farce. On a rendu juftice à celle de
Paeziello ; elle a été trouvée riche, harmo-
nieufe, variée & pleine d'expreffion. On
pourroit, fans voir ni entendre la fcene, dif-
tinguer chaque acteur au caractere de fon
chant ; tant les convenances muficales y font
bien obfervées, & le génie du rôle parfaitement faifi. C'eft la Dlle. Colombe, diftinguée
par fon art pour chanter l'Italien, qui brille
& excelle dans cette nouveauté, qui doit
avoir autant de fuccès que *la Colonie*, fi l'on
lui rend juftice.

22 *Septembre.* C'eft Me. Coqueley de Chauffepierre, Avocat au Parlement, le Chef du
Confeil des Comédiens, qui a été nommé
pour fuccéder au Sr. Crébillon dans la place

de Censeur du *Journal des théâtres* du Sr. le
Fuel de Mericourt. Celui-ci crie comme un
démon contre cette injustice, puisque c'est
le mettre entre les mains d'un juge soudoyé
par les histrions & nécessairement sa partie :
c'est ce qui se manifeste dans les derniers numéro & surtout dans celui du 15 de ce mois,
tellement charpenté par M. Coqueley qu'on
n'a pu le faire paroître encore.

23 *Septembre* 1776. M. Perronnet, premier
Ingénieur des Ponts & Chaussées, a fait imprimer son Mémoire lu à l'Académie des Sciences sur les moyens de conduire à Paris une
partie de l'eau des rivieres de l'Yvette & de
Bievre. Il y démontroit que cette acquisition
produiroit plus de 2000 pouces cubes d'eau,
qui arrivant par l'Estrapade, le quartier le
plus élevé de Paris, se distribueroient de-là
facilement dans toute cette capitale & même
dans les maisons particulieres. Il est bien
étonnant que le Ministere, occupé depuis
longtems de cet objet important, n'y ait
pas encore pourvu, malgré un Arrêt du
Conseil rendu à cet effet, il y a plus de huit
ans. Pour rendre l'exécution du plan proposé
moins dispendieuse, ne pourroit-on pas y
employer les troupes ?

23 *Septembre.* M. le Camus de Neville, qui
est aujourd'hui à la tête de la Librairie sous
M. le Garde des Sceaux, exerce dans cette
partie un despotisme qu'on n'auroit pas pré-
sumé d'un excellent Patriote comme lui. Il
a imaginé de ne plus laisser un Auteur com-
muniquer avec le Censeur de son ouvrage,
il ne veut pas même qu'il le connoisse ; il se

fait remettre le manuscrit & l'envoie per-
sonnellement à celui qu'il choisit pour l'examiner, lequel le lui remet de même. Cette
méthode, bonne dans certains cas, où un
Censeur a besoin de l'incognito pour se livrer
plus librement à ses fonctions, est mauvaise
en général, par les longueurs qu'elle entraîne, l'auteur pouvant lever beaucoup de difficultés en conférant de vive voix avec son
Aristarque, ce qui est presque impossible par
écrit & doit faire perdre tout au moins beaucoup de tems.

24 *Septembre* 1776. Les entrepreneurs de la
Gazette Françoise établie à Londres sous le
nom de *Courier de l'Europe*, dont quelques
Numéro ont fait tant de bruit ici par les injures
qu'ils contenoient contre notre Ministere, ont
député pour s'aboucher avec M. de Vergennes
& faire lever les proscriptions de leur feuille.
Ils rejettent ces impertinences sur le Sr. Mo-
rande & promettent de se renfermer dans
les bornes de l'honnêteté des autres gazettes
étrangeres introduites dans ce pays-ci ; c'est
un des fameux Suttons qui est chargé des
conférences & qui a, dit-on, espoir de réus-
sir : si cela arrive, cette gazette aura dans
les commencemens une réussite prodigieuse
par la premiere explosion qu'elle a faite, &
qui a irrité la curiosité générale.

25 *Septembre.* Un faiseur de projets vient
de distribuer un programme sur un moyen
qu'il propose pour une distribution générale
d'eau pure dans Paris. Sans combattre ouvertement les idées de M. de Parcieux à cet
égard, il propose d'établir une machine sur

K 4

un pont de pierre à bâtir vis-à-vis les nouveaux Boulevards en face de l'Arsenal. Au moyen de cette machine, mue par le courant de la riviere même, il prétend élever des réservoirs d'eau qu'il distribuera dans tout Paris, & dédommager la ville de toutes les avances qu'elle fera par la vente des pouces & lignes d'eau aux particuliers qui voudront en avoir dans leurs maisons. Il est étonnant qu'on s'occupe si peu d'une matiere aussi importante pour la santé des Citoyens, la salubrité de l'air & la propreté de la Capitale.

25 *Septembre* 1776. La Reine, Madame, & Madame la Comtesse d'Artois sont venues vendredi à la représentation de l'*Union de l'Amour & des Arts*. Il y avoit ce jour-là autant de monde qu'à la premiere. Ce qui diminue un peu le triomphe des partisans d'*Alceste*. Cette musique étant d'un genre tout opposé à celui de l'Opéra du Chevalier Gluck, il s'ensuivroit que la foule se porte actuellement à ce Spectacle par cette mode qui regne si impérieusement sur les François.

26 *Septembre*. M. Bourdon Desplanches est sorti de la Bastille le jeudi 19, & vraisemblablement on s'est lassé de le tenir captif pour arracher son secret sur l'imprimeur de ses œuvres.

27 *Septembre*. Le Sr. de Beaumarchais développe ses vastes projets de fortune, il a pris un très-grand hôtel rue du Temple, il monte ses bureaux & établit une maison de commerce considérable ; il a beaucoup de fonds à sa disposition.

28 *Septembre*. Extrait d'une Lettre de Fer-

ney du 15 Septembre.... Pour vous donner une idée de la galanterie du Philofophe de ce lieu , voici un impromptu qu'il a fait il y a quelque tems , en faveur d'une Madame Poura, femme d'un Banquier de Lyon , qui, fans être jolie , a des yeux très-lafcifs & propres à réveiller le vieillard le plus engourdi. Vous vous rappellez l'aventure de Mlle. Chau***, cette fœur d'un Profeffeur de Geneve , qui lui procura un évanouiffement délicieux , où il penfa refter : il ne s'agit pas ici de quelque chofe d'auffi fort , mais d'un pur jeu d'efprit , où le cœur cependant pouvoit avoir quelque part. Madame Poura folâtroit avec M. de Voltaire , lui difoit des chofes agréables & entr'autres combien elle s'intéreffoit à fa fanté , lui ajoutant impérieufement qu'il falloit qu'il fe confervât. Le poëte octogénaire lui répondit fur le champ avec une ingénieufe vivacité :

Vous voulez arrêter mon ame fugitive,
Ah ! Madame , je le crois bien,
De tout ce qu'on poffede on ne veut perdre rien ,
On veut que fon Efclave vive.

29 *Septembre* 1776. Les deux Compagnies des Vivres du Nord & du Midi fe difpofoient effectivement à attaquer l'Abbé Beaudeau & fon acolyte M. de Saint Leu , comme les ayant diffamées refpectivement dans leurs écrits ; ils avoient même fait imprimer un Mémoire à confulter dans le goût de celui de la Caiffe de Poiffy ; il étoit fuivi d'une Confultation du 19 Juillet , fignée de Me.

Courtin , leur Avocat , & de plusieurs autres célebres Jurisconsultes. Assignation donnée en conséquence à chacun de ces deux Messieurs : mais l'exil infligé à l'un d'eux a arrêté la procédure , & l'on regarde cette tournure du Ministere comme un moyen pris pour empêcher les suites d'une plaidoirie dont les tribunaux alloient retentir & qui n'auroit pu que révéler au grand jour beaucoup de turpitudes dans lesquelles le gouvernement auroit été compromis. Il y a apparence que c'est par le même égard pour les volontés de la cour que le Mémoire en question , quoique imprimé , n'a pas été fort répandu & est resté entre les mains des intéressés.

30 *Septembre* 1776. L'Académie Royale de musique donne demain la premiere représentation d'*Euthyme & Lyris* , Ballet héroïque en un acte.

L'Acte d'*Arueris* , du Ballet des *Fêtes de l'Hymen & de l'Amour* , & *Apelles & Campaspe* , Ballet pantomime du Sr. Noverre.

1 *Octobre*. Il paroît deux gros volumes in-8°. intitulés *Principes de la Législation universelle*. Ce livre est dédié au Duc Régnant de Saxe-Weimar & Eisenach , sans nom d'auteur , par modestie sans doute , car il est composé avec beaucoup de sagesse , de modération & d'égards pour les Souverains actuels. Il est très-profond & traite successivement des rapports de l'homme avec la nature , des rapports de l'homme avec la société , de la propriété & de sa liberté , des biens & des richesses , de la subordination dans la société , de l'autorité souveraine , des forces

de la société , des rapports d'une société avec
les autres sociétés , de l'inſtruction nationale ,
du bonheur de la société , des loix poſitives.
On voit par l'étendue de ces objets que le
politique a généraliſé ſes principes , & voulu
ſurpaſſer tous ſes dévanciers dans la carriere
par un génie vaſte comme ſon plan. En effet ,
il ne dit rien de neuf , mais il embraſſe plus
de choſes & les traite en grand : il eſt plus
conſolant que la plupart de ſes confreres ; il
trouve , comme M. le Chevalier de Chatel-
lux , qu'on a fait quelques pas vers la félicité publique , & il eſpere qu'un jour on
parviendra à perfectionner ce grand ouvrage,
autant qu'il eſt poſſible ; il prévoit une choſe
qui doit contribuer beaucoup à l'avancer ,
c'eſt que les Potentats reviendront de guer-
royer & réformeront leurs armées trop nom-
breuſes , devenues inutiles. Il inſiſte beaucoup pour la liberté de la preſſe , puiſque
c'eſt aux écrivains de ſa claſſe qu'on doit les
progrès de la raiſon humaine , & que ce
ſont les Philoſophes aujourd'hui qui influent
ſinguliérement dans la conduite des Etats. Si
celui-ci s'égare dans ſes riantes chimeres ,
au moins annonce-t-il un bon Citoyen , ou
plutôt un excellent Philantrope. C'eſt , en
outre , un Auteur clair , méthodique , précis
dans ſa diffuſion même : ſon ſtyle eſt noble ,
pur , correct & facile ; & l'on peut lire avec
fruit ſon traité ſolide & lumineux à bien des
égards.

2 *Octobre* 1776. La charge d'Hiſtoriographe
de l'Ordre du Saint-Eſprit qu'avoit M. Poul-
lain de St. Foix qui vient de mourir , eſt réu-

nie à celle de Généalogiste en la personne du
Sr. Cherin. Avant la levée des scellés mis
chez le défunt, il est venu un ordre de la
cour de ne point lever lesdits scellés qu'en
présence du successeur, afin qu'il pût retirer
tous les papiers relatifs à ses nouvelles fonctions; mais il ne s'en est trouvé aucun qu'il
ait pu réclamer, ni même le moindre vestige
d'aucun autre travail. La gouvernante de M.
de Saint-Foix, interrogée à cet égard, a
répondu avoir brûlé par ordre de son maître
environ deux fois plein son tablier de papiers, mais ne paroissant être que des mis-
sives qu'il avoit reçues : ainsi les éditeurs de
cet écrivain ne pourront rien donner de lui
comme œuvres posthumes.

3 *Octobre* 1776. Le poëme du nouvel acte
d'*Euthyme & Lyris* est d'un M. Boutellier,
auteur qui a donné beaucoup d'ouvrages sur
des théatres de société & aux Boulevards; la
Musique est d'un M. Deformeri, peu connu
aussi. L'un & l'autre n'ont eu aucun succès,
malgré Mlle. Arnoux qui y a joué & a été
huée du public, mécontent d'elle depuis ses
cabales contre la tragédie d'*Alceste*.

Arueris ou *les Isics*, dont les paroles sont
de Cahuzac & la musique de Rameau, n'a gueres fait plus de sensation.

Le Ballet Pantomime du Sr. Noverre, intitulé
Apelles & Campaspe, ou *la Générosité d'Alexandre*, a heureusement dédommagé de tout le
Spectacle Lyrique. La musique, du Sr. Ro-
dolphe, Ordinaire du Roi, s'est mariée à merveille avec cette savante Chorégraphie. La
Reine, qui a honoré cette première représenta-

tion de fa préfence, avec Madame , la Comteffe d'Artois, Monfieur , & le Comte d'Artois, n'a paru s'amufer qu'à ce Ballet & l'a goûté infiniment. Il faut convenir cependant qu'il ne vaut pas celui de *Médée & Jafon.*

4 *Octobre* 1776. *La Morale Univerfelle , ou les devoirs de l'homme fondés fur la nature , est* un autre livre qu'on peut regarder , comme le pendant des *Principes de la Légiflation univerfelle ,* ou comme devant le précéder. Il mérite d'être difcuté & approfondi pour en rendre un compte plus particulier.

5 *Octobre.* Comme beaucoup de gens n'avoient rien compris à l'acte d'*Euthyme & Lyris ,* noms très-ignorés, M. Boutellier a publié l'avertiffement fuivant. « Lybas étoit de l'armée
» d'Uliffe ; la flotte de ce Prince ayant été
» jettée par une tempête fur les côtes d'Italie,
» Lybas infulta une jeune fille de Témeffe,
» que les habitans de cette ville vengerent en
» tuant le Grec. Mais bientôt les Témeffiens
» furent affligés de tant de maux qu'ils pen-
» foient à abandonner leur ville , quand l'oracle
» d'Apollon leur confeilla d'appaifer les mânes
» de Libas , en lui faifant bâtir un temple,
» & en lui facrifiant tous les ans une jeune
» fille. Ils obéirent à l'oracle , & Témeffe n'é-
» prouva plus de calamités.

» Quelques années après , un brave Athle-
» te, nommé Euthyme , s'étant trouvé à Té-
» meffe , dans le tems qu'on alloit faire le fa-
» crifice annuel d'une jeune fille , entreprit de
» la délivrer , & *de combattre le Génie de Ly-
» bas. Le Spectre parut , en vint aux mains
» avec l'Athlete , fut vaincu , & de rage alla*

» *se précipiter dans la mer.* Les Témessiens
» rendirent de grands honneurs à Euthime,
» lequel épousa la jeune fille qui devoit être
» immolée ».

On voit par cet exposé que le sujet n'offre
qu'un fond trivial & rebattu en vingt opéra ;
le poëte n'y a point ajouté du sien & ne l'a pas
relevé par quelque accessoire heureux. Quant
à la musique elle n'a rien de plus original ; elle
est pleine de lieux communs, médiocre & sans
expression : ce qu'on y trouve de mieux ce sont
quelques airs de Ballet assez agréables.

Aujourd'hui, que la présence de la Reine n'in-
timidoit pas le parterre, les partisans du Chevalier Gluck y sont venus en foule & ont complettement hué Mlle. Arnoux, qu'ils avoient
ménagée la premiere fois ; aussi a-t-elle très mal
chanté : on ne croit pas qu'elle ose se repro-
duire aux yeux du public & sur-tout à ses oreilles, & peut-être même cette humiliation se-
ra-t-elle l'époque d'une retraite absolue, à
laquelle son organe affoibli auroit dû la déterminer plutôt.

6 *Octobre* 1776. *Arueris* faisant la seconde
Entrée du nouveau Spectacle Lyrique, se ressent
du tems où cet Acte a été composé. On sait
que c'est dans les jours les plus brillans de ses
auteurs : il s'appelle autrement *les Ises* ou
Isiennes. C'étoient des fêtes célebres instituées
en l'honneur de la Déesse Isis, que les Egyptiens honoroient comme la Déesse universelle.
Ces fêtes étoient un mystere impénétrable ;
ce qui a donné lieu aux historiens d'en parler
peu avantageusement. Quoi qu'il en soit, le
poëte prétend que dans son institution elles

étoient fort simples & fort honnêtes. Il faut
savoir qu'*Arueris*, personage généralement peu
connu aussi, étoit chez les Egyptiens le Dieu
des Arts & fils de celle à laquelle étoient con-
sacrées les fêtes en question : elles consistoient
dans un concours de talens pour obtenir le
prix. Le Sr. le Gros a occasion de développer
toute la beauté de son organe dans cette musique forte, harmonieuse, pleine de choses
agréables & parfaitement analogues au sujet.
Mais le goût est tellement changé, que Rameau même est peu couru des modernes har-
moniphiles.

7 *Octobre* 1776. M. Noverre a fait imprimer
un programme très-détaillé de son nouveau Ballet Pantomime : il est dédié à la Reine, dont il
célebre l'auguste protection envers les talens &
envers lui. Il est divisé en deux actes ; tout le
monde connoît le sujet : " Alexandre ayant or-
" donné à Apelles de faire le porttait d'une de
" ses favorites nommée Campaspe, Apelles
" frappé de la beauté de son modele, en de-
" vient amoureux : Campaspe partage son
" amour ; Alexandre s'en apperçoit, fait le
" sacrifice de sa passion & unit les deux
" amans ".

Dans le premier acte, le lieu de la scene est
l'attelier d'Apelles, terminé dans le fond par
une galerie de tableaux. Il est divisé en cinq
scenes. *Premiere scene.* Apelles est occupé à
finir le portrait d'Alexandre. *Seconde scene.* Le
Prince vient le voir, il en est enchanté & se
propose de faire peindre par Apelles Campaspe, qui l'accompagne voilée ; il en découvre
les beautés au peintre frappé d'admiration.

Troifieme fcene. Roxane jaloufe arrive & témoigne toute la rage dont elle eft agitée, Alexandre l'oblige de fortir avec lui, & laiffe Campafpe. *Quatrieme fcene.* Le peintre troublé par fa paffion effaye en vain de peindre cette Beauté ; il la met fucceffivement en Pallas, en Diane, en Flore, en Vénus ; le pinceau lui échappe toujours : il avoue fa paffion à Campafpe, qui y répond & préfere la liberté à la grandeur. Roxane toujours agitée par fa jaloufie, revient, eft témoin de la déclaration & fe propofe de fe venger en faifant part de cette découverte au Roi. *Cinquieme fcene.* Alexandre revient, témoigne à ces perfides toute fon indignation ; enfin la générofité l'emporte, il leur pardonne & veut les unir.

La fcene change au fecond acte. Le théâtre repréfente le palais d'Alexandre : dans le fond paroît un trône élevé fur plufieurs marches. Le Roi fait préfenter la coupe nuptiale aux deux époux, préfide à leur hymen, puis donne la main à Roxane & l'éleve au trône. Le couronnement eft terminé par une danfe générale, dont eft Alexandre.

7 *Octobre* 1776. Pour préluder aux fameufes courfes de Fontainebleau, il y en a eu une vendredi à la plaine des fablons entre les rivaux ordinaires ; c'eft M. le Duc de Lauzun qui a gagné.

8 *Octobre.* Me. Caillard, Avocat, vient de mourir : c'étoit un des plus fameux de l'ordre, non à raifon de fon éloquence, car il n'en avoit aucune, mais de fon intelligence des affaires, de fa facilité & de fa méthode. Il étoit uniquement occupé de fon métier, & fes confreres l'ap-

pelloient *un moule à causes*, pour exprimer
la multitude qu'il en avoit & expédioit. Sa
passion pour l'or lui avoit fait lâcher pied dans
la derniere révolution, & c'étoit un des quatre
mendians ; ce qui l'avoit mis mal avec l'Ordre & lui a fait essuyer nombre de mortifications depuis le retour du Parlement. Linguet
lui en vouloit aussi beaucoup & l'a tympanisé
dans ses diatribes. Tout cela lui a causé un fond
de chagrin qui l'a fait périr vraisemblablement
à la fleur de l'âge.

8 *Octobre* 1776 *Lettre d'un Ecclésiastique
sur le gouvernement du Diocese d'Auxerre,
depuis que M. de Cicé en est Évêque.* Tel est
le titre d'une nouvelle brochure qui excite la
curiosité des amateurs de libelles & ne la
satisfait pas. C'est une rapsodie, une compilation d'anecdotes obscures insérées dans la
Gazette Ecclésiastique, ne roulant que sur
des détails minutieux & relatifs aux persécutions du Prélat contre des Prêtres très-fameux
parmi la cabale Jansénienne & inconnus du
reste du public. Il n'y a rien qui ait trait aux
points d'administration religieuse, dont M.
de Cicé a été chargé dans son Ordre, non
plus qu'au rôle qu'il a joué dans la révolution de la Magistrature & dans les troubles
arrivés parmi celle d'Auxerre. Il est vrai que
cette premiere partie semble en annoncer une
seconde. Du reste, le caractere patelin &
hypocrite de ce Tartuffe mîtré est bien peint.

9 *Octobre.* On parle beaucoup de la fête de
Brunoy : en général les Parisiens n'en sont
pas contens, à raison de la disette des co-
mestibles & des rafraîchissemens, du peu

d'ordre , & de plufieurs parties qui ont manqué , comme le Bal. Le principal objet étoit
de plaire à la Reine par des fpectacles allégori-
ques propres à rappeller fes vertus. Ils ont été
divifés en cinq actes , entre lefquels un Tour-
noi en l'honneur de la Belle des Belles eft ce
qu'il y a eu de mieux exécuté. On y a reconnu le génie du Sr. Noverre pour la compofition , & le Sr. Pic , qui étoit refté *ad hoc*,
y a brillé finguliérement.

10 *Octobre* 1776. Le Sr. Coqueley de Chauffepierre , le nouveau Cenfeur de M. le Fuel de
Mericourt, fert fi bien les Comédiens aux appointemens defquels il eft , que voilà déja deux
feuilles du *Journal des Théâtres* arrêtées. On
n'a pas même voulu permettre que cet écrivain
périodique annonçât la vraie caufe de fon retard ; il a été obligé de faire inférer dans les
papiers publics que c'étoit pour caufe de maladie. Les hiftrions triomphent & fe flattent
que cette tournure prife de concert avec les
fupérieurs, fans doute, fera tomber de lui-même
le journal, fans aucune fuppreffion manifefte.

11 *Octobre.* Le Miniftre des Affaires
Etrangeres eft venu à bout de vaincre la répugnance de S. M. pour l'introduction de la
nouvelle Gazette Anglo – Francoife intitulée
Courier de l'Europe , & la diftribution doit
commencer à Paris au 1er. Novembre prochain. Les rédacteurs , fuivant l'ufage , promettent beaucoup de belles chofes , en pré-
tendant que cette Gazette qui fe compofe
depuis quelque tems à Londres , déja connue
par le choix & la variété des matieres four-
nies par des correfpondances exactes & pui-

fées dans 53 gazettes qui paroiſſent toutes
les ſemaines chez eux, deviendra tous les jours
plus intéreſſante par les ſoins & l'impartialité
des éditeurs. Ils ont eu la permiſſion de répandre quantité de *Proſpectus* & de les faire
afficher partout.

12 *Octobre* 1776. *La Morale univerſelle* eſt
diviſée en trois parties. La premiere embraſſe la
Théorie de la Morale, & les deux autres la
Pratique ; c'eſt-à-dire, que l'auteur établit
d'abord des définitions ſimples & expoſe clairement les Principes de la ſcience des mœurs ;
qu'enſuite il applique les Principes poſés à
tous les états de la vie. Telle eſt l'analyſe
qu'il donne de ſon livre ; mais, quoiqu'il prétende avoir conçu un Syſtême nouveau, lié
comme il n'en a pas paru, on peut aſſurer qu'il
ne dit rien de neuf, que ſes définitions ne ſont
pas toujours exactes & que conſéquemment le
reſte s'écroule. En général, cette ſcience ſe réduit à quelques axiómes ſi connus, ſi profondément gravés dans le cœur de l'homme, qu'on
ne peut aſſez s'étonner de voir des ouvrages
volumineux ſur une pareille matiere. Ce qu'il
y a de mieux dans celui-ci, c'eſt qu'en vue
de joindre l'autorité au raiſonnement, le Philoſophe a enrichi ſon traité de penſées remar-
quables & de Maximes utiles, tirées des Anciens & des Modernes, afin de former une
eſpece de Concordance, capable de fortifier
chacun des chaînons de ſon ſyſtême moral.
Du reſte, l'ouvrage eſt bien écrit ; la marche
en eſt méthodique, &, malgré ſa longueur,
il n'eſt point ennuyeux, parce qu'il eſt diviſé en chapitres courts & parſemé de traits

hiftoriques, d'anecdotes & de paffages qui en empêchent la féchéreffe. Le moralifte femble dans le point néceffaire pour traiter fon fujet, il n'annonce aucune effervefcence d'imagination ; fes paffions font calmes, il eft fans prévention & fans enthoufiafme.

13 *Octobre*. 1776. On peut fe rappeller les démarches multipliées de Me. Linguet pour obtenir au Confeil la caffation des Arrêts des 4 Février & 29 Mars 1775. Il dreffa alors une Requête au Roi pour motiver fes réclamations, écrite avec toute l'énergie dont il eft capable. Il y rend compte à fa maniere des faits & geftes de fes adverfaires & en tire moyen pour parvenir à fon but. Un des principaux griefs qu'on lui imputoit, étoit fa demande d'honoraires à M. le Duc d'Aiguillon, refufés par ce Miniftre. Cet article eft traité avec la plus grande adreffe, & il a eu l'art d'y faire l'infertion des deux lettres qu'il lui avoit écrites alors, & dont il fuppofe la connoiffance néceffaire pour fa juftification. Elles font cruelles pour le Duc d'Aiguillon, & telles que le fuppliant n'auroit eu la liberté de le publier à Paris. Il profite aujourd'hui de fon féjour en pays étranger, & n'ayant plus rien à ménager il vient de faire imprimer le tout à Bruxelles, formant un recueil de 134 pages d'impreffion in-8°. Cet Ecrivain, après avoir fouvent protefté de fa foumiffion au gouvernement, & promis de foumettre tous fes ouvrages à la cenfure, commence à fentir l'utilité des preffes étrangeres & même leur néceffité en bien des cas. Il n'a pas manqué de faire paffer la plus

grande partie de cette édition en France ;
pour qui elle est principalement faite.

13 *Octobre* 1776. Le Sr. Noverre a amélioré
son Ballet de la *Générosité d'Alexandre*, en le
raccourcissant ; au surplus, on critique cette
maniere de faire le principal du Spectacle de
ce qui n'en devroit faire que l'accessoire. Ce
n'est point en composant ainsi des Ballets isolés
qu'il remplira les intentions des amateurs qui
ont applaudi à sa nomination ; c'est en per-
fectionnant notre Choréographie, c'est-à-dire
en trouvant l'art d'insérer dans nos Opéra &
autres ouvrages lyriques des danses analogues
au sujet, faisant partie de l'action, en soutenant, en augmentant l'intérêt, & complet-
tant la magie de ce délicieux Spectacle.

14 *Octobre*. On ne peut assez s'étonner de
l'audace & de la bassesse de M. de la Harpe, qui
leve enfin le masque & dans un avertissement
inséré à la tête de la feuille du 5 Octobre déclare que depuis celle du 25 Juillet il préside
à la partie Littéraire du *Journal de Littérature & de Politique*, & qu'il ne travaille plus
au *Mercure* ; que Me. Linguet depuis cette
époque n'y a aucune part, & que c'est
enfin M. de Fontanelle qui rédige & rédi-
geoit par un nouvel arrangement la partie politique quelque tems avant l'abdication du
précédent compositeur.

14 *Octobre*. On commence à lâcher sous
main dans le public le *Mémoire* annoncé *pour
les deux Compagnies des Munitionnaires des
vivres des troupes du Roi*. C'est de l'ouvrage
intitulé *Ecclaircissemens demandés à M. N....
sur ses principes Économiques & sur ses projets*

de Législation au nom des propriétaires fonciers
& cultivateurs François, imprimé d'abord séparément, & transporté ensuite en entier
dans les *Ephémérides du Citoyen*, que les ac-
cusés tirent le paragraphe calomnieux de M.
l'Abbé Baudeau, comme les chargeant du
crime de monopole. Peu après que ce livre
parut, c'est-à-dire le 12 Juillet 1775, les
Munitionnaires en porterent leurs justes plaintes à M. le Contrôleur Général Turgot, qui
leur fit témoigner qu'il désapprouvoit les imputations haïardées par l'Ecrivain : depuis,
quoique remerciés, ils ont reçu du Ministre
les témoignages les plus flatteurs de la satisfaction que l'on avoit toujours eu de leurs
services.

C'est dans cette circonstance que le même
journaliste a inséré dans son quatrieme volume de 1776, un Mémoire de M. de Saint
Maurice de Saint Leu, intitulé *Réflexions his-*
toriques sur les écoles militaires, *si étrange-*
ment multipliées dans toute l'Europe, *& sur*
l'Edit du Roi portant réglement non seulement
sur l'éducation que recevront à l'avenir les Ele-
ves de son Ecole Royale militaire, *mais en-*
core touchant l'administration des biens de cet
établissement, *par M. de Saint Maurice de St.*
Leu, *Colonel au service de Pologne*. On y lit :
« déja l'ame du soldat s'éleve, son noble état
» cessera d'être avili par l'affreuse misere : &
» la moitié de son pain, eh ! quel pain avoit-
» il ? ne sera plus dévorée par des harpies
» sacrileges. „

C'est sur le Mémoire à consulter concernant
cette double diffamation, qu'est intervenue la

Confultation du 17 Juillet, & que le 24 les Sieurs Abbé Beaudeau & Saint Maurice de Saint Leu ont été affignés pour voir dire que les imputations calomnieufes inférées aux fufdits écrits feront & demeureront fupprimées, que les auteurs feront tenus de les rétracer & de reconnoître par un acte authentique les Munitionnaires des vivres pour gens d'honneur & de probité, incapables de manœuvres & de monopoles, comme auffi d'avoir altéré le pain des troupes dans fa qualité & de l'avoir diminué dans la quantité.

15 Octobre 1776. A l'appui du Mémoire de Madame la Marquife de Mirabeau, il paroît un *Mémoire à confulter pour M. le Comte de Mirabeau interdit, contre Meffire Victor de Riquetti, Marquis de Mirabeau, fon pere & curateur à fon interdiction.*

Il eft fuivi d'une Confultation du 30 Décembre, fignée *Beviere*, & d'une autre du 17 du même mois, fignée *Grouber* de *Groubental*.

Il eft accompagné de pieces juftificatives, favoir une premiere Lettre à M. de Malesherbes en date du 27 Février 1776; une feconde Lettre fans date au même; & enfin deux Mémoires à ce Miniftre. Toutes ces pieces contiennent des détails importans concernant cet infortuné jeune homme, âgé de 27 ans, & dont cinq lettres de cachet, un mariage & une interdiction rempliffent déja le tiers de fa vie romanefque.

16 Octobre. L'Ordonnance des coups de plat de fabre a excité l'enthoufiafme d'un anonyme, qui a enfanté une piece en vers en forme de *Requête à la Reine*, pour toucher le cœur de S. M. & l'engager à intercéder auprès de fon

Augufte Epoux, afin qu'il ordonne la révocation de cette peine infamante, ne fût-elle point exécutée, tant qu'elle fubfiftera dans l'Ordonnance. Cette *Epitre* eft écrite en ftyle noble, elle eft pleine de fentiment, elle a le défaut d'être trop longue, elle n'eft que manufcrite, & ne peut gueres paroître imprimée publiquement, tant que M. le Comte de Saint Germain reftera en place.

16 *Octobre* 1776. Comme le nouvel Acte ne peut fubfifter, les Régiffeurs de l'Opéra, pour fatisfaire les amateurs de la mufique du Chevalier Gluck, fe difpofent à remettre *Orphée*.

17 *Octobre*. On écrit de Fontainebleau que *Zuma*, tragédie de M. le Fevre, la premiere nouveauté qu'on devoit jouer à la cour, y a été repréfentée en effet le 10, mais fans fuccès, & qu'on la regarde comme tombée à plat. Heureufement pour l'auteur que le public de Paris n'eft pas toujours d'accord avec celle-là.

18 *Octobre*. Un amateur vient de faire imprimer des *Vues* fur l'Opéra en 20 pages in 4°: elles contiennent des Obfervations très-juftes fur ce théatre, & des idées lumineufes pour en prévenir la chûte inévitable fi l'on n'y apporte remede.

18 *Octobre*. Il y a déja une courfe de chevaux à Fontainebleau ; elle a eu lieu dans la plaine de Barbau, & M. le Comte d'Artois n'a pas eu l'avantage. Mais ce n'eft que le 12 Novembre qu'il doit éprouver le fameux cheval mafqué qu'on a annoncé depuis quelques mois.

19 *Octobre*. Tout ce qu'on peut inférer du Mémoire de M. le Comte de Mirabeau, mal

digéré

digéré , fans méthode , fans ordre & abfolument informe , mais combiné avec les autres
pieces qui n'ont gueres plus de clarté , c'eſt
que ce jeune homme étoit au château de Dijon ,
enfermé par lettre de cachet , ſous prétexte de
le ſouſtraire aux pourſuites de ſes créanciers
& à un décret de priſe de corps décerné contre
lui ; il paroîtroit qu'il a trouvé aujourd'hui le
moyen de ſortir de ſa priſon , qu'il écrit d'un
lieu ſecret où il s'eſt retiré , & qu'il ne craint
ni les griefs articulés par ſon pere , ni les pourſuites de la juſtice ; que les diſſipations repro-
chées à cet enfant ne ſont point auſſi conſidérables que les calcule le Marquis de Mirabeau , qu'elles ont été néceſſitées en grande
partie par la parcimonie de ce dernier , par
le mariage de ſon fils , & enfin parce que ,
loin d'avoir liquidé ſes dettes , il ne lui paye
pas même la penſion ordonnée par la ſentence
d'interdiction : quant au procès criminel dont
eſt chargé l'interdit , il n'y a été engagé que
pour une affaire grave qui intéreſſoit l'honneur de l'une de ſes ſœurs & celui de ſa famille entiere , qu'il ne lui faudroit que la facilité de comparoir & de ſe défendre pour
confondre ſes adverſaires : en un mot , le
vrai but de cet écrit & autres pieces juſtifi-
catives , eſt de démaſquer encore mieux l'hy-
pocriſie de l'*Ami des Hommes* , de mettre au
jour ſon injuſtice , ſa dureté , ſa barbarie envers ſon fils & de prouver qu'il a d'autant plus
de tort de l'accuſer d'un dérangement de fortune , que lui-même s'eſt exceſſivement dé-
rangé , puiſqu'il a mangé plus de 500,000 livres de biens ſubſtitués , & environ 600,000

livres fur ceux de fa femme, & qu'il doit en outre environ autant.

Il est fâcheux que cette autre caufe, non moins intéreffante que celle de Madame de Mirabeau, ne foit pas tombée en de meilleures mains. On n'y trouve pas même le piquant du premier Mémoire par le ridicule réfultant néceffairement des citations des lettres du Marquis; celui-ci eft trifte & fans fel d'un bout à l'autre.

19 *Octobre* 1776. Le goût des courtifans de Fontainebleau paroît extrêmement difficile cette année pour les pieces de théatre. On a déja vu comment une tragédie nouvelle y eft tombée; ils n'ont pas fait plus de grace à une piece des Italiens, ancienne depuis dix-huit ans & jouée toujours à Paris avec fuccès: c'eft *la Soirée des Boulevards* du Sr. Favart. Il eft vrai que cet auteur a voulu la rajeunir en y adaptant beaucoup de chofes relatives aux circonftances & des fadeurs pour la Reine.

20 *Octobre*. Mlle. Raucoux fe montre de nouveau ici. On ignore encore fi c'eft un retour de tendreffe pour fa patrie qui l'y ramene, ou fi les comédiens ne pouvant la faire remplacer par la Dlle. Sainval la cadette, trop médiocre, ont eu recours à elle. Quoi qu'il en foit, elle a été très-flattée de voir qu'on s'en occupât & de trouver des bonnets à la *Raucoux*. Ils font caractérifés principalement par un petit panier percé qui les furmonte.

21 *Octobre*. L'attention extrême que M. le Comte de Saint Germain donne à toutes les patties de la guerre, a engagé M. le Baron

de Holtzendorff , ci-devant au fervice du Roi
de Pruffe , à publier une traduction Françoife
d'un livre intitulé *Elémens de tactique démon-*
trés géométriquement, ouvrage compofé par un
officier de l'État-Major des troupes Pruffiennes.
Le Miniftre a été fort aife de voir relever au
grand jour par un homme du métier & formé fous le Roi de Pruffe , la théorie profonde
de ce grand Prince fur un art dont il fait fon
étude principale depuis qu'il eft fur le trône.
Cette théorie doit être , fuivant la promeffe de
l'auteur , mife à la portée de tout le monde ,
même du fimple foldat.

22 *Octobre* 1776. On fait que le Nonce du
Pape effrayé du fcandale que la *Bible Com-*
mentée de M. de Voltaire alloit caufer , &
convaincu de la néceffité d'y répondre , s'il
eft poffible , l'a achetée pour l'envoyer à Sa
Sainteté.

23 *Octobre.* Le Sr. Gardel , honteux du ridicule qui a réjailli fur lui par la baffe jaloufie
qu'il a témoignée contre le Sr. Noverre , veut
prouver qu'il n'eft point indigne d'être fon
concurrent : il a compofé un Ballet Pantomime tragique , intitulé *Enée & Didon.* Il
doit être exécuté à Fontainebleau. On ne peut
difconvenir que ce fujet ne foit bien choifi
& fufceptible de beaucoup d'intérêt.

24 *Octobre.* Aujourd'hui qu'on met tout en
Dictionnaire , en Almanachs , en Journaux ,
qu'il y a déja des Dictionnaires & des Almanachs de Marine , il manquoit un Journal à
cette partie de l'Adminiftration , & il eft queftion d'en établir un fous les aufpices de M.
de Sartine.

25 *Octobre* 1776. Le *Sr.* Porporati, graveur fameux, étranger, mais établi dans ce pays-ci, a fait depuis peu un deſſin repréſentant Adam & Eve, trouvant le cadavre d'Abel tué par ſon frere, & apprenant par cette funeſte cataſtrophe ce que c'eſt que la mort. Ce deſſin gravé, avant de le mettre en vente, l'auteur a voulu l'enrichir d'une inſcription : il a eu recours à M. Rouſſeau de Geneve, & ce grand homme en a fourni ſur le champ une, ſupérieure certainement à tout ce que l'Académie des Belles-Lettres auroit imaginé ; la voici :

Prima Mors, primi Parentes, primus Luctus.

26 *Octobre.* On a plaiſanté ſur les réclamations du Clergé à l'égard de M. Necker ; on ſait que M. de Maurepas a répondu à quelques Evêques qui lui témoignoient leur ſurpriſe de l'élévation de ce Proteſtant au Miniſtere, *le Roi vous le ſacrifiera, ſi le Clergé veut ſe charger de payer les dettes de l'Etat* ; on eſt parti de-là pour faire un jeu de mots qui a pourtant une ſorte de ſens, le voici :

De ton choix, ô Necker, le dévot allarmé
 Crie envain, quel ſcandale énorme !
Pour régir ſon tréſor, quoi ! Louis a nommé
Un Enfant de Geneve, un maudit Réformé ?
 C'eſt qu'il s'entend à la Réforme.

27 *Octobre.* Le *Journal de Marine* qu'on annonce, ſeroit fort utile, s'il étoit bien fait ; mais à en juger par le *Proſpectus*, les coopérateurs n'ont pas pris la choſe ſous ſon vrai

point de vue , ou plutôt font gênés dans leur travail , car ils ne parlent pas du plus effentiel , qui feroit de rendre compte des mouvemens de nos Ports , & quand ils le voudroient , ils ne pourroient mettre l'à propos de la nouveauté , puifque ce Journal ne fera compofé que de quatre cahiers , & qu'ils ne feront publiés que de trois mois en trois mois.

28 *Octobre* 1776. Extrait d'une Lettre de Fontainebleau du 24 Octobre. Rien de plus fingulier que de voir ici le Sr. de Beaumarchais faifant la pluie & le beau tems chez M. de Maurepas , faifant les honneurs de fa table & réjouiffant ce vieux Miniftre par fes bons mots & par fes faillies.

29 *Octobre*. Il eft inconcevable à quel excès de délire l'enthoufiafme philofophique peut porter certaines têtes une fois exaltées ; c'eft ce qu'on voit à l'égard des Economiftes , qui , plus que jamais , font corps , compofent une fecte , & ont imaginé des cérémonies & des formules de réception pour les initiés. C'eft aujourd'hui M. Turgot qui préfide aux affemblées ; il a loué un grand hôtel , *l'hôtel de Brou* , où une très-belle galerie fert à réunir tous les Freres , à prononcer les difcours & à l'admiffion des candidats.

L'Ex-miniftre , au furplus , paroît avoir pour fa part une forte dofe d'enthoufiafme. Il pouffe l'humanité au point de vouloir que fes domeftiques , fous prétexte que ce font des hommes , foient auffi bien logés que lui , & il a fait à cet égard des dépenfes à faire rire ceux qui vifitent les lieux.

30 *Octobre*. Les Directeurs actuels du Con-

cert Spirituel font tous leurs efforts pour
continuer à attirer le public par des nouveautés
en musique & en virtuoses : ils annoncent pour
le Concert Spirituel de la Touffaint, la Signora
Giorgy, Cantatrice Italienne, que tous les
amateurs se difposent d'aller entendre.

31 *Octobre* 1776. Extrait d'une Lettre de
Fontainebleau du 30 Octobre. Hier a été joué
la piece du Chevalier de Cubieres, annoncée
fur le répertoire *le Dramomane*, & dont par
égard pour le Sr. Mercier, appellé plaifamment
par feu Fréron, *le Dramaturge*, il a changé
le titre en celui de *la lecture interrompue*. Elle
a eu le fort des autres nouveautés exécutées
durant le voyage : jamais, il eft vrai, on n'a
hazardé comédie auffi mauvaife ; les brouha-
has, les rires par éclat, les applaudiffemens
ironiques, ont fait trouver que la piece étoit
bien nommée : la cour n'en a pas attendu la
fin. C'eft une plaifanterie contre les drames,
dont le goût devient de plus en plus commun.
Comme elle porte à plomb fur le Sr. Mercier,
les comédiens ont fait leurs efforts afin de la
foutenir par leur jeu, mais inutilement. Le
héros de l'ouvrage, engoué de drames, en
veut imaginer des plus noirs qui aient jamais
paru ; pour cela il choifit des avantures toutes
noires, comme celle d'un pâté fucculent dont
on fait l'ouverture, & qui empoifonne tous
les convives ; celle d'un frere affaffiné par fon
frere ; en un mot, ce ne font que démons,
enfers, abimes, têtes de morts. On apporte
à l'auteur Dramomane l'épreuve d'un drame
qu'il a compofé, il veut en faire la lecture &
annonce d'abord fort au long ce que doit re-

préfenter le théatre ; il veut enfuite diftribuer
les rôles , mais il fe trouve qu'il ne peut être
mis en aĉtion parce qu'il lui faudroit trois pen-
dus & que chacun fe refufe à jouer un pareil
rôle. Enfin , nonobftant cet embarras , il continue fa leĉture , interrompue par un Exempt,
qui vient de la part du Prince pour le mettre
aux petites-maifons , où l'on a envoyé très-
hautement le poëte. Autre gentilleffe : la fille
de l'amateur & compofiteur de drames , eft
deftinée à un certain M. de Sombreufe , dont
le caraĉtere eft fort analogue à celui du pere :
il paroît devant la future & lui fait une déclaration d'amour fi tragique , que la croyant
voir fondre en larmes , lorfqu'elle éclate de
rire , il s'écrie , *Mademoiſelle en tient* !

1 *Novembre* 1776. Madame Geoffrin étant
toujours dans un état de dépériffement & d'af-
foibliffement de tête, qui la met hors d'état de
continuer fes affemblées philofophiques , c'eft
Madame Necker qui en raffemble aujourd'hui
tous les membres épars. La nouvelle dignité
de fon mari ne peut que rendre le cercle plus
brillant. Mefdames Saurin, Suart & de La
Harpe préfident fous cette Virtuofe & tour à
tour à fon défaut tiennent le bureau.

2 *Novembre*. Exrrait d'une Lettre de Fontainebleau du 1er. Novembre..... M. de
Champfort n'a point trompé la cour dans fon
attente du fuccès de *Muftapha & Zéangir*. Cette
tragédie a été aux nues & le méritoit. Un plan
bien net , une conduite fage , une marche
parfaitement fuivie , des beautés de détail , du
génie , des vers harmonieux , des idées les plus
heureufes , l'amour fraternel peint au plus

L 4

haut degré, ont valu au poëte des applaudissemens universels. On desire cependant quelques légers changemens dans le dénouement....
Le Roi à son coucher a paru très-satisfait de
l'ouvrage.... Molé s'est surpassé dans son jeu,
mais son rôle est si beau !

3 *Novembre* 1776. On voit une nouvelle édition du *Journal historique de la révolution opé-*
rée dans la Constitution de la Monarchie Fran-
çoise par M. de Maupeou, Chancelier de France,
en 7 volumes, revue, corrigée & augmentée
avec des Portraits ; ce qui ne peut contribuer qu'à la rendre plus recherchée.

4 *Novembre.* La Reine a été si satisfaite
de la tragédie de M. de Champfort, que
S. M. lui a fait donner 1200 livres de pension
sur sa Cassette. Il paroît que l'auteur ayant
à peindre l'amitié fraternelle, a placé des
allusions heureuses à l'union du Roi avec ses
Freres ; ce qui a singuliérement plu à la famille Royale.

4 *Novembre.* La Signora Giorgy est une
jeune & jolie personne qui a d'abord plu beaucoup au public par sa figure, son air aisé &
naturel ; mais sa voix a ravi les connoisseurs ;
on l'a trouvée égale, soutenue, sonore & du
plus beau timbre ; elle prononce avec une net-
teté fort rare dans les Cantatrices Italiennes,
& n'a pas moins d'ame. Elle a chanté deux
ariettes, & l'on a été si content de la
seconde, qu'elle a été obligée de recommencer, ce qu'elle a fait sans qu'on s'apperçût
que cela la fatigât. Les *Bravo*, les *Bravissimo*,
ne finissoient pas, & depuis longtems on n'a
vu un succès aussi complet. On convient ce-

pendant qu'il lui manque encore un peu de jufteffe & de goût, ce qu'elle doit acquérir facilement dans ce pays-ci, fi elle y refte.

5 Novembre 1776. ,, *La premiere édition de* ,, *ce Journal* ,, (dit le Libraire à la tête de la deuxieme édition du *Journal hiftorique*) ,, fi ,, intéreffant pour l'Europe entiere, mais ,, principalement pour la France, ayant été ,, rapidement enlevée, je ne faurois mieux ,, témoigner ma reconnoiffance au Public ,, éclairé, qu'en lui en offrant une nouvelle ,, édition, revue, foigneufement corrigée & ,, augmentée de diverfes pieces curieufes & ,, très-intéreffantes, ainfi que de plufieurs ,, anecdotes. Ces additions font d'autant plus ,, réelles, qu'elles rempliffent au moins huit ,, feuilles d'impreffion, & ce qui augmente ,, encore le mérite de cette nouvelle édition, ,, c'eft qu'elle eft ornée de divers portraits ,, très-bien exécutés par les meilleurs maîtres. ,,

Ces portraits ne font qu'au nombre de trois : au bas de celui de M. l'Abbé Terrai on lit les vers qu'on connoît & rapportés précédemment. Au pied du Bufte de Madame Dubarri,, on trouve ceux-ci :

Sans efprit, fans talens, du fein de l'infamie,
 Jufqu'au trône on la porta ;
 Contre une cabale ennemie,
 Jamais elle complota,
Et de l'ambition ignorant les allarmes,
Jouet des intriguans, regna par fes feuls charmes.

Par une gaucherie fréquente dans toutes les opérations typographiques des preffes étrangeres, on n'a point mis de vers au bas du portrait de M. de Maupeou, Chancelier de France & le héros du livre. Deux patriotes indignés ont fait chacun une inscription d'un genre différent. La premiere est un quatrain fort dur :

> Tel est ce brigand fameux
> Nommé Chef de la Justice,
> Plus scélérat que tous ceux
> Qu'il envoyoit au supplice.

La seconde est un distique plus majestueux & plus analogue à l'ouvrage où le portrait est placé :

> Il viola les Loix, loin d'en être l'exemple,
> Et Chef de la Justice, en détruisit le Temple.

6 Novembre 1776. Depuis plus de trois mois on vexe tous les colporteurs, on inquiete tous les libraires, on fait des recherches jusques dans les provinces pour satisfaire aux ordres de la cour, allarmée sur un prétendu *Almanach Royal* ou *Extrait de l'Almanach Royal*, ouvrage digne du feu, où par une atrocité sacrilege, l'auteur se seroit permis les calomnies les plus horribles contre la Reine, le Comte d'Artois & autres personnages de la Famille Royale. Cependant, malgré toutes ces perquisitions, on n'en a trouvé encore aucun exemplaire ; ce qui fait présumer que c'est un faux avis, & que le livre n'existe pas heureusement, car, quoique certaines gens assurent l'avoir vu, comme ils n'en peuvent rendre aucun compte véritable, il est à présu-

mer que c'eſt une vanité puérile de leur part.

7 *Novembre* 1776. Extrait d'une Lettre de Fontainebleau du 6 Novembre..... *L'Egoïſte* de M. de Cailhava d'Eſtandoux a été applaudi hier par fois & par fois hué ; ce qui n'eſt rien moins qu'un ſuccès décidé. Toute la cour s'a-muſe beaucoup, excepté le Roi ; S. M. n'a encore été à aucune des Courſes, elles pa-roiſſent même lui déplaire : le Comte d'Artois lui ayant propoſé de parier pour lui, S. M. a répondu qu'elle le vouloit bien : preſſée de s'expliquer ſur la ſomme, elle a répondu qu'elle iroit juſqu'à un écu de trois livres ; perſiflage qui n'a point amuſé S. A. Royale. Le Roi a annoncé que les Courſes ne dure-roient pas longtems ; mais comme S. M. eſt bonne & facile, peut être ne perſiftera-t-elle pas dans ſon deſſein de les proſcrire.

7 *Novembre.* Le livre qu'a acheté le Nonce pour le Saint Pere, les choſes bien éclaircies, n'eſt en effet que le nouveau de M. de Vol-taire, dont le vrai titre eſt *La Bible enfin ex-pliquée par pluſieurs Aumôniers de S. M. le R. D. P.* (le Roi de Pruſſe.) C'eſt un gros billot en deux parties, formant en tout 550 pages. Il pourra quelquefois faire rire ſa Sainteté, mais lui fera plus ſouvent froncer le ſourcil ; il donnera lieu à l'érudition & à la ſagacité de ſes théologiens de ſe déployer, s'ils veulent y répondre.

7 *Novembre.* M. de Sartine s'eſt oppo-ſé juſqu'à préſent à la diſtribution du premier cahier du *Journal de Marine*, qui devoit pa-roître en Octobre & même à ce qu'on publie

le *Prospectus* , tant on veut traiter fecrétement
tout ce qui a trait à cette partie.

8 *Nov.* 1776. Extrait d'une Lettre de Ferney
du 30 Octobre.... Le patron fe porte toujours
à merveille pour fon âge ; il lit fans lunettes
l'impreffion la plus fine ; il a l'oreille un peu
dure , enforte que lorfqu'on fait quelque bruit,
il eft obligé de faire répéter , ce qui le fâche,
car , quoiqu'il dife depuis vingt ans qu'il perd
les yeux & les oreilles , il ne voudroit pas qu'on
s'en apperçût. C'eft cette envie de paroître &
de briller toujours qui fait qu'il n'aime pas à fe
trouver & à manger en grande compagnie ; le
babil des femmes fur-tout l'incommode, & leur
converfation frivole & découfue l'ennuye. Il
ne voit point de médecin ; quand fa fanté l'inquiete, il confulte fes livres. Il continue à fe
purger trois fois par femaine avec de la caffe,
il ne va à la garderobe que de cette manière. Il
refte la plus grande partie de la journée au lit ;
il mange quelque chofe quand il en a envie , il
paroît le foir & foupe, mais pas toujours. Quelquefois fa caffe le tracaffe , & il fe tranquillife.
Il ne s'eft pas beaucoup promené depuis que je
fuis ici. Il refte fouvent en robe-de-chambre,
mais il fait réguliérement chaque jour fa toilette
de propreté , & les ablutions les plus fecrettes,
comme s'il attendoit pour le foir quelque bonne fortune. Quand il s'habille , c'eft ordinairement avec magnificence & fans goût ; il met
des vêtemens qui ne peuvent aller enfemble , il
a l'air d'un vrai vendeur d'orviétan.

Je n'ai plus trouvé le pere Adam chez lui ; il
l'a renvoyé & lui fait une modique penfion
dans le voifinage où il demeure. Ce Jéfuite lui

servoit à faire sa partie aux échecs & à feuilleter des livres pour des recherches dont avoit besoin ce fécond écrivain. L'âge & les infirmités l'ont rendu impropre à ces fonctions. M. de Voltaire compare les hommes à des oranges, qu'on serre fortement pour en exprimer le jus, & dont on jette le marc ensuite comme inutile : pensée plus digne de Machiavel que de l'apôtre de l'humanité.

Il a décidément donné Ferney à Madame Denis, sa niece. Il continue à augmenter ce lieu ; il y a dépensé peut-être cent mille francs cette année en maisons. Le théâtre est charmant, avec toutes les commodités possibles pour les acteurs & actrice.

Je juge que M. de Voltaire est fort mal servi par ses correspondans de Paris, puisqu'il ignoroit même l'existence de la Fou.... Je suis le premier qui lui aie parlé de ce livre. Sa premiere question a été, y suis-je ? Je lui ai répondu que non, mais bien Rousseau. Ce qui l'a affligé, car il veut qu'on parle de lui, même en mal.

8 Novembre 1776. Ce qu'on avoit prévu est arrivé ; la nouvelle Gazette Anglo-Françoise de Londres, qui s'étoit distinguée par les paragraphes les plus indécens & les plus injurieux contre nos Ministres, se signale aujourd'hui par la plus basse adulation envers eux, & la politique de la laisser introduire en ce royaume pour arrêter tous ses sarcasmes, est très-adroite : elle sera bonne au surplus pour les événemens de l'Angleterre, qu'elle doit nous apprendre plutôt que toute autre.

8 Novembre. On prétend que dans son délire

M. de Clugny parloit souvent de ses projets
pour le payement des dettes de l'Etat , qu'il
s'écrioit ne vouloir vivre que jusques-là. On
a converti ces paroles en une épitaphe assez
maligne :

Ci-gît un Contrôleur digne qu'on le pleurât ,
Aimant beaucoup la France & point du tout la vie,
Consentant de bon cœur qu'elle lui fût ravie,
Lorsqu'il auroit éteint les dettes de l'Etat.

9 Nov. 1776. C'est sur la Cassette du Roi que
M. de Champfort a sa pension de 1200 Livres.
Mais le Monarque a voulu laisser à son Auguste
Epouse le plaisir d'annoncer cette faveur au
Poëte , & c'est ainsi que la Reine s'est expri-
mée en lui en donnant la nouvelle. Le Prince
de Condé l'a fait Secrétaire de ses Commandemens & l'on ne doute pas que ce concours de
circonstances ne lui fasse avoir la premiere place
vacante à l'Académie.

10 *Novembre.* M. de Voltaire , dans
son *Commentaire* , embrasse en effet tout
l'Ancien Testament , & jamais Pere de l'Eglise
ne l'a mieux étudié. Il commence par la Ge-
nese ; suivent par ordre l'Exode , le Lévitique,
les Nombres , le Déuteronome ; ces cinq ouvrages forment ce qu'on appelle le Pentateuque,
que l'Eglise croit de Moïse.

Viennent après le livre de Josué , & celui
des Juges , ceux de Ruth , de Samuël , des Rois,
de Tobie , de Judith , d'Esdras , d'Esther , des
Prophêtes , des Macchabées. Pour ne point
laisser de lacune , l'auteur trace à la fin un Som-
maire de l'histoire Juive , depuis le tems des

Macchabées jufqu'au tems de Jéfus-Chrift ; il s'étend fur-tout beaucoup fur Hérode , il traite de différentes Sectes des Juifs à cette époque , des Saducéens , Efféniens , Pharifiens , Therapeutes , Hérodiens , Samaritains ; il termine par un fommaire hiftorique des quatre Evangéliftes.

Ce recueil eft à l'ufage de tout le monde : il eft extrêmement commode pour les Incrédules & les Impies , en ce qu'il raffemble en un feul corps les obfervations & les railleries éparfes dans la multitude d'ouvrages écrits contre la religion , ou imprimés depuis trente ans. Il ne l'eft pas moins pour les défenfeurs zélés de cette religion , qui pourront ainfi embraffer à la fois les têtes de cette hydre , & les abattre d'un feul coup , s'ils en ont la force.

On affure que l'Avocat Général Seguier s'eft pénétré pendant les vacances de ce *Commentaire fur la Bible* , & qu'il a préparé un requifitoire formidable contre.

10 *Novembre* 1776. La manie des bâtimens fait les Architectes s'évertuer , & chaque jour on voit enfanter de nouveaux projets , par lefquels ces Meffieurs fe procureroient de la befogne , fi l'on vouloit les exécuter. Il eft queftion aujourd'hui d'ifoler le Jardin des Tuilleries , & d'établir une rue parallele à la Terraffe appellée des Feuillans : cette rue aboutiroit en face de l'hôtel de la Vrilliere ; on prendroit fur les Capucins de quoi dédommager le couvent de l'Affomption , & l'amélioration des terrains où l'on bâtiroit des maifons ayant des façades fur la rue , fourniroit de quoi remplir ce plan , fans aucune dépenfe à faire pour la ville : on ne doute

pas, si M. de la Vrilliere étoit encore en place, que la chose n'eût bientêt lieu, par l'agrément qu'en recevroit son palais.

11 *Nov.* 1776. Extrait d'une Lettre de Ferney du 4 Novembre.... J'ai oublié en vous parlant du physique de M. de Voltaire, de vous dire une particularité que tout le monde auroit pû remarquer, & dont personne, que je sache, n'a encore fait mention : c'est qu'il n'a point de barbe ; du moins il en a si peu qu'il ne se fait jamais raser. On voit sur sa cheminée trois ou quatre paires de petites pinces épilatoires, avec lesquelles il se joue, & s'arrache de tems en tems quelque poil en causant avec l'un & l'autre.

Vous vous imaginez mal à propos qu'il voit beaucoup de monde : on ne vient presque plus le visiter ; il a tant d'humeur depuis quelque tems qu'il ne se montre pas à qui veut le voir, & qu'on est souvent plusieurs jours avant de pouvoir en jouir. Il y a cependant toujours la table des étrangers, on l'appelle ainsi parce que le maître mangeant séparément, Madame Denis aussi depuis qu'elle est obligée de vivre de régime, cette table régulièrement servie ne sert en effet qu'aux allans & venans : & comme ils sont en petit nombre, il n'y a quelquefois personne à cette troisieme table bonne & bien fournie.

La porte de l'appartement de M. de Voltaire est toujours fermée, les fideles entrant par les garderobes. On m'a raconté que le fils de M. le Clerc, l'ancien premier commis du Trésor Royal, ayant attendu quelques jours avant de jouir de la présence du Philosophe de Ferney, celui-ci lui avoit enfin donné rendez-vous dans son jardin, mais que lui ayant demandé son nom, il l'avoit rudement gourmandé d'en porter un pareil ; & l'avoit quitté après ce compliment. Je ne sais cette anecdote que par tradition ; mais j'ai été témoin de la réception d'une Milady, à laquelle, après beaucoup de difficultés, le vieux malade se montra enfin, en lui disant qu'il sortoit de son tombeau pour elle : c'est tout ce qu'elle en eut ; il ne tarda pas à se retirer. La veille de la saint-François dernière, plusieurs Dames du voisinage étoient venues avec des bouquets pour lui souhaiter la bonne fête ; on attendoit dans le sallon qu'il parût : il vint, disant d'une voix sépulcrale, *je suis mort !* Il effraya tellement tout le monde que personne ne lui fit de compliment.

Il nie constamment être l'auteur du *Commentaire sur les ouvrages de l'Auteur de la Henriade.* M. de Florian, son neveu, étant venu lui dire qu'un grand Seigneur lui avoit écrit pour savoir au juste ce qui en étoit : « Quelle pauvreté ! s'écria M. de Voltaire, est-ce que » je serois un homme à me louer ainsi moi- » même ! » Le vrai est que l'ouvrage est de M. de Morzan, ce fils du richard Durey d'Harnoncour, pere de Madame de Sauvigny. Après avoir fait beaucoup de sottises & avoir été deshérité par son pere, il est maître d'école dans ces cantons, & a gagné quelque argent à ce *Commentaire*, dont le patron lui a fourni cependant les anecdotes & le style : c'est le coûteau de Matignon.

11 Novembre 1776. On connoît la Gazette de Londres, intitulée *London-Evening-Post* :

elle a donné l'idée d'une pareille , intitulée *Journal de Paris* , ou *Poste du soir*. On en répand le *Prospectus* très - intéressant & très-amusant , s'il est bien rempli. Ce Journal commencera au premier Janvier 1777 , & paroîtra tous les jours. C'est un M. de la Place , Clerc de Notaire , qui s'annonce comme à la tête de cette entreprise ; ce qui n'en donneroit pas une grande idée s'il étoit seul. Il est certain que ce sera un Pérou ; mais on craint fort que d'ici-là l'exécution ne souffre beaucoup de difficultés à raison du tort qui va résulter pour la multitude d'autres ouvrages de ce genre que celui-ci doit anéantir. Dans tous les cas , la presse est trop gênée dans cette capitale pour que les rédacteurs puissent tenir impunément tout ce qu'ils promettent.

11 *Novembre* 1776. Ce n'est que le 13 , qu'aura lieu la fameuse Course annoncée d'abord pour le 12. Le Coursier de M. le Comte d'Artois doit y paroître pour la premiere fois , & le Notaire Clos Dufresnoy a déja pour 3800 Louis de paris consignés. On ne s'accorde pas sur le mérite de ce cheval : quelques gens prétendent qu'il est usé , & que l'ancien propriétaire qui l'a vendu est un des parieurs contre sous un autre nom.

On confirme que cette Course sera la derniere ; mais on parle de Tournois au Champ de Mars , spectacle plus magnifique , plus noble & plus digne de la galanterie Françoise.

Beaucoup de curieux , d'amateurs , de fainéans & de richards se disposent à partir & vont à Fontainebleau jouir d'un spectacle qui doit durer quelques minutes.

12 *Novembre* 1776. Parmi les courtifannes florissantes aujourd'hui on cite une Demoiselle Urbain grande créature, assez belle, mais bête & insolente au suprême degré. Derniérement au Colysée, où elle fixe les yeux de la jeunesse pétulante qui s'y rend, elle s'est prise de gueule avec sa camarade Amenaïde, subalterne peu connue & tirant tout son lustre de la premiere. Celle-ci a tenu tête à l'autre; il s'agissoit d'une chose très-grave, puisque la premiere l'accusoit de lui avoir volé une boîte d'or; ce qui a donné lieu aux plus excellens propos entre ces Impures, a ameuté tant de monde, & a causé un scandale si grand, qu'un Exempt de Police est venu s'emparer d'elles & les emmener chez M. le Noir. Celui-ci les a mises hors de cour, mais on auroit désiré que pour réparation du trouble causé dans les plaisirs du public il les eût envoyées à l'hôpital & surtout la Dlle. Urbain.

12 *Novembre*. Il est venu beaucoup d'Anglois à Fontainebleau pour assister à la Course indiquée au 13 : un sur-tout a offert un pari de dix mille Louis contre le cheval du Comte d'Artois Tout le monde est dans l'attente de ce fameux coursier caché soigneusement jusqu'ici à tous les yeux. Il se nomme le Roi Pepin. (*King Pepin.*) Il est d'une superbe encolure ,, ; disent les Anglois qui le connoissent, " il n'a point de pareil pour les ,, deux premiers tours, mais il foiblit au ,, troisieme considérablement; d'ailleurs il n'est ,, excellent que sur la pelouse, & ne vaut rien ,, sur la terre. ,, Tout cela est de très-mauvais augure pour son maître : on a déterminé S. M.

à fe trouver à la courfe. Ce fera la premier
fois que ce Monarque affiftera à ce jeu futil

13 *Novembre* 1776. M. de Voltaire n'a p
manqué de jetter fur le papier les premier
vers qui lui font venus au bout de fa plum
à l'occafion de la nouvelle qualité de M. Necke
C'eft à Madame qu'eft adreffée l'Epitre légere
badine ; vague, ne difant pas grand'chofe
mais marquée au coin d'une facilité, d'un
gentilleffe que ne peut attraper aucun de no
poëtes modernes. Ce qu'on n'aime pas , c'ef
que le Philofophe de Ferney , toujours très
variable dans fes affections, y parle affez lefte
ment de M. Turgot & fans le dénigrer abfo
lument le fubordonne au Saint du jour.

14 *Novembre.* Suivant les Lettres de
Fontainebleau M. le Comte d'Artois a perdu
effectivement, & M. le Duc de Chartres
gagné.

14 Novembre. *La Requête au Confe
du Roi ; pour* Me. Linguet, *Avocat, contr
les Arrêts du Parlement de Paris des* 29 Mar
1774 & 4 *Février* 1775 , eft très commun
dans les provinces , mais ne perce que diffici
lement ici. Elle eft fignée de Me. de Mirbek
Avocat aux Confeils. Elle n'eft remarquab
dans fon contenu ni par le préambule , repo
tion faftidieufe de tout ce qu'il a déja dit a
Palais, ni par les faits , trop connus auffi & don
l'expofé n'eft caractérifé que par une falfifica
tion que peut reconnoître tout témoin des fce
nes fcandaleufes qu'a occafionnées ce turbulen
accufé. Les moyens plus fecs & plus ennuyeu
n'ont rien de preffant dans les raifonnemen
rien de concluant dans les preuves. Tout c

qui peut intéresser la curiosité générale dans cet ouvrage volumineux, c'est son plaidoyer du 24 Mars 1774, qu'il intercale en entier pour lui donner par l'impression une existence qu'il n'avoit pu lui procurer jusques-là, pas même pour le moment, puisqu'il n'avoit pu le prononcer qu'à huis clos : & ses deux Lettres au Duc d'Aiguillon des 2 & 3 Décembre 1774, annoncées depuis longtems dans le public & sur lesquelles on raisonnoit sans les connoître. L'objet de sa Requête est de prouver en forme, que l'Arrêt du 29 Mars n'est pas à l'abri de l'inspection du Conseil, & que si les Loix y sont violées, il peut être cassé comme un autre.

15 *Novembre* 1776. Mad. Dubarri va & vient librement à Paris & à Luciennes. On prétend que M. le Comte d'Artois a eu l'envie de tâter d'un morceau si friand pour son Grand Papa, & que c'est le Sr. Radix de St. Foix, ancien ami de cette beauté, qui a négocié l'entrevue ; qu'elle a eu lieu dans sa belle maison de Neuilly sur la route de Luciennes ; & que c'est cette qualité d'ami du Prince, qui a engagé S. A. Royale à l'approcher de sa personne en le faisant Surintendant de ses finances.

15 *Novembre.* Le Plaidoyer de Me. Linguet du 24 Mars se lit encore avec plaisir, malgré la satiété où le lecteur dût être de la matiere. C'est qu'on y trouve de l'ordre, de la clarté, & de cette éloquence de sentiment qui saisit le cœur, le passionne & l'entraîne toujours.

Les deux Lettres au Duc d'Aiguillon font vraiment neuves & piquantes par leur objet.

N'eſt-ce pas en effet un ſpectacle bien ſingulier,
de voir cet illuſtre accuſé refuſer à ſon défenſeur
les honoraires qui lui ſont dûs légitimement,
ou du moins ne lui en accorder que de très-
modiques ſe montant à 400 Louis? Pour mieux
faire ſentir cette parcimonie, Me. Linguet obſerve, qu'on peut évaluer à 12000 rôles ſes
écritures qui, à un écu par rôle, feroient
36000 livres ; c'eſt le terme le plus bas auquel
il puiſſe les apprécier. En outre, M. le Duc
d'Aiguillon a 500,000 livres de rentes. Me.
Gerbier a eu 300,000 livres pour avoir fait
rehabiliter le Sr. Cadet ; Me. de Genes a eu
60,0000 livres pour la défenſe de M. de La
Bourdonnois. Enfin, qui refuſe de ſe conformer à ces exemples ? C'eſt un Miniſtre qui à
la ſource des graces n'en a pas verſé une ſeule
ſur la tête de ſon Bienfaiteur, & qui l'a traité
avec la même indifférence que l'homme qui
n'auroit pas eu le droit à ſa protection.

C'eſt dans la ſeconde Lettre que l'écrivain
entre dans des détails encore plus injurieux,
s'il eſt poſſible, à la réputation de ſon client,
puiſqu'il lui reproche de l'avoir deteſté dès le
moment où il a pris ſa défenſe ; ce qu'il ne
prouve, au réſte, que par des inductions &
des rapprochemens très-curieux.

Voici, au ſurplus, le morceau terrible qu'on
a reproché à l'auteur, comme une tournure
oratoire pour tracer le plus affreux portrait du
Duc d'Aiguillon.

,, Replaçons-nous donc dans l'état où nous
,, étions à la fin de 1769, avant que j'euſſe
,, le malheur d'être recherché par vous : moi,
,, paiſible, chéri de mes amis, voyant s'ouvrir

,, fous mes pas une carriere glorieufe & utile,
,, & vous l'horreur de la Bretagne, l'effroi de
,, la France, le fcandale de l'Europe, repré-
,, fenté dans cent imprimés, lus avec autant
,, d'avidité que de confiance, comme un Def-
,, pote inhumain & vindicatif, qui en écra-
,, fant les petits fans formalité, cherchoit à
,, perdre les grands par l'abus des loix & des
,, formes judiciaires ; comme un ennemi affez
,, lâche pour employer à fes vengeances per-
,, fonnelles la Subornation, le Faux, le Poi-
,, fon, toutes les armes de la baffeffe & du
,, crime ; comme un Concuffionnaire infatia-
,, ble qui épuifoit les tréfors de la Province,
,, foit à fatisfaire fon avidité, foit à foudoyer
,, les inftrumens de fes paffions, comme un
,, Guerrier fans courage & fans capacité, qui
,, ayant expofé les reffources de la France
,, avoit obtenu du hazard un fuccès fur le-
,, quel perfonne & furtout lui ne devoit
,, compter ; enfin comme un Tyran compofé
,, de tous les vices & capable de tous les
,, forfaits : Joignez à ces inculpations affreu-
,, fes une cabale acharnée & puiffante, vive-
,, ment intéreffée à les accréditer, & cher-
,, chez des mains qui vous aident à les com-
,, battre. ,,

16 Novembre 1776. On donne demain à
l'Opéra, les Caprices de Galathée, ballet héroïque.

17 Novembre. On fait aujourd'hui enfin quel
étoit le fecond objet des voyages du Sr. de
Beaumarchais en Angleterre ; il l'annonce lui-
même : c'étoit de ravoir du Sr. d'Eon, la
Correfpondance du feu Roi avec lui. Quelque

incroyable que cela paroiſſe , il eſt décidé que
Louis XV, au moment où l'on perſécutoit le
plus ce Secrétaire d'Ambaſſade , lui donnoit ſa
confiance & lui écrivoit. En conſéquence le
Roi vient de lui donner un ſauf-conduit indé-
fini pour revenir en France & y aller partout
où il voudra ; il eſt conçu dans les termes les
plus honorables : S. M. y a joint une penſion
de 12000 livres. En outre , le problême de
ſon ſexe eſt réſolu & le même Beaumarchais
déclare à qui veut l'entendre que le Sr. d'Eon
eſt vraiment fille. Voilà une des anecdotes
les plus ſingulieres qu'on puiſſe lire.

17 *Novembre* 1776. Vendredi dernier les porteurs & porteuſes d'eau ont fait célébrer dans
l'égliſe des petits Peres une meſſe en actions
de graces à Dieu de l'heureuſe convaleſcence
de M. le Duc d'Uzès, échappé à la cruelle
maladie où l'avoient conduit le chagrin &
les médecins. On ne ſait à quoi attribuer le
zele de cette communauté, dont cependant
il n'y a eu qu'une portion qui ait contribué,
c'eſt-à-dire, ceux qui vont habituellement à
une fontaine auprès de l'hôtel d'Uzès ; ce voi-
ſinage eſt vraiſemblablement la cauſe de la
fête. Avant ils en avoient demandé la permiſſion à M. le Duc , qui a ordonné à tous les
gens de ſa maiſon d'y aſſiſter , & au Comte
de Cruſſol, ſon fils, de le préſenter. Il a fait
déclarer en même tems aux porteurs d'eau
qu'il ſeroit enchanté de les voir & de les re-
mercier dans l'après - midi. Pour ne point interrompre le ſervice public , il n'eſt venu que
deux hommes, mais 22 femmes, admiſes
devant le convaleſcent , toutes ont voulu
l'embraſſer

l'embraſſer ſucceſſivement , ainſi que ſon fils.
Elles ont demandé enſuite à voir Madame la
Ducheſſe , qui leur a fait le même accueil , &
en a reçu le même témoignage d'attachement ;
cependant le Secrétaire de M. le Duc leur a
donné vingt Louis , & Madame la Ducheſſe
a reconduit ce corps juſqu'à la porte de ſon
hôtel & dans la rue. Cet événement fait l'entretien du jour.

18 *Novembre* 1776. M. de la Place , pour
l'exécution de ſon projet de la *Poſte du Soir* ,
a pris deux acolytes , les Sieurs d'Uſſieux & de
Senneville , perſonnages peu connus. Quoi
qu'il en ſoit , ces Meſſieurs fondent , non ſans
vraiſemblance , de grands projets de fortune
ſur le nouvel établiſſement ; ils ont en conſéquence loué un hôtel dans un quartier de
Paris fort cher , & vont monter des bureaux.
Malgré cet appareil , on doute que la choſe
réuſſiſſe ; elle ne peut avoir lieu que par la
plus intime liaiſon avec la Police , & il pourroit en réſulter l'inconvénient d'éventer ſes
ſecrets. Il paroît que la grande confiance de
M. le Noir à l'inventeur l'a fait donner légé-
rement dans cette idée.

18 *Novembre.* Contre l'uſage antique &
ſolemnel , il n'y a point eu d'opéra le premier
jeudi d'après la ſaint Martin , à cauſe du dé-
labrement où les ſpectacles de Fontainebleau
avoient mis celui-là : on eſpere qu'il va reprendre ſa ſplendeur.

18 *Novembre.* La convaleſcence de M. le
Duc d'Uzès a donné lieu à un cadeau qu'il a
reçu depuis peu & qui excite la curioſité des
amateurs. C'eſt un deſſin fait à cette occa-

Tome IX.　　　　　　　　　　M

sion. Il représente le frontispice de l'hôtel de
ce Seigneur, fort beau & un des plus nobles
de Paris. A côté est la fontaine qui l'avoisine ;
un peuple immense inonde ces lieux. On remarque à l'entrée de l'hôtel le Suisse qui a l'air
consterné, & communique sa douleur à tous
ceux qui l'approchent. Un bulletin gravé à la
fontaine porte ces mots : *les médecins ne sont*
pas contens de la nuit de M. le Duc, qui a
été très-mauvaise, ce 23 Octobre : jour en effet
le plus critique pour le malade. On a porté ce
tableau chez M. le Duc, sans qu'il sçût d'où
il venoit ; enfin il a découvert que c'est Madame la Vicomtesse de Crussol qui l'avoit com-
mandé.

19 *Novembre* 1776. Quoique les discours
d'usage aux différentes réceptions des Contrô-
leurs généraux à la Chambre des Comptes ne
soient que des lieux communs dont on ne fait
pas grand cas, celui prononcé par M. de Nicolaï le 25 Octobre, lorsque M. Taboureau y
a prêté serment, est remarquable par un éloge
affecté de M. de Clugny, qui n'a rien fait, dont
on n'espéroit rien, dont on craignoit beaucoup & qui avoit contre lui la voix générale.
Quelqu'un a observé ce paragraphe, & tout
le monde s'est empressé de recueillir ce frag-
ment original. Voici le discours en entier,
plus long que d'ordinaire,

Difcours de M. le Premier Préfident de la Chambre des Comptes à Mr. Taboureau, Contrôleur Général.

,, Votre nomination a généralement été applaudie, elle ranime notre efpérance, mais elle ne nous fait pas oublier nos regrets. Le fouvenir d'un Magiftrat qui eût confacré fes veilles au bonheur de fes concitoyens eft toujours préfent à nos cœurs. Ma foible voix aime à s'élever pour célébrer fa mémoire, & je crois, Monfieur, avoir commencé votre éloge en jettant devant vous des fleurs fur la tombe de votre prédéceffeur.

Sans doute, une Adminiftration plus longue eût vu éclorre l'homme d'Etat : mais arrêté au milieu de fa courfe, M. de Clugny n'a pu qué laiffer entrevoir des talens & du zele : il a du moins affez vécu pour faire connoître, pour faire chérir l'aménité de fa perfonne, & pour mériter des amis.

Les titres que vous apportez, font trop multipliés pour les taire : les rappeller, Monfieur, c'eft plaire au public, c'eft mettre le fceau à vos engagemens avec lui : une raifon lumineufe, une prudence active, la fimplicité des mœurs des premiers âges, cette probité antique pour laquelle notre vénération femble redoubler, parce que les modeles en font devenus plus rares ; voilà les vertus dont vous avez donné l'exemple, voilà l'hiftoire de votre vie.

Valenciennes en a joui pendant douze ans, elles eurent alors des panégyriftes & des té-

moins qui nous font également chers (*). Je
leur rendis hommage, Monfieur, avant que
de vous appartenir, car je ne me flattois pas que
le lien de l'eftime dût refferrer un jour le lien
de la parenté.

Les regards de la nation vont s'attacher fur
vous, votre réputation fait fon efpoir & devient le préfage d'un miniftere heureux. Vous
entrez dans la carriere, Monfieur; elle eft immenfe & pénible à parcourir; mais le terme
eft glorieux & la récompenfe eft belle. Il eft
flatteur pour un bon citoyen d'être appellé par
le choix de fon maître & le vœu de fa patrie
à feconder les vues d'un Monarque qui veut
approcher du trône la bienfaifance & la vérité. »

20 Novembre 1776. Les Caprices de Galathée font un ballet anacréontique du Sr. Noverre, exécuté à Fontainebleau & qu'on donne ici
depuis dimanche. Ce fujet pèche, fans doute,
par le lieu de la fcene & par fon héroïne. Le
village n'eft point le théâtre des caprices, &
une bergere n'en eft guere fufceptible. Ils
font la fuite du luxe, de la molleffe, de la futilité, de l'oifiveté & fur-tout de la fatiété.
Ce Ballet eft, du refte, exécuté à merveille
par la Dlle. Guimard, faifant la capricieufe,
par les Dlles. Allard & Peflin, fes compagnes,
& par le Sr. Pic faifant l'amoureux. On a pro-
longé le plus qu'on a pu le féjour de ce danfeur,
que fa cour redemande à grands cris & qui va
enfin repartir.

---

[*] Le Maréchal de Nicolaï, oncle de l'Orateur,
commandoit alors à Valenciennes.

21 Novembre 1776. Trois nouvelles Actrices ont débuté pour le chant à l'Opéra ; la Dlle. Lambert, qui a une jolie figure, de l'assurance, mais point de talent ; la Dlle. Sevri, qui a une voix plus formée, de très-jolies cadences, mais a besoin de goût ; enfin la Dlle. Monville, ayant une très-belle voix, une taille théâtrale & annonçant les plus heureuses dispositions, mais absolument neuve au théâtre & ayant besoin de beaucoup de choses pour paroître avec succès. Elle a été encouragée par les plus nombreux applaudissemens.

22 Novembre. Des envieux du succès de M. de Chamfort ont fait une découverte fâcheuse pour lui ; ils ont déterré une tragédie de *Mustapha & Zéangir* de M. Belin, jouée en 1705 ; dans laquelle on trouve en effet une grande ressemblance avec la sienne, ce qui ne peut que diminuer de beaucoup son mérite.

22 Novembre. Les Caprices de Galathée sont très-bien rendus par Mlle. Guimard. Ce rôle est tout entier dans son caractere. L'aisance, la candeur, la tendresse vive & sincere de l'Amoureux sont aussi bien exprimées par le Sr. Pic. La gaîté folâtre des deux bergeres sans amour & sans souci vont à merveille aux Dlles. Allard & Peslin. Plusieurs scenes expriment & développent ce qu'a voulu peindre le Choréographe. D'abord le Berger plaît à la Capricieuse ; il lui déplaît peu après, & la joie qu'il avoit ressentie de son bonheur, change en chagrin & en dépit : d'humeur il jette son chapeau, qui sert de joujou à la Bergere ; elle s'en dégoûte dès qu'il reparoît. Il a repris son projet de la toucher & de la fixer ; il lui offre un bouquet : elle l'ac

M 3

cepte , puis le foule aux pieds , & le reprend
après le départ de l'amant ; elle s'en pare ; il
survient, elle voudroit qu'elle ne vît pas l'usage
qu'elle en a fait ; enfin elle le rejette de. nouveau & le déchire. Une cage avec son oiseau,
un tambourin sont d'autres présens qui servent
à mettre en jeu son caractere. L'amour survient
sous la forme d'un jeune enfant ; elle veut d'a-
bord lui couper les aîles, puis elle préfere de
l'enchaîner ; elle veut jouer avec ses flêches ,
elle se pique d'une & tous les caprices s'éva-
nouissent ; elle est atteinte d'une passion réelle
& l'on unit les deux amans.

On conçoit de comb en de graces, de tableaux
piquans & naïfs est susceptible cette pantomime
d'un genre différent des autres dont on a parlé
& qui confirme la variété des talens de son auteur fécond & original.

23 *Novembre* 1776. *La Rupture ou le Mal-
entendu* , comédie en un acte & en vers , qui
devoit être jouée à Fontainebleau & ne l'a pas
été , est annoncée pour aujourd'hui. L'auteur
est anonyme ; on attribue l'ouvrage à une Madame de Lorme.

24 *Novembre.* *La Rupture* , jouée hier ,
ne mérite aucun détail : c'est une piece si absurde dans son plan , si triviale dans son intrigue , si dénuée d'esprit , de gaîté & de style ,
qu'elle est tombée aussi plattement qu'elle avoit
été faite.

24 *Novembre.* Nos Littérateurs continuent
à s'occuper de matieres qui leur étoient autrefois bien étrangeres , ils ont tellement défriché
& retourné le champ de la politique qu'il ne
reste plus guercs rien de nouveau à dire en ce

genre. Cependant un écrivain laborieux n'en a point été effarouché & vient de publier encore un gros livre, ayant pour titre *Ouvrages Politiques & Philosophiques*, contenant 1°. l'ordre essentiel & politique des Puissances : 2°. Code des Nations, ou Examen Philosophique & Politique de l'homme, considéré dans l'état de nature d'avec l'homme en société : 3°. Essai Politique sur le Commerce des différentes Nations avec la France, & sur celui de la France avec quelques Nations de l'Europe & des autres parties du monde. Les deux premiers traités ne sont qu'un bavardage, une répétition fastidieuse de plusieurs traités de Métaphysique & de Morale. Le dernier est le plus intéressant, à cause des circonstances, & d'ailleurs porte sur des faits dont il ne reste plus qu'à vérifier l'exactitude & la justesse des rapports des comparaisons, que l'auteur en fait entr'eux.

25 *Novembre* 1776. Il s'élève déja tant de clameurs contre le projet du Sr. de la Place & adhérens, à l'occasion du *Prospectus* de leur *Journal de Paris* ou *Poste du soir*, qu'on croit qu'il n'aura pas lieu. Le plus grand mal c'est que cette feuille en auroit fait tomber une multitude d'autres, ou plutôt qu'avec celle - là, remplie suivant le plan annoncé, on n'avoit plus besoin d'aucune pour tout ce qui concerne cette capitale. On en va juger par le détail de ce qu'elle promettoit devoir contenir.

L'annonce des livres le même jour où ils auroient paru, ainsi que des cartes géographiques, des estampes, de la Musique, avec le prix, l'adresse du Libraire, l'interprétation du titre : les journalistes se réservant en outre de

M 4

donner des notices plus longues & plus détaillées lorsque ces nouveautés le mériteroient.

Ces légeres productions de l'esprit, ces madrigaux, toutes les pieces de poéfie, fruit du bon goût & de la gaîté décente, ces bons mots, ces anecdotes à qui la nouveauté femble ajouter du prix.

La defcription des fêtes particulieres, le répertoire des fpectacles de Paris, les modes, la conftruction des édifices publics & particuliers, le nom des artiftes qui y feroient employés.

Le récit des actions vertueufes dans tous les genres.

La valeur des comeftibles & fourrages.

L'arrivée des Grands ; celle des Savans & des Artiftes étrangers, avec des notions fur le genre des fciences qu'ils cultivent & des arts qu'ils profeffent, leur demeure, leur départ.

Le bulletin de la maladie des perfonnes dont la fanté intéreffe le public, foit par le rang qu'elles occupent, ou les dignités dont elles font revêtues, foit par la réputation dont elles jouiffent.

L'objet des Edits, Déclarations, des Arrêts des Cours Souveraines & Jugemens, Ordonnances des Tribunaux, les Jugemens rendus la veille dans les caufes intéreffantes ; les vacations des Tribunaux, les mutations dans les offices de Judicature, de finance & autres ; le changement des officiers publics, les Bénéfices vacans dans les églifes de Paris, les cérémonies religieufes & le nom des prédicateurs.

Des détails fur les payemens de l'hôtel de ville, comme la lettre, le nom des payeurs, &c. le cours des effets publics & du change de Paris, les numéro sortis de la roue de fortune.

Les observations Astronomiques du jour, les observations Météorologiques de la veille, les aurores boréales & autres phénomenes du ciel ; &c. &c.

26 *Novembre* 1776. On parle beaucoup d'une satyre imprimée en forme de drame ; elle est intitulée *le Bureau d'esprit*, comédie en cinq actes & en prose : c'est, dit-on, une peinture fidele de ce qui se passe dans la société de Madame Geoffrin.

27 *Novembre.* On exalte la générosité de M. Necker qui, quoique fort maltraité par le parti Economiste & même par les Abbés Baudeau & Roubeau, deux de ses coryphées, a sollicité la levée de la lettre de cachet exilant ces Messieurs & l'a obtenue ; ensorte qu'on compte les revoir incessamment.

27 *Novembre.* Le Sr. Panckouke est fort mécontent de M. de la Harpe. Le nom de ce *fameux Critique*, comme l'appelle le Sr. de la Combe, par dérision, dans son *Mercure*, en confirmant sa retraite, non-seulement ne lui a pas procuré de nouveaux souscripteurs, mais occasionne des désertions considérables, qu'on dit se monter déja à 1500, depuis que Me. Linguet a quitté le *Journal de Politique & de Littérature.* Tous les amateurs se tournent vers Bruxelles, où l'on annonce qu'il préside à la tête d'une société de gens de lettres, à deux feuilles périodiques ; l'une, intitulée *Courier Littéraire de l'Europe*, & l'autre *Bulletin du Commerce de l'Europe* ; mais en

M 5

sera le diable pour faire entrer ces écrits , qui seront de contrebande.

28 Novembre 1776. La comédie du *Bureau d'esprit* est , suivant la préface, d'un jeune homme qui en rendant justice au mérite de ceux qu'il traduit sur la scene , attaque seulement leurs travers , leurs ridicules , leur amour - propre , leur admiration exclusive , leurs menées sourdes , leurs cabales ouvertes , leur despotisme tyrannique pour concentrer en eux seuls l'esprit , le génie , les talens , les vertus , la renommée , la gloire. Sa piece n'est point dure comme celle des *Philosophes* ; elle n'est ni injuste , ni outrée , ni atroce ; elle se rapproche plus des *Femmes Savantes*, sur l'intrigue de laquelle elle est calquée. Elle excelle par un dialogue vif , pétillant , rempli de gaieté & de saillies , mais surtout par des caracteres si vrais , si bien exprimés , que sous des noms étrangers on reconnoît aisément les personnages. Mrs. d'Alembert, Marmontel , la Harpe , Thomas , l'Abbé Arnaud , Cadet , Voltaire , le Marquis de Condorcet , &c. y figurent principalement. Ce dernier est le seul contre lequel il y ait quelques personnalités. Il est fort maltraité & rendu méprisable, vil , odieux : le poëte , sans doute , lui en vouloit particuliérement. Cet ouvrage fait beaucoup de bruit ; il est composé très récemment , puisqu'il y a plusieurs traits relatifs à la séance de l'Académie Françoise du 25 Août. Le fâcheux c'est qu'il paroisse dans un moment où l'héroïne , tombée dans une sorte d'enfance , ne peut être qu'un objet de pitié. La Police , à l'ordinaire , fait rechercher cette facétie qui

en conséquence, se trouve difficilement & est très-chere pour une pareille brochure.

29 Novembre 1776. Pro aris & focis. Tel est le titre d'une nouvelle brochure Bretonne, précédée d'une Epitre à Dom Bl. ... religieux Bénédictin; au Comte de L. N. Lieutenant des Maréchaux de France; à M. Go.... Avocat au Parlement. Celle-ci est datée de Juin 1776, & signée, C. G. T. ***

Cette brochure contient un *Mémoire ou canevas d'un projet proposable aux Etats de Bretagne pour le payement de la Corvée.* L'auteur, en approuvant l'édit qui les supprime, voudroit changer l'impôt & le porter uniquement sur les célibataires.

Suit une *Addition*, relative au projet de ramener les Protestans en France & à d'autres vues patriotiques, où l'écrivain traite trop mal le Clergé & les institutions du culte religieux pour être bien vu de cet Ordre de l'Etat. Il y a une digression contre l'*Apologie du massacre de la St. Barthelemi*, par l'Abbé de Caveyrac, chaude & pleine de vigueur, de bon sens & de philosophie.

29 Novembre. On a dit que Madame Geoffrin étoit tombée en enfance. On se doute bien que le moment s'est trouvé favorable pour les prêtres, toujours forts dans ce cas-là. M. d'Alembert, qui ignoroit cette réforme, est venu chez la malade, a trouvé des heures, des livres de dévotion, & a témoigné sa surprise à Madame de la Ferté-Imbault, sa fille. Il lui a représenté que dans l'état où étoit sa mere, il falloit l'égayer par des choses amusantes, telles que les *Contes des Fées*, les *Mille & une nuits*, Madame de la Ferté s'eſt concertée avec le Directeur, & a écrit une Lettre à l'Académicien, où elle répond à ſes plaiſanteries en le priant de ne plus venir troubler ſa mere dans ſon retour vers Dieu ; ce qui a été le ſignal de la défection de tous les Philoſophes. D'Alembert a fait courir la Lettre, & elle eſt parvenue à la Reine, qui s'en eſt amuſée.

30 *Novembre* 1776. Le Grand Conſeil ſaiſit avec empreſſement les cauſes majeures qui, portées devant lui, peuvent lui donner quelque célébrité par le concours d'un auditoire nombreux. Il s'y arrête avec complaiſance & les prolonge le plus qu'il lui eſt poſſible pour fixer d'autant les regards du public. De ce nombre eſt la cauſe de Dom Anſart, religieux bénédictin transféré dans l'Ordre de Malthe en vertu d'un Bref du Pape & intimé ſur l'Appel comme d'abus, interjetté par Dom Gillot, Supérieur général de la Congrégation de St. Maur.

On vient d'imprimer le plaidoyer du religieux, ſuivi d'une Conſultation en date du 25 de ce mois, de Me. Mille, s'intitulant ancien Avocat au Parlement de Paris. Dans ce plaidoyer, fort bien fait, fort ſavant, fort étendu, on démontre : 1°. Que les infirmités de Dom Anſart ſont une cauſe canonique de tranſlation : 2°. Que le reſcrit qui prononce ſa tranſlation dans l'Ordre de Malthe, ne renferme aucune clauſe contraire à nos Loix & à nos Libertés : 3°. Enfin, que l'appel comme d'abus, interjetté par Dom Gillot, n'eſt qu'une provocation téméraire & vexatoire, ſcandaleuſe & abuſive, qui doit être punie par des dommages-intérêts proportionnés à son injuſtice.

Par le détail des faits hiſtoriques, il paroîtroit que Dom Anſart eſt un miroir de douleurs, eſt accablé de maux phyſiques, réſultat d'une multitude d'accidens & de cataſtrophes que le ſort a réunis contre lui ; que d'ailleurs c'eſt un homme de lettres, puiſque le Grand-Maître de Rohan lui marque : " Si » le prochain Chapitre général prend des me- » ſures pour la continuation de l'hiſtoire de » notre Ordre, ou la rectification de celle » qui finit au ſiege de Malthe, nous aurons » ſoin de lui faire connoître vos offres, & » tout ce que vous avez pour les remplir avec » diſtinction...... ,, La digreſſion la plus intéreſſante du Mémoire pour les Lecteurs, c'eſt celle ſur l'Ordre de Malthe, ou l'écrivain le venge des imputations de l'Avocat adverſe, qui l'accuſe d'être un Ordre très-relâché & ſans regle, qui n'eſt religieux que de nom, & qui, étant tout militaire, ne ſauroit convenir à un moine qui s'eſt voué à la vie contemplative.

Me. Mille diſtingue trois claſſes différentes dans l'Ordre de Malthe : les Chevaliers, les Freres chapelains conventuels, & les Freres ſervans d'armes. La ſeconde claſſe eſt compoſée de vrais religieux dans toute l'étendue du mot, & c'eſt parmi ceux-là que s'eſt agrégé Dom Anſart.

30 Novembre 1776. A la ſuite d'une gaieté, il y a quelques jours, M. le Duc de Chartres, le Duc de Lauzun & le Marquis de Fitz-james ont parié 200 Louis à qui feroit plutôt à pied

le chemin de Paris à Versailles. Le second y a renoncé à moitié chemin, le premier aux deux tiers. Le dernier a fourni la carriere est arrivé sain & sauf, a été fort bien accueilli de M. le Comte d'Artois, instruit de la gageure, & S. A. R. l'a fait saigner & coucher. Il a gagné les 200 Louis sans fluxion de poitrine.

1 *Décembre* 1776. Il a débuté aux François dans les rôles de Valet un Acteur qui a beaucoup de succès.

2 *Décembre.* Tandis que M. l'Archevêque de Lyon cherche à convertir les incrédules par ses Mandemens, le Comte de Montazet, son neveu, Colonel aimable & homme du monde, cherche à séduire les Belles par ses poésies galantes. Tout récemment il vient d'enfanter une chanson digne de la Fare & de Chaulieu. On en va juger. C'est une Romance de dépit :

Je ne veux plus aimer Annette,
Ses yeux me font trop de rivaux ;
Mon ame est toujours inquiette,
Jamais mon cœur n'a de repos.
J'entrevois jusqu'en sa conquête
Bien moins de plaisirs que de maux.

Elle a la mine si coquette,
Le regard si doux, si flatteur,
Que chacun de nous l'interprete,
Et l'interprete en sa faveur:
J'aimerois cent fois mieux qu'Annette
Nous traitât tous avec rigueur.

Sans doute elle fera fidelle,
A qui pourra toucher fon cœur ;
Mais fon regard dépend- il d'elle ?
Et fera-t-il moins féducteur ?
Non, qu'elle foit tendre ou cruelle,
Je veux la fuir pour mon bonheur.

Je ne faurois quitter Annette,
Je le fens trop en ce moment ;
Les torts que mon dépit lui prête,
Sont ce qu'elle a de plus charmant,
Qu'elle aime, elle fera parfaite,
Et je l'adore en attendant.

3 Décembre 1776. Lundi dernier s'eft fait la rentrée effective du Parlement. Les difcours ordinaires du Premier Préfident & de l'Avocat général ont eu lieu. On étoit fort attentif à la harangue du dernier. L'ufage eft qu'il faffe l'éloge des Avocats célébres, morts dans l'année. On étoit curieux de voir comment il traiteroit l'article de Me. Caillard, non-feulement un des Avocats reftés durant le fommeil des loix, mais un des vingt-huit, mais un des quatre. Le Magiftrat n'en a fait aucune mention, & cela a paru d'autant plus extraordinaire que l'Orateur, M. de Brionne, n'eft pas lui-même intact à beaucoup près ; qu'il s'eft fait liquider durant l'exil de fa compagnie pour fe faire Maître des Requêtes ; qu'il a prêté ferment, & s'eft fait recevoir en cette qualité au tripot ; enfin qu'il parloit devant fon confrère, M. d'Aguefleau, reçu Avocat au même tripot & Avocat du Roi au

Châtelet, abâtardi par M. de Maupeou. Tout cela doit se mettre au rang de tant d'inconséquences & de contradictions qu'on trouve parmi ces Messieurs.

4 *Décembre* 1776. M. Dorat empressé de se relever de sa chûte à Fontainebleau, & se flattant d'être mieux accueilli du public de Paris que de celui de la Cour, a intrigué auprès des Comédiens afin de passer promptement, quoique ce ne soit pas son tour, & ils doivent jouer samedi son *Malheureux imaginaire*, comédie en cinq actes & en vers.

4 *Décembre*. La comédie du *Bureau d'Esprit* a mis en mouvement tout le parti Encyclopédique : i's ont ameuté leurs protecteurs, & l'on fait les recherches les plus séveres contre les auteurs & distributeurs de l'ouvrage. Il y a quelques jours qu'on est allé chez le Sr. Fréron dans la nuit pour visiter chez lui. On l'a trouvé faisant l'extrait de cet ouvrage avec l'Abbé Grosier, & l'on n'a rien découvert qui les pût faire soupçonner. A la liste des personnages désignés & traduits en ridicule dans cette facétie, il faut joindre le Docteur Macquer, désigné sous le nom de *Cocus*.

4 *Décembre*. On a placé dans l'église de St. Nicolas des Champs une orgue d'une espece nouvelle : elle est plus composée qu'aucune autre connue. On est occupé à l'accorder depuis six mois & c'est demain qu'on l'essaie aux premieres vêpres, pour la St. Nicolas, fête de la paroisse. Tous les gens de l'art doivent s'y rendre & assister à cette nouveauté.

5 *Décembre*. On a beaucoup crié il y a deux ans contre le sujet du prix d'Eloquence Latine

proposé par l'Université de Paris ; il faut se rappeller combien il étoit pédantesque & injurieux à la Philosophie. Celui qui est assigné pour 1777, mérite d'être distingué & fait honneur à ceux qui l'ont choisi ; rien de plus intéressant, il porte *quàm iniquè de litteris sentiant qui viros litteratos arcent à tractatione rerum publicarum.* Comme il présente une censure indirecte de plusieurs défenses réitérées en diverses circonstances d'écrire sur les matieres d'administration, on est surpris que le Gouvernement ait laissé passer ce sujet & l'on ne seroit pas étonné qu'il vînt un ordre de le changer.

5 *Décembre.* Madame la Duchesse d'Olonne vient de mourir ; elle étoit fameuse par son inconduite & le dérangement de ses mœurs. On peut se rappeller le singulier procès qu'elle eut en 1772 contre le Comte Orourke & les Mémoires plaisans de Me. Linguet contre cet ancien amant de sa cliente, qu'il qualifioit de *Prince de Conacie.* L'Avocat avoit remplacé le Prince dans ses fonctions, mais étoit brouillé peu après avec elle. C'est Me. Falconnet qui lui a succédé & qu'on peut appeller le dernier des Romains. Aussi est-il le mieux récompensé, la Duchesse l'a fait son légataire universel.

6 *Décembre.* Le testament de Madame la Duchesse d'Olonne est aussi bizarre que sa conduite : elle ordonne que son corps soit transporté dans sa Principauté de Lux, fort éloignée ; elle veut que le convoi très-nombreux en voitures & en pauvres portant des torches se fasse majestueusement, & ne parcoure pas plus de cinq lieues par jour ; qu'à chaque en-

droit où il reposera, on célébre un service avant le départ ; enfin par tous les détails dispendieux qu'elle prescrit, on évalue que ce convoi pourroit bien coûter 150,000 livres.

Me. Falconnet n'est point légataire universel, mais exécuteur testamentaire de cette Dame ; elle lui laisse pour présent une terre de peu de valeur : elle laisse aussi 15000 livres au Sr. Robé, poëte qu'elle logeoit & soutenoit à Paris.

6 Décembre 1776. Extrait d'une Lettre de Ferney du 27 Novembre.... Malgré toutes mes recherches je n'ai pu découvrir le motif du renvoi du Pere Adam : je soupçonne que c'est la suite de ses tracasseries avec les domestiques, & sur-tout avec la Barbara, gouvernante du vieux solitaire, avec laquelle il jase tous les matins de l'intérieur de son ménage, lorsqu'elle lui porte sa chemise ; car il faut que vous sachiez que c'est lui qui fait toutes les dépenses. Il n'a point fait de pension au Jésuite, même modique, & lui a donné seulement dix Louis en l'expulsant. Au reste depuis longtems il n'étoit plus propre à l'amuser, & M. de Voltaire avoit renoncé à jouer aux échecs. Le Pere Adam s'est retiré chez un Curé du voisinage, où il ne pourra même profiter du petit bénéfice de dire la messe, son séjour chez M. de Voltaire lui ayant valu l'interdiction de la part de l'Evêque d'Annecy, ce fanatique, le plus cruel ennemi du Philosophe.

P. S. Je le crois occupé à faire encore une tragédie.

7 Décembre. Le Sr. Gardel, pour faire

briller une jeune éleve du plus grand talent, de la plus belle taille, de la figure la plus intéreſſante, a compoſé un ballet où elle peut déployer ſon art & ſes graces. Quoique ce ballet ne ſignifie rien, il étoit propre à ſon objet ; il avoit été donné avec ſuccés à la ſuite des Actes dont on a paſſé pluſieurs fois. Le compoſiteur, fâché que ſon ouvrage n'eût lieu qu'aux petits jours de l'Opéra, a demandé qu'il fût joint à *Alceſte* : les Directeurs, ſans goût & ſans intelligence, n'ont point prévu le mauvais effet qu'il devoit produire à la ſuite d'une tragédie lyrique, ne pouvant admettre de danſe qu'une pantomime grave, très expreſſive, qui tiendroit abſolument à l'action ; & par une gaucherie impardonnable l'ont laiſſé inſérer à la fin du ſecond Acte, le moment le plus intéreſſant de la piece. Le public s'eſt révolté, & ſans égard pour le compoſiteur & la danſeuſe, a tout hué de façon à déconcerter des perſonnages moins impudens que des acteurs d'Opéra.

7 Décembre 1776. L'orgue de St. Nicolas a été en effet eſſayée jeudi dernier aux premieres vêpres & le lendemain jour de la fête du Patron. Cet inſtrument, devenu fort intéreſſant depuis un demi-ſiecle, avoit attiré un concours ſi prodigieux d'auditeurs, qu'on avoit été obligé de poſer des gardes pour empêcher le tumulte & maintenir la circulation libre dans l'égliſe. C'eſt le Sr. Luce, un des quatre organiſtes de Notre-Dame & l'organiſte ordinaire de St. Nicolas, qui a touché. Ce jeune homme, de grande eſpérance, excellent muſicien, n'a pas la main auſſi brillante que les premiers maîtres, mais il s'eſt ſurpaſſé ce jour-là, & a mérité les éloges.

de tous les connoisseurs. L'orgue, de la facture du Sr. Cliquaut, est en effet la plus volumineuse & la plus étendue qu'on connoisse encore ; elle a répondu à l'opinion qu'on en avoit conçue & aux soins pris depuis long-tems pour la perfectionner ; il y a cependant manqué quelque chose la veille, & l'on y a trouvé une dureté qui ne peut s'adoucir qu'avec le tems. On lui compte dix soufflets, dont il résulte des bombardes extraordinaires & d'un éclat capable d'effrayer. L'Organiste a fini par leur donner tout leur jeu, & la voûte de l'église en a retenti pendant plusieurs minutes. Ce ne sera qu'à pâques qu'on prononcera définitivement sur cette orgue, & qu'on en fera la réception.

8 *Décembre* 1776. Dom Ansard a gagné au Grand Conseil : Dom Gillet, de la Congrégation de St. Maur, est débouté de son appel comme d'abus & condamné aux dépens.

8 *Décembre*. On est si mécontent de l'administration actuelle de l'Opéra, qu'on croit qu'elle ne restera pas & qu'elle sera congédiée à pâques.

8 *Décembre*. La Principauté de Lux, où doit être transporté le corps de Madame la Duchesse d'Olonne, est en basse Navarre, environ à 250 lieues de Paris. Le prix de cette expédition funéraire est fixé à 18000 Livres seulement pour le loyer des chevaux & voitures. Celles-ci seront au nombre de six. Qu'on juge ensuite ce qu'il en coûtera de cinq lieues en cinq lieues pour le séjour, pour la tenture & le service qu'exige la défunte, ainsi que pour les flambeaux des pauvres, au nombre de 200, avec

chacun un écu par jour. Le convoi est parti mardi trois.

Par un autre article de son testament, non moins curieux, la Duchesse d'Olonne traite fort bien ses domestiques, laissant à tous des rentes proportionnées à leurs services, mais en même tems elle les exile, c'est-à-dire, leur assigne un domicile fixe, à une certaine distance de Paris, où ils doivent résider respectivement pour toucher leur rente : son motif est qu'elle ne veut pas qu'ils s'entretiennent d'elle après sa mort, & médisent sur son compte.

8 *Décembre* 1776. Le Sr. Gudin a fait depuis la mort du Roi un ouvrage en prose, ayant pour titre *aux mânes de Louis XV & des grands hommes qui ont vécu sous son regne, ou essai sur les progrès des Arts & de l'Esprit humain sous le regne de Louis Quinze. Aux Deux - Ponts, à l'Imprimerie Ducale, 1776. 2 vol.* contenant ensemble 550 pages. Quelques traits hazardés mettent dans le cas de la proscription cet ouvrage, qui ne contient rien de bien intéressant d'ailleurs. Le Sr. de Beaumarchais, le héros de l'auteur, y est souverainement exalté.

8 *Décembre. Le malheureux imaginaire* n'a pas été mieux accueilli à la ville qu'à la cour. Le principal personnage n'est nullement intéressant ; c'est tantôt un fol & tantôt un sot. On voie que l'auteur n'entend rien à combiner un plan, à nouer l'intrigue, à la faire marcher, à y faire correspondre tous les fils de l'action : il a surchargé la scene de personnages épisodiques, dont il ne sait que faire ensuite & qu'il amene & renvoye suivant le besoin du mo-

ment, fans que rien foit motivé : en un mot,
M. Dorat, excellent pour les détails, pour les
portraits, ne femble s'occuper que de cette
partie, y fubordonner tout le refte : & le fecret de l'art eft précifément le contraire. Comme cet ouvrage eft long, trifte & ennuyeux
malgré tous les facrifices pécuniaires que l'auteur fait faire en pareil cas, on doute qu'il puiffe
conduire fa prétendue comédie à un nombre
fuffifant de repréfentations, au point de lui
donner l'air du fuccès.

Par une grande mal-adreffe il a confié au Sr.
Preville un rôle que devoit faire le Sr. Brizard
comme il exige une certaine nobleffe, il eft
impoffible qu'il foit bien rendu par un acteur
au mafque de valet, en y joignant fans ceffe le
jeu. On en doit dire autant de Mlle. Fannier
qui a un rôle de femme de qualité, vive, étour-
die, folle & qui s'oubliant fouvent y fubftitue
un jeu de foubrette. Le meilleur de la piece
eft celui du Sr. Bellecour, perfonnage toujours
gai au fein des événemens les plus malheureux.
Il eft bien joué & pas mal foutenu ; il eft l'ame
de cette comédie.

9 *Décembre* 1776. Les Bals de la Reine ont
recommencé, & ont lieu tous les mercredi. Le
Wauxhall d'hiver s'eft ouvert auffi le premier de
ce mois & tout concourt à ne point laiffer de
vuide entre les plaifirs du public.

9 *Décembre.* On compare l'amour-propre de M. Dorat à celui de M. Goldoni, qu'on
trouve mieux entendu & plus éclairé. Quoique
l'*Avare faftueux* de cet auteur fût dans le cas
de paffer le premier, il a déclaré qu'il s'en

tenoit au jugement de la cour & ne vouloit pas être joué à Paris.

10 *Déc.* 1776. On peut se rappeller une épigramme, où l'on plaisante M. de Pezay sur sa prétendue qualité de Marquis. Tout le monde sait que son nom est *Masson*, qu'il est fils d'un ancien Commis du Contrôle Général. On a été bien surpris qu'il ait eu l'impudence de se faire donner ce titre dans la Gazette de France du vendredi 6, à l'occasion de la présentation de sa femme à la cour, autre événement qui scandalise tout le monde. Il s'est introduit chez M. le Comte de Maurepas & fait les délices de ce Ministre, conjointement avec le Sr. de Beaumarchais. C'est à quoi l'on attribue son mariage avec une Demoiselle de condition du Dauphiné, appellée *de Murard* : elle est de la plus belle figure du monde. On ajoute que M. de Maurepas a fait donner par le Roi une dot considérable à la Dlle. peu riche.

Ce M. de Pezay a pour sœur une Madame de Cassini, très-élégante & qui tient un bureau d'esprit de son côté, mais d'esprit léger, sémillant, persifleur & analogue au ton de la cour.

Décembre. Le mariage du prétendu Marquis de Pezay est l'entretien de Paris, & l'on plaisante beaucoup sur une généalogie qu'il s'est fait faire pour paroître à la cour, où l'on le fait descendre des *Massoni* d'Italie. Cela réveille également la chronique scandaleuse sur le compte de sa sœur, Madame de Cassini, l'amante publique du Comte de Maillebois. Pour mieux prêter au ridicule, il a engagé le Sr. de la Harpe à insérer dans son Jour-

nal du 25 Novembre des vers de sa composition, inscrits en divers lieux de ses jardins.
Voici comme l'on a parodié méchamment ceux
au-dessus d'un cabinet de verdure :

> Poëte, jardinier & sage tour à tour,
> Je ne suis qu'un grand sot à parler sans détour.
> Je ne ferois pas croître une simple fleurette.
> Je chante & fais bâiller l'Amour :
> Pour être mis dans la Gazette,
> De femme à prix d'argent je vais faire l'emplette,
> Je serai cocu, puis bientôt j'enragerai,
> Alors plus Philosophe ici je reviendrai.

12 *Décembre* 1776. On répand encore le Prospectus d'un *Journal François* par Mrs. Pa-
lissot & Clément, qui, à les en croire, s'en
font trouvé chargés au moment où ils y pen-
soient le moins. Ce qui n'est pas plus aisé à
persuader, c'est que la décence & l'impartialité
en feront la base. Ils ne prennent point la
plume pour critiquer, mais au contraire,
pour venger les auteurs qui auront à se plaindre : nouveaux Ajax ils offrent leur bouclier
à quiconque voudra s'en couvrir. La fin
de tout cela c'est qu'ennemis jurés de la
Philosophie & des Philosophes, ces Messieurs
se proposent de faire la contrepartie du successeur de Me. Linguet ; & comme celui-ci
est absolument vendu au parti Encyclopédique,
ils en contrecarreront tous les jugemens, ils
en détruiront toutes les idoles. Tous deux ont
du talent & un assez grand fonds de méchanceté pour en bien nourrir leur Journal, mais
aucun

aucun n'a cette gaïeté, cet art de l'ironie, que possédoit si supérieurement défunt Fréron.

12 *Décembre* 1776. On va remettre à l'Opéra pour les jeudis l'Acte de la danse tiré des *Talens Lyriques*, celui d'*Eglé*, l'on continuera *Vertumne & Pomone* avec le Ballet de Garde! : on voit que les régisseurs ne se piquent point de donner du nouveau.

13 *Décembre*. Le Sr. le Fuel de Mericourt n'est pas mort, il semble même échappé au danger qui le menaçoit, mais son Journal l'est véritablement. Les comédiens & leurs partisans ont si bien manœuvré qu'on lui a substitué pour faire cet ouvrage un Commis des Fermes nommé *le Vacher*. On dit que c'est un suppôt du Sr. de la Harpe, qui sera en outre aux gages des comédiens pour les encenser à outrance : il ne manquera pas de lecteurs assez bénins pour lire une pareille rapsodie.

14 *Décembre*. Le 4 Décembre Me. Mille Avocat au Parlement, dévoué tout-à-fait au tribunal du Grand Conseil dans sa replique pour le Sr. Barouselle, contre les directeurs des créanciers du Marquis de Fimarçon, n'a pas manqué d'adresser son compliment à M. de Nicolaï, désigné Premier Président de cette Cour. Comme c'est une suite du crédit de sa famille avec laquelle il s'est réconcilié, c'est principalement sur elle que porte le discours. On y vante son ancienneté, & l'honneur qu'elle a d'occuper depuis 270 ans la place de Premier Président de la Chambre des

Comptes. L'orateur termine par louer fuccin-
tement l'affabilité de ce nouveau Chef, qui ne
fait point de tort à fa fermeté, & finit pour
n'en pas bleffer la modeftie. Affurement ce
Magiftrat ex-militaire ne fe feroit pas attendu,
il y a deux ans, à tant d'encens.

14 *Décembre* 1776. Extrait d'une Lettre de
Ferney du 4 Décembre : " vous avez déjà
vu dans mes précédentes Lettres que M. de
Voltaire eft fort mal fervi par fes amis & cor-
refpondans ; il n'a pas même cette univerfalité
de gazettes, de journaux & autres ouvrages
périodiques que devroit lui faire défirer fon
ardeur de tout lire, de tout favoir, de parler
de tout, & que fon opulence lui donne le
moyen d'acquérir aifément. Il a la manie de
réceler dans fon cabinet ce qu'il reçoit en
ce genre, & de ne le pas envoyer au Sallon
fuivant l'ufage des campagnes, où l'on s'a-
mufe de ces feuilles courantes. Quand il les a
lues, feulement il vient en faire part : " eh
,, bien ! dit-il, voilà donc les Infurgens qui
,, ont été battus, &c. ,, Ce qui vous furpren-
dra, c'eft qu'entre les écrits périodiques de
Paris, celui qu'il lifoit le plus affiduement,
c'étoit les feuilles de Freron ; quand il en re-
cevoit une, & qu'il la prenoit pour la parcourir, on a remarqué que la main lui trem-
bloit ; il avoit l'air d'un criminel qui va entendre fa fentence. M. d'Argental eft celui
de fes amis qui le fert le plus exactement & le
plus affidument : il n'eft pas de femaine où il
n'en reçoive plufieurs lettres, il en a des com-
modes pleines. Ce gobe-mouche lui écrit tou-

ce qu'il fait & ne fait pas ; c'est fur-tout pour les nouvelles politiques, pour les anec- dotes de la cour qu'il lui est utile. Ce recueil fera un jour très-précieux pour quiconque voudra écrire l'histoire.

Voulez-vous encore mieux juger combien le patron est mal instruit des détails littéraires même le concernant ? apprenez qu'il a su par moi le premier qu'un certain abbé Martin, Vicaire de la Paroisse de Saint André des Arts, se déclaroit depuis deux ans pour l'auteur des *Trois Siecles*, il m'a répondu plaisamment : *oh ! je sais bien qu'ils sont plusieurs Messieurs de ce nom-là*, & il ne m'en a pas paru moins décidé à continuer de prendre pour plastron de ses injures l'Abbé Sabotier.

15 *Décembre* 1776. Il faut se rappeller la condamnation que le Châtelet a faite l'année derniere d'un livre intitulé *de la Philosophie de la Nature*, en 6 vol. par M. de Lisle. Elle a des suites, & l'on répand un *Mémoire à Consulter pour le Sr. Chrétien, Prêtre, Chanoine de Lens, Censeur Royal, accusé d'avoir approu- vé un ouvrage intitulé de la Philosophie de la Nature*. Il est suivi d'une Consultation en date du 1 Novembre. Ce Mémoire, curieux par les détails qu'il contient sur l'ouvrage, mérite d'être discuté.

16 *Décembre*. Il y a eu derniérement une scene comique à l'Opéra entre deux des Ad- ministrateurs de ce Spectacle. Le Sr. Hebert & le Sr. de la Touche se chamailloient fort à raison du Ballet intercalé au second Acte d'*Alceste* le vendredi 6 Décembre ; ce qui a

N 2

occafionné tant de huées & de clameurs du
public. Le dernier reprochoit à l'autre le mauvais goût d'une telle infertion, & cela faifoit
beaucoup rire les Spectateurs, lorfque le Sr.
Papillon eft intervenu & leur a fait fentir
l'indécence de la fcene qu'ils donnoient au
public.

16 *Décembre* 1776. L'auteur anonyme de
la fauffe délicateffe, comédie en trois actes,
en profe, mêlés d'ariettes, imitée librement
de l'Anglois, repréfentée devant leurs Majeftés à Fontainebleau le 8 Octobre, a vraifemblablement eu pour le jugement de la cour
la même foumiffion que M. Goldoni, car la
piece eft imprimée ; ce qui femble annoncer
qu'il renonce à la repréfentation : elle eft à
la Marivaux, auffi alambiquée, mais avec
moins d'efprit & de fineffe.

17 *Décembre*. Ce fut au mois d'Avril 1776,
que M. l'Abbé Chrétien entra en conférence
avec M. de Lisle à l'occafion du manufcrit de
la Philofophie de la Nature, dont il avoit été
nommé Cenfeur. Malgré les manœuvres infi-
dieufes de l'auteur, il prouve qu'il s'en ga-
rantit, qu'il ne laiffa rien paffer de repréhenfible dans les trois premiers volumes, les feuls
foumis à fon examen ; qu'il exigea même aux
affertions tant foit peu hardies des corrections
& des explications fuffifantes pour mettre à
couvert les vrais principes & pour empêcher
toutes conféquences dangereufes ; que ce
livre ne fut dénoncé en 1770 à l'affemblée du
Clergé que parce que les infidélités en étoient
déja fenfibles, que néanmoins elles ne purent

fuffire alors pour déterminer la Cenfure Eccléfiaftique, ni même la condamnation civile
par le Parlement. Il prétend que depuis il
n'a eu aucune connoiffance des trois volumes
ajoutés aux premiers ; que par une fuite de
la premiere fourberie, préfentés à un Cenfeur de la claffe de Chirurgie fous le titre
d'*Anatomie du corps humain*, on les avoit
enfuite réunis avec les trois autres en fuppri-
mant ce titre & les rangeant fous le premier,
général aux fix ; ce dont s'eft plaint le dernier
Cenfeur, ainfi que de la reftitution des chofes
criminelles qu'il en avoit retranchées. Ainfi
tout concourt à juftifier M. l'Abbé Chrétien,
décrété d'affigne pour être oui dans cette affaire & qui a d'autant plus d'intérêt de ne
laiffer aucun louche fur fa conduite, qu'on
l'a accufé d'être l'approbateur ordinaire des
mauvais livres, & cependant de 300 volumes
environ qu'il a eu à cenfurer, dont un grand
nombre traitent de matieres de morale, de métaphyfique, de théologie, de droit canonique,
de droit public, aucun n'a excité la moindre
réclamation.

M. de Lifle, décrété de prife de corps,
ainfi que le Libraire d'ajournement perfonnel
au commencement de Janvier, rendent cette
affaire très-grave, & le dénonciateur Audran,
Confeiller au Châtelet, grand Janfenifte, les
pourfuit avec tout le zele d'un dévot.

Par une des lettres de l'auteur à M. l'abbé
Chrétien, il paroît qu'il étoit protégé par M.
le Duc de Choifeul ; qu'il en efpéroit une
place dans les Affaires Étrangeres & qu'il fe

proposoit de lui faire la dédicace d'un livre intitulé, *Essai Philosophique sur l'art de négocier.*

18 *Décembre* 1776. *La Soirée des Boulevards*
est une piece ancienne de la comédie Italienne, dont les paroles sont du Sr. Favart.
Il a été question de la remettre au théâtre pour
la jouer à Fontainebleau devant leurs Majestés,
& voici le titre sous lequel elle a été exécutée
le 11 Octobre : *la Matinée, la Soirée, & la Nuit
des Boulevards, Ambigu des scenes épisodiques
mêlé de chants & de danses, divisés en quatre
partie.* Les deux premieres sont charmantes,
mais les deux autres absolument disparates ; la
quatrieme sur-tout, intitulée *le Bal*, est pitoyable, & l'on s'apperçoit aisément que l'auteur inspiré par l'abbé de Voisenon dans les
autres, a marché absolument sans guide dans
celle - ci.

19 *Décembre.* Une Demoiselle Compain,
danseuse en double à l'Opéra, annonçant
du talent & pouvant figurer un jour dans la
danse haute, s'est évertuée, s'est trouvé un
mérite d'un genre plus important & a débuté
mardi aux François dans la tragédie d'*Oreste*
où elle a fait le rôle d'*Electre.* Elle est douée
d'abord d'une mémoire prodigieuse, au point
d'apprendre une piece entiere pendant qu'on
la frise, qu'on la coëffe, qu'on lui met les
plumes ; ensuite exercée déja à paroître en
public avec applaudissement depuis quelques
années, elle a une assurance fort utile. Cependant le Parterre ne l'a pas bien accueillie la premiere fois ; mais l'on a remarqué beaucoup de cabale & de partialité &

l'on ne peut encore prononcer fur cette dé-
butante annoncée peut-être avec trop de
prétention.

20 *Décembre* 1776. A quelque degré que foit
pouffé aujourd'hui l'art de la danfe, chaque
nouveau fujet qui s'y diftingue, femble devoir
y ajouter. C'eft ainfi que s'annonce Mlle.
Gondolié, éleve du Sr. Gardel, fujet rare &
qui à juger par fon début furpaffera inceffam-
ment tous les coryphées de fon fexe. Jamais
on n'a paru fur la fcene avec un plus grand
éclat de jeuneffe, de beauté & de talent. Déja
rivale de Mlle. Heinel, elle en a la précifion
& le brillant, une attitude de tête peut-être
unique, & la plus grande légereté dans tous
les mouvemens ; elle attire un monde prodigieux au nouveau ballet qui a été replacé où
il devoit être, & ne tire fon grand mérite que
de cette danfeufe charmante.

21 *Décembre.* Un *Mémoire pour le Sr. de*
B:aupoil de Saint Aulaire Chevalier de
Fontenille, Comte de la Feuillade, ancien offi-
cier au Régiment de Bourbonnois, contre le Sr.
de Beaupo:l de Saint Aulaire du Pavillon, Aide-
Major des Gardes du Corps de S. M. & encore
contre M. de Beaupoil de Saint Aulaire de Gors,
Evêque de Poitiers, intervenant, fait grand
bruit par un détail de vexations inouies, exer-
cées contre fa femme & deux de fes filles la
nuit du 24 au 25 Octobre 1774, c'eft-à-dire
au commencement du Regne de Louis XVI,
quoique dignes du gouvernement despotique
des dernieres années de Louis XV, fi l'on en
croit les faits étranges rapportés dans l'écrit en

queſtion , peu propre à ſéduire par ſon ſtyle barbare & le déſordre de ſa logique. Il eſt d'un Me. Bosquillon , à la place du défenſeur des parties , mort dans le cours de l'inſtance & qu'il fait regretter tel qu'il ſoit.

22 *Décembre* 1776. On peut ſe rappeller un Sr. Delpech , impliqué dans le procès du Duc de Guines contre Tort. Cet homme a depuis eu une autre affaire avec ſa femme , qui dure encore. Celle-ci , dans un Mémoire , a avancé des faits injurieux , dont a rendu compte le Rédacteur d'une Gazette intitulée *le Courier d'Avignon.* Delpech attaque aujourd'hui ce Journaliſte au ſujet de cet extrait , où il s'étend ſur les infidélités que lui reproche ſa moitié , & propres à lui ôter la confiance publique qu'il prétend mériter. On regarde cette délicateſſe du négociant comme lui faiſant honneur , & comme une préſomption forte qu'un jugement authentique le lavera , & mettra le gazetier dans le cas de ſe retracter.

23 *Décembre. Eloge de M. de Nicolaï par Me. Mille.* ,, Mais quelle époque, Meſſieurs, peut jamais être plus chere à ce Tribunal & plus capable de fixer nos regards que celle qui vient de lui déſigner pour chef un Magiſtrat iſſu d'une famille illuſtre, dont la tige ſe perd dans la nuit des tems , & qui, depuis 270 ans ſans interruption, occupe une des premieres dignités de la Robe !

Le Prince bienfaiſant qui gouverne cet Empire , pouvoit-il , Meſſieurs , récompenſer vos tre vertu, auffi conftante qu'éprouvée, d'une maniere plus digne de lui & plus fatisfaifante pour vous, qu'en appellant à votre tête le neveu du Maréchal *Nicolaï*, dont les ayeux n'ont jamais eu que l'amour de leurs Souve-rains pour guide, & dont le nom feul infpire de la vénération à ceux qui le pronon-cent ?

Ce nom étoit déja célèbre dans le Vivarais & au Parlement de Touloufe, lorfque le mé-rite de *Jean Nicolaï* le fit parvenir, en 1495, à l'une des premieres dignités du Royaume de Naples. *Charles VIII*, après avoir fait la con-quête de ce Royaume avec une rapidité qui tient du prodige, pouvoit-il y laiffer en qua-lité de *Chancelier*, un fujet plus digne de fa confiance que celui-là-même qui l'avoit fervi fi utilement dans diverfes négociations chez les Princes d'Italie ? Si cette conquête devint enfuite fatale à la France, parce que le climat d'Italie & le caractere des Italiens ne convin-rent jamais aux François, le Chancelier du royaume de Naples n'en mérita pas moins, lorfque ce royaume eut changé de maître, la récompenfe dûe à fes fervices. Auffi *Louis XII*, après lui avoir donné une charge de Maitre des Requêtes, le 3 Juin 1504, l'éleva-t-il, deux ans après, à la dignité de Premier Préfident de la Chambre des Comptes de Pa-ris, qui, depuis cette époque s'eft perpetuée jufqu'à préfent fur la tête de fes defcen-dans.

Qu'on ne croie pas cependant que leur ému-lation fe foit concentrée dans les pénibles fonc-

tions d'une place éminente, qui eût fuffi pour
les illuftrer : femblables à ces Romains vraiment grands, qui fe diftinguoient également
dans le Sénat & dans les Combats, ils n'ont
jamais connu d'autre gloire que celle de fervir l'Etat ; & jamais ils n'ont encenfé les préjugés de cette diftinction chimérique qu'une
vanité barbare s'eft fi fouvent efforcée d'établir
entre la robe & l'épée. C'eft ainfi qu'un efprit
vraiment patriotique, guidant perpétuellement
les defcendans du Chancelier *Nicolaï*, les a
rendus dignes des premieres dignités de l'E-
glife, de la Magiftrature & de l'Etat Militaire.

Je ne parlerai point ici des alliances, qui,
fous différentes époques, ont ajouté un nouvel éclat à la gloire de cette Maifon. Perfonne n'ignore que les Maifons de *Molé*, de *Var-
des*, de *Combourg*, de *Rochechouart-Mortemar*
de *la Chaftre* & *de Vintimille* fe font honneur
d'avoir mêlé leur fang avec celui de *Nicolaï*,
J'obferverai feulement que fi les fervices d'une
longue fuite d'ayeux, qui préfident depuis fi
longtems dans l'une des plus anciennes Cours du
royaume, ont préparé le choix du Souverain,
vos qualités perfonnelles, *Monfieur*, & furtout
cette affabilité qui n'exclut point en vous la
fermeté néceffaire aux grandes places, ont dû
naturellement le fixer.

Pardonnez, *Monfieur* cet éloge échappé à
mon dévouement refpectueux pour un Tribunal dont je m'efforcerai de mériter toujours
l'eftime & la bienveillance ! J'oubliois que la
modeftie dédaigne les éloges, & que, plus le

hommes font grands par leur naiſſance & leur mérite perſonnel, moins ils aiment qu'on les loue en leur préſence. Je me hâte donc de rendre hommage à votre amour pour la Juſtice en reprenant les faits de la cauſe que je ſuis chargé de défendre.

24 *Décembre* 1776. On ne peut aſſez ſe louer du zele des Directeurs actuels du Concert Spirituel, qui y préſentent toujours quelque nouveauté. Il eſt queſtion aujourd'hui de la Signora *Balconi*; elle y doit chanter & partir le ſoir même pour Londres, ce qui excite la curioſité de tous les amateurs.

25 *Décembre*. On ſait que les pieces de M. Dorat lui coûtent beaucoup pour prolonger leur exiſtence ſur la ſcene, & ſon *Malheureux imaginaire* eſt plus qu'une autre dans ce cas. C'eſt ce que publie aſſez ouvertement le Sr. de la Harpe, dans ſon Journal, & ce qui a enfanté le bon mot appellé *le bon mot de l'Académie*, parce qu'il eſt éclos chez M. d'Alembert dans une des aſſemblées qui ſe tiennent tous les ſoirs chez lui; eſpece de *Converſation* qui remplace celle de M. de Foncemagne, & où ſe raſſemblent les gens de la clique. On y eſt convenu, en rendant compte de la nouveauté, que le changement du Parterre étoit le meilleur que l'auteur eût fait à ſa piece, c'eſt-à-dire qu'à un petit nombre de gagiſtes, qu'il avoit pu augmenter le premier jour, il en avoit ſubſtitué un plus grand le ſecond & les jours ſuivans.

26 *Décembre*. L'Ordonnance du Roi, concernant l'Artillerie, en date du 3 Novem-

bre , qu'on a annoncé depuis long-tems , ne
paroît que depuis quelques jours. Elle a 135
pages in folio. Elle eſt accompagnée d'une
autre ſur le ſervice que les Ouvriers du
Corps-Royal auront à faire dans les Arſénaux
de conſtruction. Celle-ci ne contient que 20
pages in folio. Toutes deux ayant été com-
binées avec les Chefs de cette partie , ſont
moins ſujettes aux erreurs qu'on critique dans
les autres ouvrages de M. le Comte de Saint
Germain.

27 *Décembre*. La Signora Balconi a chanté
hier deux airs : l'un , que les Italiens appellent
Cantabile , c'eſt-à-dire de ſentiment , del Signor Sacchini, & l'autre del Signor Colla. Cette
Cantatrice , qui n'eſt ni de la premiere jeuneſſe
ni bien de figure , a été ſinguliérement applaudie , ſur-tout par les *Colombe* & leurs partiſans nombreux , faiſant cabale contre Mlle.
Giorgy. Comme la premiere ne faiſoit que
paſſer , elles n'ont pas redouté ſa concurrence ;
au lieu que l'autre reſte ici & qu'il eſt même
queſtion de la faire débuter aux Italiens. Quoi
qu'il en ſoit , le vrai eſt que la premiere eſt
plus finie , a plus d'art , mais que ſon organe
trop foible , ne pouvoit ſuffire à un vaiſſeau tel
que celui du Concert Spirituel & s'y perdoit. La
ſeconde continue à mériter les ſuffrages des
connoiſſeurs impartiaux , a plus de naturel
dans la voix & d'ailleurs en a un volume
très-étendu. Tout le monde s'accorde à ce
dernier égard , mais quelques gens critiquent
ſa maniere.

27 *Décembre*. Le Docteur Bordeu , très-
renommé

renommé dans la Faculté par de profondes con-
noiffances dans fon art , & célebre par un procès
fâcheux que lui avoit fufcité le Docteur Bouvart
envieux de fon mérite , jouant un rôle confidérable fur la fin du regne dernier , où il
étoit Médecin de Madame Dubarri, vient d'être
trouvé fans vie dans fon lit. C'eft ce même
Bouvart, qui , en apprenant cette nouvelle ,
s'eft écrié : *Je fuis bien furpris qu'il foit mort
horifontalement* !

29 *Décembre*. On étoit fort empreffé de connoître l'auteur de la Comédie intitulée : *le bureau d'Efprit*. On le nomme aujourd'hui hautement. C'eft un Irlandois, appellé le Chevalier de Rutlidge.

31 *Décembre* 1776. Ces jours derniers, un
Abbé, comme le Roi revenoit de la meffe, a
mis un genou en terre devant S. M. & lui a
préfenté un papier. Le Monarque l'a pris, &,
rentré dans fon appartement, l'a lu. Il en a
fait part en riant à fes courtifans, & leur a
annoncé que c'étoit un Mémoire, dont l'auteur fe flattoit pouvoir lui donner un fecret
pour perpétuer fon augufte race. Le Capitaine
des Gardes, piqué que cet Abbé, oubliant
les prérogatives de fa place & le coftume, eût
préfenté fon placet au Roi, au lieu de le lui
donner, a obfervé à Sa Majefté que cette
témérité fcandaleufe méritoit d'être appro-
fondie ; en forte qu'on a donné fur le champ
ordre de rechercher cet Abbé & de l'arrêter ; ce qui a été fait. Il s'eft trouvé que
le zele avoit exalté un peu trop cette tête-

là , & il a été relâché au bout de quelques heures.

Par les interrogations qu'on lui a faites , on a reconnu que le secret en question ne consistoit en aucune drogue à prendre ou à appliquer , mais dans certaine posture par laquelle il prétendoit apprendre à S. M. à suppléer au défaut physique qui avoit fait répandre le bruit d'une opération qu'elle devoit subir. Tout cela a fait beaucoup rire la cour, le Roi & sur-tout la Reine.

Fin du neuvieme Volume.